天吏行貴

七瀬鶫

するり、と鵜の頬を撫でながら
ベルは優しい声で言った。
「今は眠るといい。
——どうか、良い夢を」

葉隠桜
七瀬千鳥

玖洞
Kudo
つくぐ
illustration
葉隠桜は嘆かない[1]

『魔法少女』


その名を聞いて、人はいったいどんなものを連想するだろうか。

手鏡に向かって呪文を唱える魔法界のお姫様？

それとも、人の町で修行中の見習い魔女の事？

はたまた、正義のために悪い奴らと戦う勇敢な女の子達？

どれも別に間違ってないけれど、この世界の彼女達は少し事情が異なる。

国家防衛魔道契約志願者――通称『魔法少女』。

彼女達は、無限に湧き続ける魔獣に対抗するために、自ら戦うことを選んだ『護国の守り人』だ。

ある者は地位を。

ある者は理想を。

ある者は希望を。

ある者は平和を願い、その道を選んだ。

『魔法少女』となった者に待ち受けているのは、死と隣合わせの危険な日々。
己が才能のみが物を言う実力主義の社会。
そんな孤独な戦いの中――敗走は決して許されない。
勝つのが当然。負けは、そのまま死を意味する。
これはそんな運命《さだめ》に絡めとられた、一人の少女、あるいは少年の物語。
葉隠《はがくれ》　桜《さくら》の物語だ。

目次

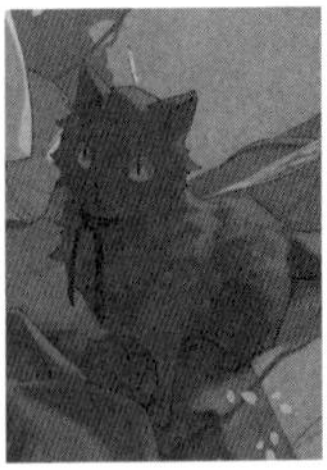

第一章

1．プロローグ

深夜二時。静かな夜中の住宅街の通りに、一人の少女がいた。

花柄のパジャマを着たその少女は、壁に手を突きながらよろよろと道を歩いている。体調が悪いのか、辛そうに荒い息を繰り返しているようだった。

『魔獣出現まで、あと五分です。北西の方向へ速やかに避難してください』

そんな機械音声が、少女の持っている携帯から流れる。

「はやく、ここから離れなくちゃ……」

少女は辛そうに呟くと、自分を叱咤《しった》するかのように唇を噛みしめて震える足に力を込めた。

――警報が出てどれくらいの時間が経ったのだろうか。早くしないと、本当に間に合わなくなる。

何故ならば――急がないと此処に魔獣がやって来るからだ。

そんなことを考えながら、ケホっ、と少女は咳をした。風邪を引いているせいか、熱が高く眩暈《めまい》もひどい。

そんな状態なのに少女が外を歩いているのには理由があった。

少女が外に出るしばらく前、熱を出して寝ている時に大きな警報音が寝室に響き渡ったのだ。

『E級の魔獣《アークエネミー》の発生が確認されました。魔獣の出現まで残り三十分となります。アラートが出ている地域の皆様は、速やかに指定の場所まで避難を開始してください。繰り返します。アラートが出ている地域の皆様は――』

最初はその警報をぼんやりと聞いていた少女だったが、事態を把握するとハッとした顔をしてベッドから飛び起きた。

――E級の魔獣。ランクとしては一番下になるが、それでも生身の人間では絶対に敵わないバケモノだ。そんな存在が、自分のすぐ側にまで迫っている。

携帯のマップに表示されている魔獣の出現箇所は、少女の自宅から二百メートルほど離れた場所にあり、可能であれば一キロほどは離れておいた方が安全だ。だが、熱に浮かされた少女の足ではその距離を一人で移動するのは難しかった。

たとえば一緒に避難してくれる大人がいれば何の問題もなかったのだが、間の悪いことに少女の両親は遠方に出かけていてその夜は不在だった。

更に運が悪かったのは、魔獣の等級が一番下だったことだ。

等級が低いほど魔獣の出現に要する時間は短くなり、襲われる危険性は高くなる。

政府の組織――魔獣と戦う人々が現れるまでに一般市民が魔獣に怪我を負わされることも少なくないのだ。

だがこのご時世、魔獣によって死者が出ることはそう珍しいことではない。魔獣の被害によって年間ある程度の人数が犠牲になる――いわば交通事故のようなものだ。

けれどいくら魔獣による死が珍しいことではないとはいえ、自分がそれに巻き込まれるのは誰だってごめんだろう。……本当に運が悪いにも程がある。

そんなことを考えながら、少女は授業で教わった話を思い浮かべた。

年配の教師が言うには、ほんの数十年前には魔獣のようなバケモノなんて存在していなかったらしい。


『魔獣《アークエネミー》』

その質《たち》が悪い冗談のような存在は、突如として現実を侵食し始めたのだ。


事の始まりは三十年前。七月七日、午後二時のことだった。

その日——ふと空を見上げた人々が、口々にこう言った。

空が割れていると。

ひび割れとしか言いようがないその亀裂は、どこが端か分からない程の大きさで、まるで日本列島に覆いかぶさるように広がっていた。

その怪現象に人々は天変地異の前触れかと騒ぎ始めたが、現れた亀裂はすぐに空の青に混じって消えてしまった。当日のニュースでは、季節外れのオーロラか何かだと放送していたらしい。

そう——その日こそが全ての始まりであったことを、まだ当時の人々は知る由も無かったのだ。

そして空が割れた次の日。通行人が多い都会のビル街に、その化物は何の前触れもなく現れた。

大型の熊をさらに狂暴にしたような、都会には絶対にいるはずがない凶悪な獣。その獣は数十名の死傷者を出し、その数時間後に警察機動隊によって射殺された。

それだけならば原因不明の獣の凶暴化事件と銘打ち、その出来事はいずれ人々の記憶から消え去ったかもしれない。

――でも、そうはならなかった。

その日以降、獣のような生物は形を変え、場所を変え、毎日およそ数回のペースで日本列島の各地に現れ始めたのだ。

突如として現れた不可思議な獣達は破壊の限りをつくし、時間が経つと霞のように空気にとけて消えていく。まさに、魔獣は未知の侵略者と呼ぶしかなかった。

被害が拡大するにつれて、じわりと広がっていく不安と恐怖。その時の人々はまだ、世界が変わってしまったことを認めることが出来ずにいた。

そして事件の始まりから数日後。

解決の目途すら立っていない政府に対し、とある高名な霊能者が『これは先日のオーロラが原因だ。あの亀裂から悪しきモノが日本に入り込んでいる』と大々的に警告を始めたのだ。

世間では当初、胡散臭い霊能者の言葉なんて信じられない、といった嘲りの声が殆どだった。だが時が経つにつれて、その批判の声も徐々に小さくなっていった。

……単純にそんなことに構っていられる余裕が無くなっただけとも言える。魔獣の脅威はさらに増していき、ついには警察や自衛隊では対処しきれなくなってしまったからだ。

日本にとって最大の不幸だったのは、諸外国を巻き込めなかったことだろう。

——魔獣は、何故か日本にしか現れなかったのだ。

外国のメディアは、挙《こぞ》ってこの魔獣出現事件を報道した。

初めはまるで出来の悪い怪獣映画を紹介するような軽い論調だったが、それらは時間が経つにつれ、段々ときな臭いものに変わっていった。

「まさに現代の地獄」

「あれこそ無神教の末路」

「神に見捨てられた国」

「あのバケモノはきっと悪魔に違いない」

「——こんな恐ろしいことが起こる国に関わると、我が国も破滅させられる！」

そう言って、外国は急速に日本と距離を取り始めたのだ。

きっと下手に日本に関われば、自分の国にも飛び火すると考えたのだろう。

……いくら神という存在が形骸化されてしまった現代とはいえ、まだまだ世界の国々には宗教が深く根付いている。未知の恐怖を既知の存在と結びつけるのは、ある意味当然ともいえた。

外国の動きは早く、アメリカ、ＥＵ、ロシア、中国に続き、最初の事件から二か月も経たない内に全ての国の大使館が閉ざされ、日本人の入国禁止措置を講じる国も出てきてしまった。

その一方で、財産のある上流の人々はまだ断交していない国に急いで逃亡し、日本にいた外国籍を持つ者は早々に母国に逃げ帰っていった。そして逃げ切れなかった者だけが魔獣が蔓延《はびこ》る日本に取り残された。

二か月――たったそれだけの時間で、日本という国は無情にも孤立に追い込まれたのだ。

……結局のところ、遠く離れた島国のことなんて他の国には他人事に過ぎなかったのだ。

日本からすれば薄情に見えるかもしれないが、他の国々にとっても魔獣は恐怖の象徴になりつつあった。どこからともなく理解不明なバケモノが現れる――そんな悍《おぞ》ましい現実を世界の誰もが許容できなかったのだ。

そうしてほぼ強制的に鎖国状態に追い込まれた日本は、魔獣によってライフラインを破壊され、ほぼ壊滅状態に陥ってしまっていた。

昼夜を問わず魔獣が襲い掛かってくる恐怖と絶望。まともに食事を取ることも出来ない日々に、日本に住む人々は疲弊していった。

だが、そんな悪夢のような事態から早三十年。

誰も予想だにしなかった奇跡につぐ奇跡が起こり、日本の現状は大幅に改善されたが、こうして常に命の危機に晒《さら》されていることには変わりない。

――何故なら、魔獣はまだ消えていないのだから。

「あっ！」

不意に足がもつれ、少女はその場に倒れこんだ。体を打った衝撃で視界がくらくらと歪む。

風邪による高熱と眩暈。そこに焦りと恐怖が加われば、満足に動けなくなるのも無理はない。だが、このままジッとしているわけにはいかなかった。

魔獣の中でもE級は出現までの時間が短いため、避難が間に合わず被害に遭う人の数が圧倒的に多い。このまま魔獣の出現範囲で蹲《うずくま》っていれば、次に被害に遭うのはきっと自分だ。

そう考えた少女は、力を振り絞り立ち上がろうとした。

けれどその決意を嘲笑うように、けたたましい音が携帯から鳴り響いたのだ。

『警告。警告。今すぐにその場から離脱しなさい。繰り返す。今すぐにその場から離脱しなさい。予測される出現場所は現在地から二十メートルです。繰り返す。今すぐに――』

「えっ、うそ……。確かマップではこっちの方向は安全だったはずなのに！」

慌てて携帯のマップを確認するが、現在地の表示は危険アラートで赤く染まっており、今から逃げたとしても避難は絶対に間に合わない。

「な、なんで？　なんで最初と表示がちがうの？　そんな不具合なんて今まで聞いたことなかったのに……！」

迫りくる死の恐怖に体が震える。焦った少女が体の痛みに耐えて駆けだそうとしたその瞬間、病による寒気とはまた違った悪寒が少女を襲った。

ざりざりと奇妙な音を立てながら、何か得体のしれないモノが真横の路地から近づいてくるのが分かる。分かってしまう。

「あ、あぁ、そんな……」

逃げなくてはいけないのに、足がまるで凍り付いたように動かない。

少女は、震えながら横の路地へと目を向けた。

それはまるで、大柄な男のようなシルエットをしていた。けれど、人間の男とは決定的に異なる点が一つある。

満月の光を背負い、それ――狼の顔をした魔獣が、殺気を振りまきながらそこに立っていた。

ひッ、と少女の喉から声にならない悲鳴が上がる。

――ああ、そんな。うそだ、ありえない。悍ましいほど強烈な恐怖が少女の思考を支配した。今すぐこの場から逃げ出すべきなのに、その魔獣から目が逸らせない。

「グルルルッ、――ガァァァァッ！！！！」

少女が呆然と魔獣を見ていると、魔獣が空に向かって雄叫びを上げた。

魔獣の姿なんて今までいくらでも見てきた。だがそれは、いつだってテレビや本を通した非現実なものばかり。

猟師ですら野生のクマに遭遇すれば多少は狼狽《うろた》えるというのに、はたして普通の少女が魔獣を見て平然としていられるのだろうか？　――そんなことは、考えなくても分かる。

雄叫びを終えた魔獣はその大きな口をニタリと歪め、少女のことをじっと見ている。まるで新しいおもちゃを手に入れた子供のように楽しげに。

その隠しきれない愉悦を秘めた表情が、少女のこれからの処遇を物語っていた。

「う、うぅっ」

ボロボロと少女の目からとめどなく涙が零れていく。堪えきれずに小さな嗚咽が漏れた。

絶対的なまでの死への恐怖。少女は、ただただ目の前の化物が恐ろしくて仕方なかった。

——もう駄目だ。自分はここで死んじゃうんだ。この狼男にズタズタにされて殺されてしまうんだ。そう少女が諦めかけたその時——誰かの声が聞こえてきた。

「——目を閉じていて」

そう囁くように言われ、反射的にぎゅっと目を閉じる。普通であればこんな状況で目を閉じるのは自殺行為なのだが、その時は何故か従った方がいいような気がしたのだ。

そして少女が目を閉じたすぐ後に、ひぅん、という鋭い風を切る音と、何か大きなものが地面に叩きつけられる音が聞こえてきた。

ぐちゃり、とした生々しい水音が嫌に耳に残る。少女は思わずびくりと体を揺らしたが、とても目を開ける気にはならなかった。

あまりのことに言葉も出ず、少女はふらりとその場に膝をついた。少女が両手で顔を覆うようにして震えていると、ぱしゃり、と水たまりを歩くような足音が聞こえた。その足音は、ゆっくりと少女の方へと近づいてくる。

ぞくり、と背筋が凍る。いま自分に近づいて来ているのは、一体何なのだろうか。

きっと顔を上げて目を開ければ、それが何なのかが分かる。けれど少女は恐ろしくて仕方がなかった。

もしも——今目の前にいるのが別の魔獣だったら？

もしそうならば、正気を保っていられる自信がない。ならばこのまま目を閉じている内に終わってしまった方が、本当は幸せなんじゃないだろうか――そんな風に思ってしまった。

少女がそうして震えていると、肩に何かが触れた。

「ひっ!?」

びくり、と大きく体を揺らす。怖い、怖い、怖い、夢ならどうか覚めてほしい。そう願いながら少女は身を竦めた。

けれど、少女に降ってきたのは鋭い爪ではなく優しい声だった。

「……大丈夫？　怪我はない？」

それはとても透明な音色だった。その声はどこか懐かしく、不思議と安堵感さえ覚えたのだ。

震える背中をゆっくりと温かい優しい手が撫で、恐怖によって過呼吸気味になっていた少女の息が段々と正常に戻っていく。謎の声の主は、少女が落ち着くまでそっと彼女に寄り添い続けた。

――この人は、いったい誰なんだろう。そんな疑問が少女の心の中に生まれた。

そして少女は、勇気を振り絞って恐る恐る目を開けた。

そこには、心配そうな顔でこちらを見つめる女性がいた。恐らく少女よりもいくつか年上だろう。

涼し気な目元に、すっと整った面立ち。どこか少年のような中性的な気配を纏《まと》っているが、その佇《たたず》まいがただ漠然と美しいと感じた。

そんな彼女の姿を見て、少女はそれが誰なのかすぐに分かった。いや――その『存在』の総称を少女は知っていたのだ。

「まほう、しょうじょ？」

少女の呆然とした問いに、女性が静かに頷く。

――この世界に魔獣が現れるようになって、それに続くように突如として現れた存在があった。

それが『魔法少女』だ。

魔獣に対抗するために、奇跡と契約した少女と同じ年頃の女の子達。目の前の女性は、きっとその内の一人だろう。

ああ、助かったんだ。少女がそう気付いた瞬間、どっと体から力が抜けた。体が鉛のように重い。

ふらりと倒れ込んだ少女を地面につかないようにそっと支えながら、女性はさっと少女の体を確認し「怪我はないみたいだね」と口にした。

「けれど、次からはちゃんと救急機関に連絡をしなくちゃダメだよ。一人で無理をする必要はないんだから」

「あっ……」

彼女にそう言われて、少女は初めて救急車の存在を思い出した。早く逃げなきゃと思うばかりで、そんなこと全く思いつかなかった。

「熱も高いし、このまま病院まで送ってあげる。君は少し眠っていてね」

彼女はそう言って、そっと右手を少女の額にあてた。ひんやりとした手の温度が心地いい。そのまま意識が微睡《まどろ》みの中へ落ちようとしたその時、少女はふと思い出したかのように呟いた。

「あの、お姉さんの名前は？」

今日起こった出来事は、きっと一生忘れることはできないだろう。だからこそ、自分を恐怖のどん底から助けてくれた恩人の名前を知っておきたかった。

少女が縋《すが》るような目で女性を見上げると、彼女はふわりと綺麗な笑みを浮かべ、囁くようにその名を呟いた。

「私の名は葉《は》隠《がくれ》桜《さくら》。まだまだひよっこの新人魔法少女だよ」

――少女が覚えているのは、そこまでだった。

目を覚ますと、少女は病院のベッドの上で点滴を受けていた。ぼんやりと目を擦る少女に、泣きそうな顔をした母親が駆け寄ってくる。

どうやらあの後、女性――葉隠桜は少女のことをきちんと病院まで運んでくれたようだった。

少女を診た医者が言うには、無理に動き回ったせいで風邪が悪化して肺炎を起こし、病院に運ばれてから一週間ほど意識不明の状態だったらしい。もし病院に来るのがあと少しでも遅れていたら、最悪命はなかったかもしれないと神妙な面持ちで告げられた。

そして意識を失った少女を背負ってきた魔法少女は彼女を医師に引き渡すと、忽然とどこかへ消えてしまったらしい。

あの子は誰だったんだろう、と不思議そうに語る医者を見て、少女は目を細めて笑った。なんだかあの人らしいなと漠然とそんな風に思ったのだ。

無事で良かったと泣く母親を宥《なだ》めながら、少女はあの夜のことを思い出す。恐ろしい思いをしたけれど――それ以上にこの不思議な体験を誰かに聞いて欲しかった。

「あのね、お母さん。――わたし、魔法少女に助けてもらったの！」

――少女が魔獣に襲われかけた事件から、数か月後。

すっかり元気になった少女が駅のホームで友達と談笑しながら歩いていると、石畳に足を取られ、前から歩いてきた男子高校生とぶつかってしまった。

少女のよろめいた体を、少年が慌てたように支える。

「おっと、危ないな」

「あっ、その、ごめんなさい！」

「いや、別にそこまで気にしなくていいよ。ぼんやりしてた俺も悪いし」

前を見ていなかったのは少女の方である。怒られると思い、さっと顔を青くして謝った少女に、少年は特に気にした様子もなくそう告げて去っていった。

ほっと胸を撫で下ろして少年の背中をジッと見つめていると、友人がにやにやしながら服の袖を引っ張ってきた。

「なになに？　もしかして一目ぼれでもしちゃった？　格好良かったもんね、さっきの人。優しそうだったし」

「ち、違うよ！　でも、何ていうか、その」

そこで少女は口ごもり、考え込むように口元を押さえた。

「――誰かに似ている気がしたの」

友人は少女の返答につまらなそうに「ふぅん？」と返すと、遅刻しちゃうから早く行こ、と少女の手をとって歩き出した。

そして少女もまた、その時抱いた既視感を追及するわけでもなく、穏やかな日常へと帰っていった。

離れた場所で少女の方へ振り返り、「元気になったみたいで、何よりだ」とぶつかった少年が呟いたことなど知らないままに――。

2．始まりの日

『彼』の運命がねじ曲がったのは、九月のとある日――少女が魔獣に襲われそうになった日から、およそ二か月ほど遡ることとなる。

それは、鶫《つぐみ》が家に帰る途中の出来事だった。

遠くで巻き起こる爆音を背に、七瀬《ななせ》鶫は血が滴る脇腹を押さえた。制服は裂け、白いシャツは毒々しく真っ赤に染まっている。

「なんだって、こんなことに……」

――今にして思えば、今日は朝からついていなかった。

そんなことを考えながら、霞む意識の中で鶫は今朝の出来事を思い返していた。

その日は、朝から小さな不運が続いていた。

目覚ましは何故か鳴らず、遅刻覚悟で乗りこんだ電車は人身事故で立ち往生。しかも終いには駅から学校までの短い道で雨に降られ濡れねずみ。シャツは替えがあったからいいものの、まさに踏んだり蹴ったりだった。

「……どう考えてもおかしいだろ。一つだけならまだしも、普通あんなに不運が重なるのか？　おかげで学校についたのは昼休憩の時間帯だ。はあ、一日を無駄にした気分だ」

鶇がそう今朝の出来事を愚痴ると、話を聞いていた友人が顔を上げて呆れた風に言った。

「──そういう時もあるって。鶇ちゃんの日頃の行いが悪かったんじゃない？」

「適当なこと言うなよ。別に俺は変なことなんてしてないぞ。……それに俺は、お前だけには日ごろの行いを語られたくないんだが」

鶇が不満そうな顔をしてそう告げると、友人──天吏行貴《あまりゆきたか》は驚いたような声を上げた。

「えっ、なにそれ心外なんだけど。僕ほど品行方正な人間はいないよ？」

行貴はそう不満を露わにしながら文句を言った。心当たりなんて全くないとでも思っているのかもしれない。……一体どの口がそんな台詞を言えるのだろうか。

そんなことを考えながら、鶇は疲れたように溜め息を吐いた。

「よくそんなこと言えるな……。そういえばお前さ、昨日の帰りに後輩の女子に叩かれてただろ。また何かやらかしたのか？」

「あれ、鶫ちゃん僕より先に帰ったのになんで知ってるの?」

「今朝動画が送られてきた。見るか?」

そう言って携帯を差し出し、派手に叩かれている場面を行貴に見せた。中々いい角度の平手打ちだったなと鶫が笑うと、行貴は憤慨したように声を上げた。

「何これひっど!! こんなの撮った奴誰だよ!!」

「芽吹《めぶき》先輩とうちのクラスの愉快な仲間たちだよ。そんなの言わなくても大体分かるだろ」

鶫はためらうこともなく、あっさりと送り主の名を告げた。むしろ本人達がノリノリで拡散しているので別に隠す必要もない。

「あの腹黒眼鏡と馬鹿どもめ……。僕が女の子に人気があるからってこんな陰険な真似をするなんて。妬みも大概にしてほしいね」

「……あー、うん。確かにお前はモテるけどさぁ、それはまた別件だと思うぞ」

悔しがる行貴からそっと目を逸らし、鶫はキリキリと痛む胃のあたりを押さえた。

——嫉妬とかそんな理由ではなく、ただ単純に行貴が彼らに嫌われているだけなんだけどなぁ。

鶫はそう思いつつも、口には出さなかった。これ以上火に油を注ぐこともないだろう。

すると行貴は不機嫌そうに頬杖をつきながら口を開いた。

「じゃあなに? クラスの奴の彼女が僕の方がいいって乗り換えたから? 僕がこっそりあいつらの推しの魔法少女の不祥事疑惑をネットで晒し上げた件のこと?」

「……ちょっと待て。お前そんなこともしてたのか? 俺はそっちの修羅場は聞いてないぞ」

「えー、じゃあどれのことだろう。いっぱいあって分かんないや。――ま、でもこの程度で怒るなんて人としての器が小さいよねぇ。ホント嫌になっちゃうよ」

へらへらとそう告げる行貴に、鵜は大きな溜め息を吐きだして言った。

「俺、いつかお前が誰かに刺されて死んだらインタビューでこう答えるんだ。『いつかこうなると思ってました』って。いや、今から練習しておいた方がいいか？」

鵜が冗談めかしてそう言うと、行貴は手を叩いてケラケラと笑った。

「あはは、僕がそんなへまをするはずないって！　鵜ちゃんってば心配しすぎだよ」

「そう過信する奴ほど失敗するんだよなぁ……」

行貴のそのお気楽な姿に呆れすら覚える。けれど、こんな風に人格破綻者にしか思えない言動なのにどこか憎めない愛嬌があるのは、きっと行貴の容姿のせいだろう。

――この友人は、本当に見た目だけはすこぶる整っているのだ。

例えるなら、紅顔の美少年という存在がそのまま現世に現れたかのような端麗《たんれい》な顔なのである。

この顔で殊勝な様子で謝られると、不思議と許してやろうという気持ちになるのだから美形は得だなぁ、と常々思う。

……まぁその中身に限って言えばお世辞にも褒められたものではないのだが。

『人が嫌がったり、怒ったりしてる顔が大好き！』と、人目も憚《はばか》らず公言するこの友人は、当たり前だが敵が多い。正直、仲が良い人間を探す方が難しいだろう。

行貴の容姿に惹かれて寄ってくる女性は少なくないが、大抵はこの性格に耐えきれなくなって数日で幻滅、もしくは激怒して去っていく。

中には変に心酔して信者のようになるケースも存在するが、その辺はあまり触れたくない。……いくら友人のことだって知りたくないことはある。

「程ほどにしておけよ。俺は嫌だぞ、身近でろくでもない理由で殺人事件が起こるのは。何なら巻き込まれて怪我しそうだし」

鶫が疲れたようにそう告げると、行貴はおかしそうに笑った。

「あはは。そこで『お前が心配なんだ』とか言ったりしないのが鶫ちゃんらしいよね」

「だってお前、俺の忠告なんか聞いたためしがないだろう？　どれだけ一緒にいると思ってるんだ。それくらい俺でも学習するさ」

これでも行貴とは長い付き合いだ。その扱いくらいは理解している。……でも運が悪いのか、いつも鶫の方が割を食う結果になることが多いが。

去年巻き込まれた行貴がらみの騒動を思い出しつつ、鶫はそっと痛む頭を押さえた。

すると行貴は、話題を変えるように話し始めた。

「それにしてもさぁ、鶫ちゃんって本当にタイミングが悪いよね。今日くらいは別に休んだって問題なかったのに」

「何でだよ。そりゃあ色々あって遅刻はしたけど、ちゃんと登校してきたんだぞ？　ここで午後の授業まで出なかったら、千鳥《ちどり》がなんて思うか……」

そう言って鶫は困った表情を浮かべた。

千鳥とは、鵜の双子の姉のことである。……あの心配性の千鳥が弟――つまり鵜が授業をサボったことを知ったらどう思うだろうか。普段から不肖の弟として迷惑をかけている身とあっては、あまり姉に心配をかけるような真似はしたくない。

鵜がそう告げると、行貴は大仰に肩をすくめながら口を開いた。

「鵜ちゃんは朝礼にいなかったから知らないだろうけど、午後からの授業は全校集会に変わったんだよ。ほら、三年に結構有名な魔法少女がいたじゃん？　えーと、たしか佐藤ナントカさん。その人が昨日殉職しちゃったみたいでさぁ、何かそれについての話をするらしいんだけど、鵜ちゃんそういうの興味ないでしょ？」

「まあ、そんなには。……つまり単位の心配はしなくてもよかったのか」

そう答えながら、鵜は殉職したという先輩のことをぼんやりと思い浮かべた。

――佐藤、ええと何だったか。確か美智子とかそんな感じの名前だったことは覚えている。この学校ではそれなりに有名な先輩らしいが、交友関係が狭い鵜にとってはあまり接点がない人間だ。

鵜はそっと辺りを見渡すと、行貴にひっそりと呟くように話しかけた。

「それにしても殉職か。――あまり大きな声じゃ言えないけどさ、そんなに珍しいことではないよな。魔法少女の死亡率ってかなり高いって聞くし」

「まあね。今でも年間数百人は死んでるもんね。でもその先輩は魔法少女になってから五年は経ってたらしいし、平均よりは優秀だったんだろうけど」

――魔法少女、というのは実に可愛らしい呼称ではあるが、その実態はかなり殺伐としている。

彼女達はいわば、魔獣と戦うために人ならざる者――いわゆる『神様』と契約を交わした人間兵器なのだから。


――事の起こりは三十年前まで遡る。

魔獣という化物が突如として日本に出現するようになり、平穏な日常は無残にも壊された。暴れ回る魔獣によってライフラインが断絶され、このまま滅びを迎えるのかと全ての国民が諦めかけたその時――始まりの『魔法少女』が現れたのだ。

少女の名前は、朔良《さくら》紅音《あかね》。八年後に強大な力を持つ魔獣と相打ちを遂げるまでの間、人々の絶対的な希望となった偉大な魔法少女である。

彗星のように現れた彼女は、巫女のような衣装を身に纏い、幾多の戦場を渡り歩いた。全ては、魔獣を駆逐し、この国を救う為に。

彼女の存在がもたらした効果は劇的だった。

「――魔獣を倒している女の子がいるらしい」

そんなささやかな噂話が始まりだった。それが一人、二人、と目撃者が増えていき、ついには彼女のことを生き残った誰もが知ることとなったのだ。

果たしてそんな彼女は、ただ怯えることしか出来なかった者達の目にどう映ったのだろうか。きっと輝かしいものに見えたに違いない。

どんなに絶望的な状況だったとしても、必ず彼女《ヒーロー》が助けに来てくれる――そう思うだけで、明日を生き抜く為の力になったのだ。穿《うが》った見方をすれば、下手な宗教よりもよっぽど為になる偶像だったとも言える。

そして奇しくも『魔法少女』という存在の誕生により、日本にも一縷《いちる》の希望が見えてきた。

かろうじて機能していた政府機関の者達は、朔良紅音にコンタクトをとり、彼女の契約者——八《ヤ》咫《タ》烏《ガラス》と名乗る鴉《からす》と話をすることに成功したのだ。

その邂逅の中で八咫烏は自分の上に立つ存在——天照《アマテラス》の話を始めた。

話し合いの詳細は国家機密となり一般には明らかにされていないが、搔い摘んで言うと、この国が再び神——天照大御神の支配下へと移るのであれば、庇護をしてやると天照は告げたらしい。

そうすればこの日ノ本《ひのもと》を守るために尽力しよう、といった天照の言葉もあり、政府はその庇護を受け入れ、この国は名実ともに天照の物となったのだ。

交渉の間に立った八咫烏からの情報によると、奴ら『魔獣』は生物の悪感情によってエネルギーを得る、一種の概念のような生命体らしい。

つまり魔獣とは、遠い次元に存在する概念存在が、空の裂け目から発生する無色のエネルギーにより形を作って現世へ食事……絶望を吸収しに降りてきた生命体——それが魔獣の正体である。

そいつらが急に日本に現れるようになった理由は前述した通り、空が裂けたことが原因だった。

だが、八咫烏は何故空が裂けたのかまでは説明しなかった。

彼はただ一言、「口にするのも悍ましいモノのせいだ」とだけ告げた。

——その『悍ましいもの』が何なのかは、未だに解明されていない。

そうした話の他にも膨大なやり取りを経て、天照は魔獣に対抗する為の結界『天ノ岩戸』を作り上げ、日本全土をその結界で覆った。

そして天照は国を守る兵士を増やす為に、独自のルートを用い、自分と同じような存在に交渉を持ちかけたのだ。

——その結果出来上がったのが『魔法少女』というシステムである。

天照いわく、自分達は天の裂け目から漏れ出た無色のエネルギーを核にして現実社会に顕現した、いわゆる分霊と呼ばれる存在なのだという。

その中で真っ先に顕現したのが、天照の眷属である八咫烏だったのだ。人間だけでは解決できない国難に対する神様からの緊急措置だったと言い換えてもいい。

だが本来、古《いにしえ》の神は人の世界に干渉できないようになっていたはずだった。

それは昔に比べて人間側からの信仰心が減ったことや、他の宗教が台頭してきたことにより、異端であると存在の定義を捻じ曲げられた結果でもある。

そんな彼らが無理やり人の世に干渉しようとすれば、下手をすると自身の定義すら揺らぐ可能性がある。運が悪ければ、神としての力を使い果たし、存在が消滅してしまう危険性もあるのだ。

それは神々にとっても不文律の常識であり、自らの存在をかけてまで人間に関わりたいとは誰も思っていなかった。

——だが、その常識をあっさりとひっくり返してみせたのが、空の裂け目から漏れ出たエネルギーの存在だ。

あの無色のエネルギーを上手く用いれば、大したリスクも負わずにある程度の力を持った分霊を作りだすことが可能になる。それを利用しない手はなかった。

……ここだけの話、神様と呼ばれる存在達は基本的に暇を持て余していた。そんな彼らが簡単に現世を闊歩《かっぽ》できる術があることを知ったら、一体どうするだろうか。――間違いなく、物見遊山のつもりでこの日本へと訪れることだろう。

その事実に真っ先に気が付いた天照は、己の部下である八咫烏を下界に派遣し、人と契約を交わして土地の正当な権利者になった。その上で、日ノ本に悪意を抱く神を弾き飛ばす術式を大地に刻み込んでいったのだ。それが結界『天ノ岩戸』の効果の一つでもある。

そうして下準備を終えた天照は、様子見として日本に意識を飛ばしてきている神々に、こう持ち掛けたのだ。

『――もっと楽しいことをしてみませんか』と。

そうして出来上がったのが『魔法少女』という贄である。

分霊として降りてきた神々が、感受性の高い少女と契約を結ぶことにより、現世への干渉権を得る画期的なシステム。その対価として、契約者――つまり魔法少女に魔獣を退治させることを義務とする。要するに、魔法少女は神々に対する分かりやすい撒き餌なのだ。

神々にとって魔法少女とは手軽に出来る育成ゲームのようなものであり、人間側から見れば、魔法少女となるのは名誉ある戦士への転換だった。

人間は生き残る為に自分自身を捧げ、神々は自らの愉しみの為に力を差し出した。

その対価をまとめ、新しくルールを作り、誰しもが利益を得るように調整されて作り上げられたのが『魔法少女』というシステムなのである。

そして最初はなあなあで済まされていた契約も、時を重ねるごとに細かな制約ができ、神々にとっては自由度が減る結果にはなったが、それでも形代《かたしろ》を持って好きに動けるというメリットは神々にとっても大きかった。

それにこの日本という国は、もともと多神教がスタンダードである。

場所によっては悪魔だと蔑まれる存在であっても、この国では悪い神も良い神も同じ神であり、そこに優劣は存在しない。

そんな独特の宗教観もあり、他の宗教によって僻地へと追い立てられていた古き神々も、敬う気があるなら協力してやってもいい、とかなり譲歩した形で協力をしてくれることになったのだ。

そして神々の契約者――魔法少女が表舞台に出てくるにつれて、ゆっくりと国内の情勢は落ち着いていった。

そんな中、魔獣を倒した時に出る生体エネルギーを固形物に変換させる術や、そのエネルギーの核を石油や電気の代用品に、そして様々な効能をもつ薬などに作り替える方法が次々に確立されていった。

そうして空が割れた日――通称『開闢《かいびゃく》の日』と呼ばれた日からわずか十年足らずで、日本は見事に国を立て直したのだ。

人間万事塞翁《さいおう》が馬とよく言うが、これほどまでに幸と不幸が逆転したケースは滅多にないだろう。

日本が良い方向に向かうにつれて、関係を断っていた国々から国交回復の打診はあったが、現政府はその申し込みを全てはねのけてきた。都合のいい時だけ手の平を返す国々を天照が嫌ったためである。

もちろんそれには諸外国からの批判もあったが、一国で何もかもを賄えるようになった今となっては、そんな批判は何の意味もなさなかった。

そして普通の人々は辛い戦いを全て魔法少女に任せ、魔法少女となった少女達の尊い犠牲の上に、日本の新しい形の平和は作り上げられたのだ。

——とまあ、こんなところが『魔法少女』の実情である。昔あった魔法少女モノのアニメと比べると随分と殺伐としている。

ちなみに魔法少女になることのできる年齢は十二歳からと定められているが、十年以上魔法少女を続ける者はほとんどいない。

……聞こえは良いが、魔法少女というのは一月に何十人もの殉職者を出す危険な職業なのだ。まあ大体の魔法少女は生きている内に五年ほどで引退して辞めていくのだけれど。

ただし、長く生き残れば地位も名誉もお金だって手に入る。ハイリスクハイリターンとはまさにこのことだ。

それに最近だと有名な魔法少女はまるでアイドルのように扱われ、人気投票やなんだと色々と日本の平和を守ること以外でも忙しいそうだ。

そんな戦いとは関係ない立ち振る舞いのせいで、鶫はあまり『魔法少女』という存在に対して良い印象を抱いていない。彼女達がこの国の英雄であることは十分に理解しているが、それと不信感はまた別物だろう。

――けれどそんな激戦区の中で長い間生き残っていたというのに、その佐藤先輩とやらも運の悪いことだ。そう心の中で軽く同情しながら、鶫は小さく溜め息を吐いた。

「それにしても集会か。……正直ちょっと面倒だな」

億劫そうに鶫が言うと、行貴は目を細めて笑って言った。

「鶫ちゃんてば、集会とか嫌いだもんね」

「避難所に押し込まれてるみたいで息が詰まるんだよ。これぱかりはどうしようもない」

――昔から、体育館のような閉鎖空間に大人数で集まるのは好きじゃなかった。恐らくは過去に遭った災害のせいで軽くトラウマのようになっているのかもしれないが、単に気が滅入る程度の影響なのでそこまでは気にしてはいない。

だが今回に限っていえば、別に出席を取るわけでもないし、行貴が言うように授業が無いなら別に一人くらい帰ってしまっても問題はないかもしれない。

鶫はそう思いながら、軽く頬杖をついて口を開いた。

「やっぱり俺も帰ろうかな。千鳥も俺があいうの得意じゃないのは知ってるし、そこまで気にしないはず……あっ」

「どうしたの？」

「いや、一応千鳥に連絡を入れておこうと思ったんだけど、携帯の充電が切れてたの忘れてた。悪いけど、代わりに連絡をしてもらってもいいか？」

「うん。いいけど貸し一つね」

行貴はそう告げると、おもむろに携帯のカメラを鶇に向け、そのままパシャリと写真を撮った。そしてささっと写真に何らかの操作を加え、鶇の前に差し出した。

不思議に思いながら携帯の画面を覗き込むと、そこには少し青白い顔をした鶇の姿が映っている。……見るからに体調が悪そうな顔だ。

鶇が怪訝そうな顔をして行貴を見ると、行貴は得意げに笑って言った。

「上手く編集できてるでしょ。千鳥ちゃんには『顔色が悪いから帰らせた』って連絡しておいてあげる。その方が角も立たないと思うしさ」

「……お前、そういう気遣いもできたんだな。まあ取りあえず助かったよ。ありがとな」

偽装ありきで動くのはどうかと思うが、そんな気遣いが出来るなら普段からもっと頑張ってほしい。それでも鶇のことを考えて行動してくれたのは事実なのだから、感謝はしておくべきだろう。

そう考えた鶇が小さく礼を言うと、行貴は気にするなとでも言いたげにヒラヒラと手を振った。

行貴はそのまま机の上の荷物を小さな鞄にまとめ帰り支度を終えると、静かに席から立ち上がって言った。

「じゃあ僕もそろそろ帰るから。あ、携帯使えないと困るだろうから予備の警報機貸してあげるね」

「ああ、助かる」

「――鶫ちゃんも気を付けてね。最近は何かと危ない事件が多いみたいだから。じゃ、またね」

行貴は鶫の手に魔獣の警報機を握らせてそう言うと、ぽん、と労わるように鶫の肩を叩き教室から去って行ってしまった。……行貴が人のことを心配するなんて、悪いことが起こる予兆だろうか。

そんな失礼な事を思いつつ、軽く伸びをしながら鶫が何となく周りを見ると、もう半数以上のクラスメイトが姿を消していた。いくら出欠が成績に響かないとはいえ、この有様はひどい。

だがクラスの連中のことを考えると、半分残っただけでもまだ良い方かもしれない。そもそも、鶫の所属している二年F組は、学年の問題児たちが集まったクラスである。何の利益もない全校集会に出席しようとする奴の方が珍しい。

自分のことを棚に上げてそんなことを思いながら、鶫はやれやれと肩を竦め、窓から雨上がりの青空を見つめた。先ほどまで土砂降りだったとは思えないくらいに、清々しい晴天である。美しい虹までかかっている始末だ。

何となく理不尽なものを感じ、鶫はしばらくの間苦々しく空を睨み付けたが、やがて諦めたように息を吐きカバンを担ぎ直した。……自然現象をいくら憎らしく思ってもどうしようもない。こういう時は忘れるに限る。

そう思った鶫が教室のドアを開けたその時、外から教室に入って来ようとした人物とぶつかりそうになった。

「きゃあ！」

そう悲鳴を上げて前のめりによろめいた人物を、鶫はとっさに抱き留めた。ぴったりと張り付いた体から、ふわりと甘い香りが鼻孔を擽《くすぐ》る。

いきなりのことに硬直していたその人物は、申し訳なさそうに鶫を見上げて言った。

「あ、あら？　ごめんなさい、先生ちょっとうっかりしてて……」

「涼音《すずね》先生……この前もそう言って階段から落ちそうになってませんでした？　怪我すると危ないから気を付けてくださいよ」

鶫がそう言うと、教師――涼音渚《なぎさ》は恥ずかしそうに頬を染めた。

この女性――涼音は鶫のクラスの担任なのだが、どうにも年上にしては頼りないというか、おっとりしていて目が離せない危うさがある。そのせいか、問題児が多いこのクラスの中でマスコットのような立ち位置にいた。というよりも、ほぼ子供を相手にするような扱いである。

どうやら本人はその扱いが不満のようだが、四月にあった外部オリエンテーリングの際に、生徒を差し置いて真っ先に迷子になったことなどを考えれば、わりと順当な扱いではある。

ちなみにその時は我が強いクラスの連中ですらも、みんな一丸となって必死で迷子の教師を探した。そのお陰か、例年通りなら学級崩壊一歩手前と言われるこのF組も、現在はそれなりにまとまりがあるクラスになっている。まあ、あくまでもそれなりにだが。

事件当初はもしやこれが狙いだったのだろうか、と鶫は感心していたのだが、日々の天然ぶりを見ていると、演技ではなく素だったのかと少しやるせない気持ちになる。はたして二十代半ばを超えた大人がこんな有様で大丈夫なのだろうか？

そんな心配をしつつも、鶫は内心この状況をどうしたものかと冷や汗をかいた。流石《さすが》に教師を目の前にして堂々と家に帰るほど面の皮は厚くない。

一方涼音は、極端に人が少ない教室を見渡しながらおろおろと視線を彷徨《さまよ》わせている。……いくら鈍い涼音でも、教室の様子のおかしさに気が付いたのだろう。

そうして涼音は気落ちしたように溜め息を吐くと、口を開いて言った。

「もしかして、今いない子達はもう帰っちゃったのかしら」

「あー、その、多分そうでしょうね」

「そんなぁ、これから全校集会があるのに……また学年主任に怒られちゃう……」

涼音はか細い声でそう言うと、目に涙を滲ませた。

——あ、やばい。そう思うが、一足遅かった。

「あー！　七瀬の奴が渚ちゃん泣かせてる」

「おいおい何やってんだよ。渚せんせーが可哀想だろー？」

けらけらと笑いながら、わずかに残っていたクラスメイト達が次々に野次を飛ばす。

……ああ、だから嫌だったのに。そう内心げんなりとしつつ、鶫はクラスメイト達に向き直った。

「俺のせいじゃないっつーの。文句は早退した連中に言えよ」

「だってお前も帰るんだろ？　なら一緒じゃん」

「ぐっ、それは……確かにそのつもりだったけど」

悔しいが、クラスメイトの言うことも尤《もっと》もである。

泣きそうになっている涼音の背を慰めるように軽く叩きながら、鶫は困ったように目を伏せた。涼音とぶつかった時点で冷やかされるだろうなとは思っていたが、これで余計に帰りにくくなってしまった。

本当はこっそり帰るつもりだったが、こうして担任に会ってしまった以上、一応早退の旨は告げなくてはならない。だが、落ち込んでいる涼音にそんな追い打ちのような真似をするのは流石に憚られた。

だってもう既にクラスの半数以上がこの場からいなくなってしまっているのだ。こんな状態で全校集会が開かれれば、涼音が嘆くように後で他の教師に責められることは確実だろう。

……やっぱり少し可哀想だから残ってあげた方がいいかもしれない——と鶫が悩み始めたその時、涼音が濡れた瞳でじっと鶫の顔を見つめていることに気が付いた。

「涼音先生？　どうかしました？」

もしかしたら帰ろうとしていたことを怒っているのかもしれない。鶫はそう考えたが、涼音の口から出たのは予想できない言葉だった。

「——七瀬君。大丈夫？　どこか調子が悪いの？」

「え？」

それは、ひどく心配そうな声音だった。何を聞かれたのか意味をくみ取れず、鶫は思わず聞き返した。

「その、別に体調とかは悪くないんですけど、そんなに調子が悪そうに見えますか？」

鶫がそう問うと、涼音は少し言いにくそうにしながらも、口を開いた。

「……あんまり良さそうには見えないわね。他の先生にはちゃんと先生が説明しておくから、今日は帰ってもいいのよ？」

涼音はそう告げると、心配するように鶫を見上げた。

普段はクラスの者がサボったり早退しようとすると悲愴な顔で止めにかかるのに、一体どういう風の吹き回しだろうか。そんな涼音の態度に内心首を傾げながら、鶫は困ったようにクラスメイトを見た。

「えっ、なになに？　七瀬体調悪いの？」

「いや、別にそこまでは……。俺、そんなにひどい顔してるか？」

「んー、いつもと同じに見えるけど。渚ちゃんの勘違いじゃねーの？」

話を聞いていた他のクラスメイト達も、特に鶫が不調には見えないと言う。

「渚ちゃんの気のせいだって。ほら、馬鹿は風邪引かないって言うしさ」

だよなぁ、と楽しげな様子で軽口をたたき合う彼らに、鶫は不貞腐《ふてくさ》れたように声を上げた。

「お前らさあ、友達が調子悪そうって言われてるんだから、ちょっとは心配するそぶりくらい見せろよ。それに俺は別に馬鹿じゃないだろ!?」

「何だよ七瀬めっちゃ元気じゃん」

「つぐみんって天吏の野郎にはそんな怒んないくせに、俺らには怒鳴るのな」

「おい、つぐみんって呼ぶのやめろよ。お前らがそう呼ぶせいで、他のクラスの奴もたまにそう呼んでくるんだぞ。恥ずかしいだろうが」

「えー、親しみやすくていいじゃん」

「よくない。……はあ、もう俺は帰るから。この話はまた今度な」

——まったく、これ以上は付き合っていても埒があかない。教師である涼音からも一応許可は出ているし、帰ったとしても特に問題もないだろう。

不満そうな声を出すクラスメイト達を無視しつつ、鶫は涼音に小さく頭を下げて鞄を持って足早に教室から出た。こういう時はさっさと逃げるにかぎる。

廊下に出てしばらく歩いていると、鶫の背後からパタパタと慌しい足音が聞こえてきた。何事かと思い振り返ると、急ぎ足で駆け寄ってくる涼音の姿を見つけた。不思議に思い、足を止める。

「な、七瀬君。はぁ、よかった。間に合って……」

涼音は急いで廊下を走ってきたのか、肩を震わせて息をきらしていた。何か他に用でもあったのだろうか。

咳き込みつつ肩で息をする涼音を心配しながら、鶫は問いかけるように言った。

「えっと、大丈夫ですか?」

すると涼音は、何かを鶫の前にそっと差し出して小さな声で告げた。

「これ、持っていって」

「これは……お守り？　いや、こんな高級そうなの受け取れませんって。悪いですよ」

小さな黒地の布袋に赤い糸で花の意匠が縫い取られた、どことなく荘厳さを醸し出すお守り。それを見て鶫は首を横に振った。どうしてこんな物を押し付けられるのか理由が分からない上に、何となく自分が持つには恐れ多い気がしたのだ。

「いいから持ってて」

だが涼音は有無を言わせぬ様子で、お守りを鶫の手にぎゅっと握らせた。

その思わぬ必死さに、鶫が驚いて目を見開く。こんなに強引な行動をとる涼音は今まで見たことがなかったのだ。

「嫌な予感がするの。……先生の我儘だと思って、これを持っていてくれない？」

「……えっ、何ですかそれ。ちょっと怖いんですけど」

驚きつつも理由を問うが、涼音は小さく首を横に振るだけで詳しい説明をしようとしない。

鶫は腑に落ちないものを感じながらも、手渡されたお守りをそのまま学ランの胸ポケットへと放り込んだ。よく分からないが、別に持つくらいなら問題はないだろう。

するとすると涼音は、ホッとしたように微笑んだ。

「ごめんね。変なこと言っちゃって」

「まぁ、それで先生の気が済むなら別にいいですけど」

「本当に気をつけて帰ってね。やっぱり、どうしても気になっちゃったから」

そう言って心配そうに眉尻を下げる涼音に、鶫は面倒だな、と思いつつも静かに頷いてみせた。

――幼い子供じゃないんだから、そう何度も同じことを言わなくてもいいだろうに。

「大丈夫ですよ。先生が思っているほど体調は悪くないですし」

「今はそうかもしれないけど……」

どことなく歯切れの悪い返答をしながら、涼音は不安そうな視線を鶫に向けてきた。

そして何か言いたげに口を開いたかと思うと、きゅっと一度だけ躊躇《ためら》うように深く目を閉じ、やがて気を取り直すかのようにふわりと微笑んだ。

「本人が言うんだから、きっと大丈夫よね。じゃあまた明日ね七瀬君。今度は遅刻せずに学校へきてね」

「……あはは。さようなら、涼音先生」

さりげなく今日の遅刻のことを突っ込まれた。鶫は誤魔化すように笑みを浮かべ、逃げるように涼音に背を向けると、また真っ直ぐに玄関の方へと歩き始めた。

その背中をじっと涼音が見つめていたとは気づかないままに――。


鶫の背中が見えなくなった頃、涼音は誰にも聞こえないくらい小さな声でそっと呟いた。

「……あの子、全身に赤い糸が巻き付いていた。見ていて息苦しいくらいに」

涼音はそう言ったが、もしこの言葉をクラスの生徒が聞いたらきっと首を傾げたことだろう。

鶫の見た目は、他の生徒からは『いつも通り』にしか見えなかったのだから。

――はたして涼音には一体何が見えているのだろうか。

「あれではもう恐らく……。いいえ、だからこそ……」

そして涼音は祈るように手を組み、静かに目を伏せた。

「私には祈ることしかできないけれど、どうか——死なないで、」

3・忍び寄る影

学校を出て人通りの少ない道を歩きながら、鶇は小さく首を傾げた。

先ほどの涼音の様子がどうにも腑に落ちなかったからだ。

「――あの人もよく分かんない人だよなぁ」

涼音渚という女性は教師というには少し頼りないが、その人格は信頼できると鶇は思っている。

相談をすれば親身になって協力してくれるし、理解の無い大人のように理不尽なことは絶対に言ったりしない。見方を変えれば、涼音は誰よりも教師に向いている人間なのかもしれない。

――だがそれでいて、涼音には地に足がついていない不安定さがあった。

こちらを見ているようで、まるで視界に映していない――そんな風に感じる時がたまにあるのだ。

それに加え涼音には、色々な噂があった。それも、オカルトな方向にだ。

実は引退した魔法少女という噂や、有名な神社の跡取り娘だとか、凄腕の霊能者などバリエーションも様々だ。最近だと、事故で死ぬ人間をピタリと当てた、といった眉唾物の話がクラスに広がっていた。どうせ行貴あたりが適当に広めたんだろう、と思って鶇はあまり聞いていなかったが。

だが実際のところ、鶇の通っている冴神《さえがみ》高校には昔から心霊がらみの噂が絶えないらしい。夜中に変なものを見たという話はわりとよく聞く。

鶫自身はそういったモノに遭遇したことはないが、姉の千鳥は学校で変な気配を感じたと言うことがたまにある。鶫は勘違いなんじゃないかと思っているが、実際に幽霊がいないとは証明できないので何ともいえない。

そんなことをぼんやりと考えつつ、鶫は真っすぐ駅に向かって歩いていたのだが、どうにも何か大切なことを忘れているような気がした。

「……あ、そうだ。本を取りにいかないとダメなんだった」

不意にそんなことを思い出した。

実は一月前から発注していた本が、昨日届いたと古物商の店主から連絡があったのだ。

鶫の姉である千鳥は海外の文学、それもマイナーな児童書の蒐集を趣味としており、学校と部活が休みの日には古本屋めぐりをすることも少なくはない。

そんな彼女が前々から欲しいと言っていた希少本が、ようやく手に入ったのだ。

それは今となっては入手の難しい外国の古書で、仕入れてくれる店を見つけるのにかなり苦労した。本を探して片っ端から書店を当たっている最中に、行貴がそういった本を扱っている店を紹介してくれたので本当に助かった。

「千鳥の誕生日が明後日だからなぁ。明日の放課後は行貴と予定があるし、できるなら今日取りに行くのが一番都合がいいんだけど……」

——明後日は鶫と千鳥の十七歳の誕生日だ。

毎年特に打ち合わせなどはしていないが、当日は好物やケーキを持ち寄って、互いにプレゼントを交換し合うことが定例となっている。

——せっかく早めに帰れるのだし、少しくらい寄り道したっていいんじゃないか？

そう心の中で悪魔が囁いた。

だが今日に限っていえば、担任に許可をもらって早退をしている身なのだ。本来であれば寄り道など以ての外だろう。

……けれど、そうなると明日の昼休みくらいしか取りに行く時間はない。流石にそれは少し面倒だった。

鶫は悩むように口元に手を当てると、小さく溜め息を吐いた。

幸いにも、店自体は最寄の駅からそう遠くはない。歩いて十分くらいの距離だ。それくらいなら、寄り道したって問題はないだろう。

「まぁ、きっと大丈夫さ。大して時間は取られないし」

——ごめんね、涼音先生。

鶫はそう心の中で軽く涼音に謝罪した。親身になってくれたことは嬉しいが、涼音が心配するような事なんて滅多に起こるはずがないのだから。

倒れるほど体調が悪いわけでもないし、もしたとえ魔獣と遭遇するにせよ事前に警報が出るので簡単に避難できる。行貴に借りた警報機の端末も持っているし、逃げ遅れることはまずない。

それに魔獣出現の際には最低でも三十分前から警報が出る。

一度は聞き逃したとしても、十分もあれば魔獣の行動範囲から逃げることくらい容易だろう。

鶫はそう楽観的に考え、涼音からの言い付けを破り、駅の反対側へと足を進めたのだ。

――その選択のせいで、今後の人生を揺るがす出来事に遭遇することも知らずに。

――そして時は冒頭へと戻る。

鶫は荒い息を吐きだしながら自身の怪我を睨み付けた。

飛んできた瓦礫《がれき》にぶつかり、自由がきかなくなった片足を引きずりながら、鶫は崩壊していない建物の陰へと隠れた。……痛みで意識が飛びそうだ。

手で強く脇腹を押さえ、止血を試みる。どうせ気休めにしかならないだろうが、やらないよりはずっとマシだ。

「なんだってこんなことに……」

鶫は自らの身に起こった出来事を思い返していた。

涼音の忠告を無視し、駅の裏手にある古物商へと足を進めていた時、鶫はどこか奇妙な違和感を覚えた。

寒気のような、肌が粟立つ感覚。もしや風邪でも引いてしまったのかと内心不安になりながら足を進めていると、その違和感の原因が明白になった。

――人の気配が、無さすぎる？

鵜の周りを歩いている人は一人もおらず、それどころか道を通る車も見当たらない。近くにある店を覗き込んでも、店員すら見当たらない有様だった。

まるで人が避難した後のようにも見えるが、それにしたってあまりにもおかしい。警報だって鳴っていなかったし、つい数分前にはみんな普通に歩いていたのだ。そんな急に人が逃げ出したなら、いくら鈍い鵜だって気が付くはずだ。

……突如として人が居なくなる？

メアリー・セレスト号じゃあるまいし、そんなこと現実に起こってたまるか。

……いいや、違う。本当の問題はそこじゃない。そもそも――ここはどこなんだ？

目的の古物商の店は、駅から近くの神社まで進んで、あとはずっと一本道だったはずだ。何度か店には訪れていたし、道を間違えたとは考えにくい。それなのに今自分が立っている場所は、どう思い返しても見たことのない場所だったのだ。

焦りを感じながら、鵜はひとまず来た道を引き返そうと踵を返した。訳が分からないが、ここに留まるのだけはまずい気がする。

――そうして動き出した次の瞬間、爆発のような破壊音が頭上から聞こえてきた。まさかと思い、空を見上げる。

そこで鶫は――信じられないものを見た。

目まぐるしい速さで空中戦を繰り広げる魔法少女と、巨大なガーゴイルのような魔獣。本来は決して生で目にすることはない、魔獣との戦いを。

「う、嘘だろっ!? なんで俺が結界の中にいるんだよ!!」

そう叫んで、鶫は呆然と頭を抱えた。

結界とは、魔法少女が魔獣と戦う際に作り上げる隔離空間のことである。魔法少女達はその中に魔獣を閉じ込めることで、建造物や逃げ遅れた人に被害が出るのを防いでいるのだ。

仕組みとしては、魔法少女が契約した神の力を借りて魔獣ごと隔離空間へ閉じこもり、現実への干渉を拒絶しているらしい。

――魔獣を退治するたびに街を破壊してしまうのは悲しすぎる。最初の魔法少女はそう八咫烏《かみさま》に訴えた。そうして用意されたのが、隔離結界の始まりである。

突如として出現し始めた魔獣――それに応戦できるのは、神々からの加護を受けた魔法少女のみだ。

けれど、彼女達が戦いを繰り広げるたび、街やそこに住む人々に被害を出してしまっては本末転倒である。

眷属である八咫烏からその訴えを聞いた天照は、『天ノ岩戸』の結界に、隔離空間を作るシステムを追加した。それ以降、魔法少女達は魔獣と戦う前に結界――いわば即席で『異空間』を作り上げるようになったのだ。

結界内で破壊された物は、魔獣が倒されるのと同時に元の状態へ再構築されるので、魔獣が引き起こす被害はほぼゼロとなる。だから彼女達が結界の中でいくら派手に戦おうと、どんなに街を破壊しようと、何の問題もない。

だが、一見万能に見えるその結界には致命的な欠点があった。

魔法少女が作り出すその結界は、魔獣――もしくは魔法少女のどちらかが絶命しないかぎり解除されないのだ。

――だからこそ、魔法少女に敗走は許されない。勝つか死ぬか。そのどちらかしか選べないのだ。

しかも魔獣ではなく魔法少女の方が先に命を落とした場合、その結界内で建物が負ったダメージはそのまま現実にフィードバックされてしまう。

魔獣出現の際に避難が推奨されるのは、その万が一の事故を起こさないためだ。

けれど全く対処法がないわけではない。建物の崩壊が反映されるほんの少しのタイムラグの間に別の魔法少女が結界を張り直せば、崩壊のフィードバックは先延ばしにされる。つまりは、誰かが魔獣に勝てばいいのだ。

昔だと後続の魔法少女が間に合わず、街に被害が出ることも多々あったが、現在は魔法少女の動きもだいぶ組織化されたためあまり大きな被害はない。

……長々と説明したが、それと鶫の現状はまた別の話だ。

当然だが、その魔法少女の隔離空間――つまり結界の中に、普通の人間は入ることはできない。

魔法少女の結界に一般人が巻き込まれたなんてケースは、今まで一度も聞いたことがない。明らかに異常な事態が、鶫の身に起こっているのは確かだ。

「冗談じゃない！　こんなのどうすればいいんだよ！」

　思わず大きな声で叫んでしまったが、こんな状況では混乱しない方が間違っている。……涼音先生の言っていた『嫌な予感』という見立ては、どうやら最悪なことに大当たりしていたらしい。

　――取りあえず、ここから離れないと。戦闘に巻き込まれたらひとたまりもない。

　そうして鶫が急いで逃げ出そうとしたその時、上空で戦っていた魔法少女が、魔獣の太い岩のような腕で遠くに弾き飛ばされた。

　ぞくり、と背中に冷や汗が流れる。空高くから魔獣が、道で立ちすくんでいる鶫を見ていたのだ。

　あ、これはやばい――そう思った時にはもう遅かった。

……それからの記憶はひどく曖昧だ。気が付いたら血まみれになって路地裏に転がっていた。

　この怪我さえなければ戦闘の中心から逃げることもできたのだろうが、何かの破片が足と脇腹に刺さったのか上手く動けそうにない。

　鶫は荒い呼吸を整えつつ、コンクリートの壁へと体重を預けた。正直、もう普通に立っている気力もなかった。

　これ以上はまともに動けない上に、何よりも出血がひどい。下手をすれば、このまま意識を失ってお陀仏だろう。

　涼音先生の忠告をもっと真剣に聞いておけばよかったと悔やむものの、まさか自分がこんな目に遭うとは思いもしなかった。

そもそも、ここは一体どこなのだろうか。

……まるで奇妙な世界にでも紛れ込んでしまった気分だ。

じわじわと地面に染みこんでいく血を見て、最悪の可能性《死》が頭を過《よぎ》る。

一日に何十体もランダムな場所に魔獣が出現するこの国では、魔法少女の救援が間に合わず、魔獣によって怪我を負うことはそう珍しくない。年間の数だと、交通事故で重傷者が出る件数と大して変わらないくらいだ。

もし生きて帰れたら、こんなことに巻き込んだ魔法少女に一度文句を言ってやらないと気が済まない。そう、生きて帰れたら……。

「くそっ……」

――こんなところで虚しく死ぬなんてまっぴらごめんだ。

そう悪態をつくも、どうすることもできない。

ここはありとあらゆる外界から隔絶された、魔法少女の結界《かりば》だ。これが解かれない限りは、鶫はこの悪夢の戦闘領域から逃れることができない。

体から段々と力が抜け、べたりと地面に這いつくばるようにして倒れこむ。少しずつ、目の前の景色が霞んでいくのが嫌でも分かった。

――もう駄目かもな、とぼんやりとした頭で思う。

人が何時《いっ》死ぬかなんて誰にも分からない。鶫の場合、それが今日だったというだけだろう。

結界事故に巻き込まれるなんてかなりのレアケースなのだろうが、もしこれがニュースになったとしても「可哀想だけど運が悪かったですね」程度のコメントで終わってしまうだろう。鵯の命なんて、世間にとってはその程度の価値しかないのだ。

「はは、……どんだけツイてないんだよ」

そう苦笑するように言い、鵯はぐしゃりと片手で頭を抱えた。

今にして考えれば、自分は短いながらも中々数奇な人生を送ってきたようにも思う。

——七瀬鵯には、七歳より以前の記憶が無かった。

鵯が覚えている一番古い場面は、黒いすすに塗《まみ》れた千鳥が鵯の手を引いて炎の海を走っている光景だ。それより前のことは何も覚えていない。

十年前に起こったA級の魔獣が引き起こした大災害——街ひとつが滅んだ災害の数少ない生き残りの内の一人が、鵯と姉の千鳥だった。

鵯も千鳥も、保護された時は自分自身のことは何一つ覚えていなかったけれど、お互いが家族であることだけははっきりと分かっていた。

そして二人は保護された先でとある老人に引き取られ、ほぼ姉と二人暮らしのような形で今まで支えあって生きてきた。辛い時も苦しい時もあったけれど、二人だったから耐えられたのだと思う。

——だがもし自分がこんなに早く先に死んでしまったら、千鳥はどう思うだろうか。

悲しむだろうか。それとも不出来な弟がいなくなったと喜ぶだろうか。……でも、きっと彼女は一人で静かに泣くんだろうなと鵯は苦笑した。

大事な片割れのことだ。大抵の行動は読める。

――だからこそ、こんなことで千鳥を置いては逝けない。

「まだっ、死ぬわけには、いかない」

だって自分が死んだら、今度こそ千鳥は――姉は一人ぼっちになってしまう。

片割れを失った傷が癒えるまで、あの広い家の中で一人泣いて過ごすのだ。そんなの、あまりにも可哀想だ。

それに鶇がこんな不可解な死に方をしたら、きっと千鳥は納得するまで原因を調べようとするだろう。

その過程で彼女が魔法少女を目指したらと思うと、死んでも死にきれない。血で血を洗うような戦いなんて、あの優しい姉には絶対に似合わないのだから。

――けれど、どうすればいい。どうすればこの最悪な状況で生き残ることができる？

ぎり、っと地面に爪を立てる。己の無力さに吐き気がした。

上から聞こえる戦闘音から推測するに、魔法少女と魔獣の戦いはまだ終わりそうもない。恐らく決着が付く前に鶇の体力の方が尽きるか、周りの建物の倒壊に巻き込まれる方が早い。

だが、まだ死ねない。死ぬわけにはいかないのだ。

だって自分はまだ――姉に対する恩返しが出来ていないのだから。

――十年前、千鳥は燃え盛る街で泣きわめいていた鶇の手を引いて必死で走ってくれた。自分だって怖かったはずなのに、そんな様子は一切見せずに励ますように笑ってくれたのだ。

そんな千鳥の姿に、鶇は気高いヒーローの姿を幻視した。優しくて強くて格好いい理想のヒーロ

――。

あの日からずっと、千鳥は鶫の憧れだった。だというのに、自分は大切な人の心を深く傷つけて無残に死んでいくことしか出来ない。

……このまま何も為せずに死んでしまったら、きっと死んだ後も永遠に後悔するだろう。そんなのは嫌だ――嫌なんだ。

そんなエゴにも似た想いを抱きながら、鶫は搾り出すような声で言った。

「生きて、やる。――こんな訳の分からないところで、死んでなんかやるものかっ……！」

力が入らない体を無理やり起こし、震える足で立ちあがる。血を強《した》かに吸った制服が重くて仕方がない。

鶫が立っている地面はもう既に血みどろだ。でも、まだ自分は生きている。

状況は最悪で、いつまた戦闘の余波に巻き込まれるか分からない――そんな有様なのに、鶫は微笑んだ。何一つ諦めたりしない、そんな決意が見える表情だった。


――その満身創痍で歩き出した鶫の姿を、じっと見つめる黒い影があった。

黒い影は、まるで面白い物を見たとでも言わんばかりに、ぱたりと一度だけ艶やかな尻尾を揺らし、静かに言った。

「ふん、これだから人間は愚かしい。――だが、それもまた醍醐味か」

そう言って黒い影は、ゆっくりと鶫の方へと歩き始めた。

――ここで立ち止まっていても、戦いに巻き込まれて死ぬだけだ。

ボロボロな壁に手をつき、少しでも被害から逃れられるような場所を目指して歩く。視界が霞むせいで、あちこちにある障害物が分かりにくい。

動くたびに体中に走る激痛は、だんだんと鈍い痛みへと変わっていっていた。感覚が麻痺してきているのかもしれない。

それでも鶫は必死で歩き続けた。そうして、戦闘音が多少遠くに聞こえるようになったところで、上空から見えにくいところにある路地裏へと転がり込んだ。

「はは、痛みで震えがとまらない……」

そう言って、自分を揶揄《やゆ》するように笑う。そうでもしなければ意識を失いそうだった。

もうこれ以上は一歩も動けない。けれど、先ほどよりは戦いの中心から離れることが出来た。根競べというには分が悪いが、ここで蹲りながら戦いが終わるのを待つしかない。

――けれどいくら自分を奮い立たせようとも、心の中の冷静な部分は、もうこの体は持たないだろうと悟っていた。

げほっ、と血が混じった咳を吐き出し、鶫は目を閉じた。まぶたの裏で赤い光が蝶のようにひらひらと飛んでいる。なんだか、気を抜いたら眠ってしまいそうだ。

「……悔しい、なぁ」

鶫はほとんど吐息のような声でそう呟いた。

死にたくないとは思う。けれど、これ以上どう頑張ればいいのか分からない。

根性だけでどうにかなるのは、それこそ漫画の中だけだ。もし自分の意志だけで状況がどうにかなるならば、この世にヒーローなんて必要ない。

重たい瞼を開け、ゆっくりと自分の体を見下ろす。

手足に滴った血がまるで赤い紐のように見え、もしこの場に死神がいたならば「お前には死の運命が絡みついている」なんて厳かに言ってくれたのかもしれない。

そう心の中で軽口を叩くも、実際に口に出すだけの気力もなくなっていた。

段々と自分の思考が鈍っていくのが分かる。その穏やかな眠りにつくような感覚が、かえって恐ろしかった。

こんな状態では何をしても無駄なことくらいとっくに分かっていた。それでも生き延びようとするならば、それこそ神の奇跡を願うより他にないだろう。

そこまで考えて、鵜は自嘲の笑みを浮かべた。

――奇跡だなんて、そうそう起こるものじゃない。

才気溢れる素晴らしい人間ならばともかく、鵜は凡庸な人間だ。こんな取るに足らない存在を、神様がわざわざ助けてくれるはずがないのに。

こんな死にぞこないの人間に手を差し伸べてくるのは、それこそ人の弱みに付け込もうとしてくる悪魔か何かだろう。

――でも本当は、助けてくれるなら悪魔だって構わなかった。

今ここで少しでも生きながらえることができるのなら、どんな奴の手だって取ってやる。鵺はその時、確かにそう思ったのだ。

だからこの出会いはきっと――奇跡とは呼べない。けれど、運命ではあったのだろう。

「――小僧。お前、救われたいか？」

不意に、鵺の耳にそんな言葉が入ってきた。

目の前の地面に、黒い影が落ちる。鵺がゆるりと顔を上げると、そこには一匹の黒猫がいた。

金色の瞳をした黒猫は、鵺の顔を覗き込みながら再度言葉を繰り返した。

「生き延びたいか？　それともこのまま死ぬか？」

返答によっては助けてやらなくもないぞ、と黒猫は笑いながら言った。

――この時、この黒猫がまともなモノではないことは鵺にもはっきりと分かっていた。

けれど黒猫の言葉には抗いがたい魅力があった。

今にも縋り付きたくなるような神聖さと、顔を背けたくなるような嫌悪感が混ざり合ったみたいな、不思議な感覚。それでいてどこか惹かれてしまう――そんな何かが。

天照大神の張った結界も、決して万能ではない。鵺の今の有様がいい例だ。結界だって時には悪しきモノを取りこぼすことだってあるだろう。

人を弄ぶ悪魔か、それに近しい悪しき神か。何にせよまともな神経をしているなら相手にしない方が正しい。手を取ったところでどんな不利な契約を結ばれるか分からないのだから。

――そう、普通ならそう判断する。判断するべきだった。

けれど鵺は、その黒猫《あくま》が救いに見えた。

たとえ目の前の存在が悪魔だったとして、それに何の問題があるのか。理不尽な契約で自分が苦しむだけで済むならそれでいいじゃないか。この場で誰にも知られないまま死んでいくより、その方がずっとマシな気がした。

黒ずんだ血で汚れた手で、黒猫の前足を摑む。返事をしようとしたが、もう声もまともに出せやしない。

——だから鵺は黒猫に向かって頷いて見せたのだ。しっかりと、肯定の意を示すように。

それを見て黒猫は笑った。

ニタリ、と口角を上げるその様は、どう見ても猫の骨格ができる動きではない。

黒猫はそっと鵺の耳元に顔を寄せ、愉し気に言った。

「そうか。——ならば巣食ってやる」

——そして黒猫は、鵺の喉笛にその牙を突きたてたのだ。


「鵺っ！　大丈夫なのっ!?」

いきなり耳元で聞こえた大声に、鵜は思わず悲鳴のような声を上げた。

「うわっ！　え、千鳥？　どうしてここに……？」

鵜はふらつく頭を抱え、心配そうな顔をしてこちらを覗き込んでいる千鳥のことを見上げた。急な覚醒のせいで、心臓が異常なまでに脈を打っている。

ズキズキと痛む額を押さえながら、そっと辺りを見わたす。するとそこには、見覚えがある自宅の玄関の風景が広がっていた。

あのまま意識を失い、てっきり自分はまだ瓦礫の中に倒れこんでいるんだとばかり思っていたのだが、一体何が起こったのだろうか。

……いや、それどころか瓦礫が突き刺さった体の傷も無くなっている。不思議に思いぺたぺたと脇腹や足を触ってみるものの、何の異常も見受けられない。

――あれはもしかして夢だったのだろうか？　そんな疑問が脳裏をかすめた。

だがもしあれが夢だとすると矛盾が出てくる。不可解なことに、鵜には学校から家まで自力で帰ってきた記憶がないのだ。

一体いつからが夢で、どこからが現実なのだろうか。もしかしたら、今この瞬間こそが、死に際の夢の中なのかもしれない。

そんな鵜の行動を不安そうに見つめながら、千鳥は口を開いた。

「天吏君から連絡があったから私も部活を休んで早めに帰ってきたんだけど、鵜ってば玄関で倒れてるんだもの。心臓が止まるかと思った……。ねぇ、本当に大丈夫なの？」

そう言って、千鳥は心配そうに鶫の顔を覗き込んだ。その目には、不安が見え隠れしている。

「え、ご、ごめん。少しぼーっとしてて……」

「やっぱり風邪でも引いたの？」

千鳥はそっと鶫の前髪をかき上げ、自分の額を鶫のそれに重ねた。額からじんわりと人肌の温かさが伝わってくる。

……だが千鳥の端整な顔が至近距離にあり、どうにも落ち着かない。いけないことをしている気分だ。

そんな鶫の複雑な心境など知る由もない千鳥はゆっくりと額を離すと、安心したようにほっと息を吐いた。

「よかった、熱はないみたい。でも念のため今日はもう休んだ方がいいと思うけど。もし後でお腹がへったらおかゆでも作ってあげるからね」

そう言って千鳥は微笑んだ。その千鳥の顔を見て、鶫はじわりと目頭が熱くなるのを感じた。

——ああ、良かった。今日も千鳥は笑ってくれている。

そう安堵しながら胸を押さえて軽く目を閉じる。千鳥の微笑む顔を見て、どっと体から力が抜けたのだ。

「……ごめん、千鳥。今日はもう眠いから夕飯はいいよ。明日適当になにか作るから」

「そう？　何かあったら言ってね。本当、鶫はすぐ無茶をするんだから」

そう言って困ったように微笑む千鳥に断りをいれ、鶫はフラフラとした足取りで自分の部屋へと戻った。

バタン、と扉を閉め、壁を背にずるずるとその場に座り込む。

ぼんやりと天井を見上げ、混乱していた思考をなんとか覚醒させていく。いつも通りの日常のはずなのに、ざらつくような違和感がある。

――だってどう考えてもおかしすぎるのだ。

鵜は傷もほつれもない新品同然の学生服を見て、眉をひそめた。

上手く言えないけれど、あの怪我は確かに本物だったはずだ。けれど服をめくって脇腹を見ても、傷なんて一つも見当たらないし痛みだってない。怪我の痕跡がすべて消えてしまっているのだ。

「やっぱり夢だったのかな……」

そうぽつりと呟く。だが夢と言い切るには、あまりにも苛烈な出来事だった。

腑に落ちないものを抱えながら、鵜は立ち上がってそのままベッドへと勢いよく寝転んだ。

きっと、夢ならば夢のままで終わらせた方がいいのだろう。自分はこうして五体満足で生きている。その事実だけが重要なのだ。

だからこそ、自分はこう言うべきなのだ。

――ああ、夢で良かった、と。

そう安堵して目を閉じた時、頭上から何者かの声が聞こえてきた。

「――何が夢だこのド阿呆が」

がばり、と反射的に上半身を起こす。

——何だ、今の声は。

「え……、あ、あれ？」

「何を呆けた面をしている。貴様の主がこうして姿を見せているのだ。地べたに頭を擦り付けて平伏《ひれふ》すべきだろうが」

声の主——背中に蜻蛉《とんぼ》のような薄い羽を生やした黒猫は、ふわふわと鵺の前に浮かびながらそう言い切った。

鵺は現状が把握できていないのか、ポカンと大きく口を開けたままその奇妙な生き物を見つめている。

「は……？」

「だから、頭が高いと言っているっ!!」

呆けている鵺に黒猫はそう怒声を上げると、ぷにぷにとした肉球のついた前足をしならせて、勢いよく鵺を平手打ちした。

「ぐっ!?」

ファンシーな姿に反し、その攻撃は強烈だった。

鵺は叩かれた勢いでベッドの上から転落した。じんじんと頬が鈍い痛みを告げている。

「ふん、愚図め。ようやく頭を下げる気になったのか」

――いや、お前がぶっ叩いて落としただけなんだが。鵺は心の中でそう思ったが、口には出さなかった。賢明な判断である。

「おま、……いえ、貴方は一体何者なんですか？」

鵺はいきなりの現状に混乱しながらも、何とかそう口に出した。敬語なのは、お前と言いそうになった時に殺気立った目で睨まれたからである。

すると黒猫は、腕を組んで鵺を馬鹿にするように見下ろした。

「何だ貴様、本当に何も覚えていないのか？　とんだ無能だな。もしくは愚かにも忘れたふりでもしているのか？　――はっ、今さら逃げられると思うなよ」

黒猫の容赦ない言葉に鵺は黙り込んだ。返すべき言葉が思い浮かばなかったのだ。

……いや、薄々は分かっていたのかもしれない。

おぼろげな記憶に残る、死にかけた自分の姿。身を裂かれるような痛み。――そして、救世主のように響いてきた、あの言葉。

『救われたいか？』

その言葉に、鵺は確かに頷いたのだ。ならば、この黒猫は――。

「貴方が――俺を助けてくれたのか」

鵺は静かに顔を上げ、黒猫をジッと見つめてそう言った。

怪我が治っているのも、いつの間にか家に帰っていたのも、きっとこの黒猫がどうにかしてくれたのだろう。

「はっ、ようやく思い出したのか」

黒猫は不遜な様子でそう言うと、ベッドにドスッと腰を下ろし皮肉気に笑った。そして朗々と語るように口を開いた。

「我こそが神。我こそが王。我こそが貴様の主《あるじ》なり。――喜べ下僕。貴様は晴れて我の暇つぶしの玩具に選ばれたのだ。精々壊れん程度に踊ってもらわねばな」

黒猫の嘲るような言葉の羅列に、じわり、と言いようのない悪寒が背筋を駆け上る。

この予感には覚えがあった。そう――まるで行貴の悪だくみに巻き込まれた時のような、嫌な予感だ。

不安と恐怖を抑え込みながら、鶫は黒猫に問いかけるように口を開いた。

「玩具？　踊る？　……一体俺に何をさせる気なんだ」

「貴様には我の命令に従ってもらう。分かっているとは思うが、貴様に拒否権は無いぞ。対価はもうすでに払っているからな」

そう言って黒猫は鶫を見下ろした。

……つまり、命を救ったことそのものが対価ということなのだろう。ならば鶫はこの黒猫には逆らえない。

今更逃げることはできない――だってもうすでに契約はなされてしまっているのだから。理屈ではなく、心がそれをはっきりと認識している。この黒猫は間違いなく鶫の主なんだと。

そう判断した鶫は、覚悟を決めて口を開いた。

「俺に出来ることなら何でもやるよ。あの状況から生きて帰ってこられたのは、間違いなく貴方のおかげだ。本当に、貴方には感謝してる」

「そうか、なら話は早い。早速だが貴様には――」

「でも、千鳥――姉に迷惑をかけるようなことだけは俺には出来ない」

黒猫の言葉を遮り、鶫はしっかりと顔を上げて黒猫の目を見つめた。

命を救ってもらった恩は重い。自分が出来ることなら何でもやるつもりだし、どんな苦労をしたって文句は言わないつもりだ。だが、どんなに恩義を感じていたとしても出来ないことはある。

「貴方が俺に何をさせたいのかは知らないけど、俺だけならいくらでも使い潰していいし、どんな風に扱っても構わない。――でも身内に迷惑をかけるような真似だけは絶対にできない。それだけは絶対に譲れないんだ。……いや、都合のいいことを言っているのは自分でも分かってるよ。もしそれが気に食わないなら、傷を元に戻されてもしょうがないと思ってる」

自分一人が苦しむだけならいくらでも我慢できるが、その行いのせいで千鳥に迷惑をかけることだけは避けたかった。

もしここで契約破棄――傷を元に戻されたとしても、同じ家の中には千鳥がいる。最後に言葉を交わす程度の時間なら残されているだろう。

不可解な死になってしまうことには変わりないが、それでもきちんと説明をすればまだマシなはずだ。そう覚悟し、鶫は黒猫を見つめた。

だが黒猫――神様の反応は、鶫の想像とは違うものだった。

「馬鹿にするなよ、小僧。この我が貴様程度の矮小《わいしょう》な人間を使って悪事を行うとでも言いたいのか！　そんなことをしたら他の神どもに失笑されるわ！」

見くびるなよ人間風情が！　と、叫ぶように罵倒され、鶫はぽかんと口を開けながら怒り狂う黒猫を見上げた。……よく分からないが、どうにもお互いの解釈の相違があるらしい。

鶫は痛む頭に手を添えながら、困ったように黒猫に問いかけた。

「ええとつまり、貴方は俺の家族に酷いことをしたり、犯罪行為を強要したりはしない、っていう解釈でいいのか？」

「ふん、そうなるな。そんな下らないことをするほど我は暇ではないからな」

「……なら、俺は一体何をすればいいんだ？」

普通の人間にできることなんてたかが知れている。はっきり言って、この神様を満足させられるようなことが自分にできるとは思わなかった。

「この遊技場《くに》では、神の玩具のことを『魔法少女』と呼ぶのだろう？」

その問いに鶫が怪訝に思いながらも頷くと、黒猫は美しい金の目を細めて笑い、とんでもないことを鶫に告げた。

「――貴様には、我の魔法少女になってもらう。こんな楽しい催しに参加しないのは野暮だからな。精々楽しませてもらうぞ」

魔法少女になる。その言葉が上手く呑み込めずに鶫は混乱した。

「ちょ、ちょっと待ってくれ。魔法少女って……俺は男なんだぞ？　適性がないのに出来るわけがない！」

「黙れ。貴様に拒否権はない。我がやれと言ったら、やれ。貴様の意見など必要ない」

威圧的な声で黒猫は言った。その重圧《プレッシャー》に、鶫は冷や汗をかきながら押し黙った。

……今日襲われた魔獣なんかより、よっぽど恐ろしい気配を放っている。

黒猫は静かになった鶫を見て満足したのか、怒気を和らげながら呟くように言った。

「だが、あの太陽神に目を付けられるのは我の本意ではない。貴様にはあくまでも此処のルールの範囲内で目立たずに動いてもらう。まあ、一般の玩具《まほうしょうじょ》と同等くらいの扱いはしてやろう」

黒猫はそう言ってくれたが、そもそもの前提が間違っている気がする。……意見は必要ないと言われたが、念のため伝えておいた方が良い気もする。

そう考えた鶫は、控えめに手を上げながらぼそぼそと話し出した。

「でも、さっきも言ったように俺は男なんだ。詳しくは知らないけど、男が魔法少女になった前例はないし、男は神様の力を受け入れる器には適さないんだろう？　それに男が魔法少女になったら絶対に目立つし、変な風に話題になると思うけど……」

目立つだけならまだしも、吊るし上げられて社会的に死ぬ可能性もある。

一部の界隈では魔法少女は神聖なものとして扱われ――つまり無骨な男が介入できない存在となっているのだ。そこで何の断りもなく男が魔法少女になれば、世間に叩かれることは間違いない。

すると黒猫は、問題ないとでも言いたげに首を横に振った。

「まさか貴様、我が適性も無い人間をわざわざ選ぶような間抜けだと思っているのか？　間違いなく貴様には適性がある。そうでなければ、あの結界に紛れ込むことは出来ないだろうからな」

「……え?」

黒猫ははっきりとそう告げると、言い聞かせるように話し出した。

「心配せずとも姿形は我の権能で弄《いじ》ってやる。必要以上に騒がれるのは面倒だからな。――それに契約してから気づいたが、お前は普通の女どもよりも神力の浸透率が高い。俗人にしては珍しいな。巫女に混じって修行でもしていたのか?」

「そんな筈はない……と思うけど」

修行なんてそんな馬鹿げたことあるわけがない、と思うが幼少期の記憶がないため断言はできなかった。

そもそも過去の戸籍も十年前の大災害の時に燃えてデータも消えてしまっているので、自分のルーツはさっぱり分からないのだ。

鶫がそう答えると、黒猫は興味がなさそうに言葉を続けた。

「まあいい。明日、実際に変身して魔獣と戦ってもらう。そうすれば嫌でも問題がないことが分かるだろうからな」

そんなあっけらかんとした言葉に意議を唱えたくなったものの、拒否権を認められていない鶫は静かに頷くことしか出来なかった。

これで話は終わりだとでも言いたげに立ち上がろうとした黒猫に、鶫はずっと考えていた疑問をぶつけた。

「あの、一つだけ質問をさせてほしい」

「なんだ。言ってみろ」

面倒くさそうに眉をひそめた黒猫に、鶫は控えめな声で問いかけた。

「助けてくれたことは本当に感謝しているし、やれと言われた以上は頑張るよ。――でも、なんでわざわざ俺《おとこ》を選んだんだ？　貴方は恐らく神様の中でも高位の存在だろう？　だったら政府を経由すればもっと優秀な女の子をいくらでも選べたはずなのに」

この日本では、主祭神が天照大御神――つまり女神なので、天照の側に仕えるのは基本的に女性となる。だからこそ、世間的には『神様は女性を好む』という認識が根強い。

いくら契約で優位に立てるとはいえ、わざわざ男である鶫を選ぶ必要性はまったくないのだ。

そんな鶫の疑問に黒猫は顔を歪めると、吐き捨てるように言った。

「あいにく我は他の神ども《ゴミクズ》と違って、媚びを売る女は好かん」

「ご、ゴミって……。つまり、ええと、女嫌いってことでいいのかな」

他の神に対するいきなりの暴言に戸惑いながらも、鶫はそう聞き返した。

すると黒猫は、ふんと鶫を馬鹿にするように鼻で笑って口を開いた。

「何度か政府の選抜者とやらを見に行ったが、あんなもの話にならん。奴らが望んでいるのは神への奉仕ではなく、いかに自分が得をするかだ。そのためならいくらでも自分を偽る上に、欲深さを隠しきれていない。――あの有様は、権力者に侍《はべ》る宗教家に似ていて反吐《へど》が出る」

そう言って黒猫は不機嫌そうに尻尾をバタつかせた。……何か宗教家に大きなトラウマでも抱えているのだろうか。

「全部が全部そんな人ではないだろうけど……。なら、在野の子じゃダメだったのか？　純粋な子なんて探せばどこにでもいたと思うけど」

政府に属していなくても、純粋な気持ちで神様に仕えることを夢見ている子供は沢山いたはずだ。神様だったらそれくらい簡単に探すことができただろうに。

そんな風に鶫が告げると、黒猫は苦虫を噛み潰したような顔をした。猫の姿でもそんな器用な表情ができるのかと少しだけ驚く。

そうして黒猫は、不貞腐れたような声音で話し始めた。

「政府の奴らも在野の連中も大して変わりはない。……そもそも我は若い女はキィキィと煩いからあまり好かん。ならば貴様のような雑に扱っても問題ない人間を使った方が気が楽だからな」

鶫は黒猫の発言に軽く引きながら「そうですか……」と小さな声で答えた。

はっきり言って、魔法少女を扱うのに全然向いてないタイプの神様だ。

「えっと、その基準で言うと俺は一応セーフなんですか」

「思い上がるなよ人間。まだマシというだけだ。これ以上減らず口を叩くようならその口を縫い付けてやるからな」

さらりとそう脅しをかけてきた黒猫に、鶫は遠い目をしながら静かに頷いた。沈黙は金ともいう。

つまりこの神様は魔法少女――好き勝手に扱える人間と契約したかったが、極度の女嫌いだったため、弱みを握れそうな死にかけの男《つぐみ》で妥協した、ということなのだろうか。いやもう突っ込みどころしかない。

「ふんっ、我のような高貴な存在が貴様のような輩《やから》で妥協してやったのだ。泣きながら感謝するといい」

「……はい、ありがとうございます」

何にせよ、神様の意志が変わらない限りは鵺が魔法少女になるのは確定のようだ。変身してどんな姿になるのかはあんまり考えたくない。

黙り込んだ鵺に、黒猫はにんまりと笑って言った。

「これからはしっかりと働いてもらうぞ。楽しみだな、我の契約者《やどぬし》よ」

「それは分かったんだけど、一ついいかな」

「……先ほどから思っていたが、貴様はどうにも物言いが無礼だな。まあいい、我は寛大だ。長い付き合いになるのだし多少の些末事は広い心をもって許してやろう。で、何の用だ？」

「貴方のことを、俺はなんて呼べばいい？」

そう言って鵺は黒猫のことを見つめた。

色々と話をしたが、肝心の名前を聞いていない。別に聞かなくてもそこまで問題はないだろうが、ついうっかり黒猫と呼び掛けてしまったら大変なことになる。「我を畜生呼ばわりするつもりか！」と怒り出す姿が目に浮かぶようだ。

そんな鵺の問いに、神様は目を真ん丸に見開くと、こてんとその小さな頭を傾げた。

「うん？　まだ言っていなかったか？」

それに鶫が頷くと、黒猫は考え込むようにして言った。

「そうだな、――我のことは『ベル』とでも呼ぶがいい」

「ベル……？」

――そんな名前を持つ神様、もしくは悪魔はいただろうか？　少なくとも鶫には覚えがなかった。

「様を付けろ、愚図。貴様には仕えるモノとしての礼儀が足りんな」

「ご、ごめんベル様。それとあの、俺にはちゃんと鶫《つぐみ》っていう名前があるんだけど……」

そう鶫が控えめに告げた言葉に、黒猫――ベルはすげなく答えた。

「それがどうした。何か問題でもあるのか」

「いえ、何でもないです」

ベルが苛立っている気配を感じ、鶫はすぐに言葉を撤回した。おそらくベルは人間の名前なんて覚えるつもりが無いのだろう。……少し悲しい気もするが仕方がないことだ。

鶫が少しだけ落ち込んでいると、ベルは手をポンと叩き何かを思い出したように口を開いた。

「ああ、そういえば名前で思い出した。貴様の魔法少女登録だが、偽名で登録しておいた。政府の首輪付ではない野良はそういったことに融通がきくからな。これなら変身中の姿を見られない限り、貴様が魔法少女だと気づかれることもないだろう」

「ぎ、偽名？　確かにその方が俺としては助かるけど、一体どんな名前なんだ？」

もしそれが名乗るのも恥ずかしいキラキラネームだったら、どうすればいいのだろうか。ごくりと息を呑みながらベルの言葉を待つ。ある意味、緊張の一瞬だった。

「――葉隠桜《はがくれさくら》。我ながら、よい名だろう？」

そう告げながら得意げに笑うベルに、鵺は感心したように頷いた。

「へぇ、もしかして『葉隠聞書』から来てるのか？　随分と渋いところから持ってきたんだな。確かに俺は一度死んだみたいなものだし、ちょうどいいかもしれないけどさ」

そう言いながら、鵺はベルの知識に驚いていた。

よく世間では誤解を受けるが、葉隠聞書という武士の心得の指南書の一節『武士道と云ふは死ぬ事と見つけたり』とは目的のため決死の覚悟で挑むこと――ではない。

本来の意味は、すでに死んだ身であるという心境からの判断こそが、最良の結果を生むという考え方なのだ。一度死に際を経験した鵺にはうってつけの言葉だ。それに加え、散り際が美しい桜を名前に持ってくるのが皮肉が利いててセンスを感じる。恐らくは外国の神様であろうベルが、ここまで日本に造詣が深いとは思いもしなかった。

そう鵺が深く感心していると、ベルは訳が分からないといった風に首を傾げた。

「いや、ただ単に響きが格好いいと思っただけだが」

「あっ、そうなんだ……」

特に造詣などは関係ないただの偶然だった。……したり顔で講釈をたれた自分が恥ずかしい。

「おい、なんだその顔は。文句があるなら言ってみろ」

「……いやぁ！　最高に格好いい名前だよな！　流石神様、センスが飛びぬけてるよ！」

ドスの利いた声でそう言われた鵺は、取り繕うように声を上げむりやり誤魔化した。まあ、嘘は言っていない。

　するとベルは満足したように笑いながら、嬉々として言った。

「ああ、そうだろうとも！　もっと褒めるがいい」

　えへん、と胸をはる神様を見て、鵺はほっと胸をなでおろした。

　どうやらこの神様は鵺が思っていたよりもいい加減、いや、扱いやすい神様なのかもしれない。

　すでに起こってしまったこと――ベルと契約したという事実は変えられない。ならば多少は前向きになった方が気楽だろう。そう思い、鵺はベルに真っすぐ向き合った。

「ベル様」

「なんだ下僕」

　ぞんざいなベルに頭を下げ、小さな決意を秘めて言葉を紡ぐ。

「――これからよろしくお願いします」

「うむ。精々励むといい」

　そう答え、ベルは不遜に笑った。


　これが鵺と『魔神』――ベルとの出会いであり、全ての始まりだった。


　これは、神様に救われた一人の少年の物語。

　そして、悪魔に巣食われた魔法少女――葉隠桜の物語である。

4．初陣

――次の日、鶫とベルは家のリビングで向かい合って立っていた。

魔獣と戦いに行く前に、まずは変身をしてみるべきだ、と鶫が強く主張したからである。ぶっつけ本番で女の子の姿になるのは出来れば遠慮したい。……混乱する自分の姿が目に浮かぶようだ。

千鳥にはあらかじめ学校を休むことを伝え、教師に連絡してくれるように言付けてある。昨日あんなにも心配してくれていた涼音先生には悪いが、今日はとても学校に行けるような状況ではない。

ちなみに行貴との予定も当然キャンセルになったのだが、行貴にしては珍しく簡単に引き下がってくれた。

それどころか、鶫の代わりに古物屋に本を受け取りに行ってくれるらしい。やはり持つべきものは友人である。

――でも、行貴はなんでまだ本を取りに行っていないことを知っていたんだろうか？

まあ、おおかた鶫が本の受け取りを忘れていると思ったのだろう。助かったことには変わりない。

「どうすればいいいんだ？」

「心の中で強く念じれば姿は変わる。まあ慣れん内は声に出すといいだろう」

ベルにそう言われ、鶫は「ええと、変身……？」と小さな声で告げた。その瞬間、ぐにゃりと体が熱くなり、服装が一瞬で別の物に切り替わった。すると一秒も経たないうちに鶫の体は変化を遂げていた。

視線の位置がやや低くなり、何だか立っている重心の位置も違う気がする。手足も骨ばった部分が消えて心なしか小さくなっている。

鶫が自分の体を確認していると、ベルが問いかけるように言った。

「さて、体が変わった感想はどうだ？」

「なんていうか、すごいなコレ。……うわ、声までちょっと高くなってる」

そう言って鶫は、落ち着かなそうに喉元を撫でた。喉仏が無いから妙に違和感がある。

この様子だと、見せかけだけではなく身体そのものが変質しているのだろう。……少しだけ服の下がどうなっているのか気になるが、気にしたら負けのような気がする。

全体の身長としては、恐らく１７０センチよりも少し下くらいだろうか。女性としてはわりと高い方だ。

そして体型は全体的にスレンダーな感じで、胸元は想像していたよりも薄い。……いや、巨乳だったとしても対応に困るのだが、なさ過ぎても少し残念な気がする。

けれどこれは凄い技術だ。心の中で念じるだけで、ここまで簡単に体が組み替わってしまうなんて。驚きと同時に畏怖を感じる。こんな力一つでも、神の御業というのは普通の人間には扱いきれないものだとはっきりと分かるからだ。

そんな鶫の驚いた様子を見て、ベルは満足そうに笑った。

「ふん、どうやら我の力を思い知ったようだな。それに貴様に渡した契約具は我の作った特別製だ。些細な違和感などすぐに消えてなくなる。我の優秀さと慈悲深さに感謝するといい」

「こんな小さな指輪なのに……。やっぱり神様はとんでもないな」

そう言いながら、鶫は自分の指に嵌っている指輪をじっと見つめた。

――魔法少女に変身するために必要な契約の装身具。鶫がベルから貰ったそれは緑の丸い石が付いた大ぶりな指輪で、石の奥によく分からない奇妙な紋章が刻まれていた。全体的に少々武骨な感じで、どことなく男心をくすぐられるデザインだ。

一方、着ている服にはそこまで変化がなかった。サイズが小さくなったのと、少し女の子らしくなったくらいで元の学ランからそこまでテイストは変わっていない。

「服装も、黒いスカートに詰襟のジャケットか。基本的には今着ている服装と似たような感じになるんだな」

他の魔法少女と比べると、やや地味な気がする。写真を並べられたら一人だけ浮いてしまいそうだ。

そう冷静に思いつつも、鶫は自分がひざ丈のスカートを穿いているという事実が恥ずかしくてしょうがなかった。スースーして妙に寒いし、何故女性はこんなものを好んで穿くのだろうか。

そう考えながらスカートの端を摘まんでいると、ベルが呆れたような顔で話し始めた。

「魔法少女の服装は本人の想像力によって変化する仕組みになっている。貴様の格好が大して変わってないのは、ただ単に想像力が貧弱なだけだ」

「じゃあ、世間一般の魔法少女が着てるあのキラキラした服は、全部自分で考えてるのか？　……俺には絶対に無理だな」

所謂《いわゆる》ゴスロリのようなデザインやおしゃれなアイドルのような服。民族衣装のような装束や尖ったセンスの格好いい服など、てっきり人によって一番似合った服に変化するのだろうと勝手に考えていたのだが、まさか全部自前だなんて思いもしなかった。

鵺がそう言ってお手上げのポーズをとると、ベルは大きな溜め息を吐きながら面倒そうに言った。

「ふん、軟弱な。仕方あるまい、明日までに貴様の戦闘服を我が考えてやろう。高貴なる我の契約者にふさわしい格好をさせてやる」

「えっ」

「なんだ、我の采配に文句でもあるのか」

「いや、うん、……それで大丈夫です」

ちょっとだけ不安だなぁ、と思いつつも鵺は従順に頷いた。

正直、どんなものが出来上がってくるか戦々恐々ではある。もし全体的にフリルとかがいっぱい付いていたら、どんな反応をしていいか分からない。

けれどどこの指輪の完成度から考えると、それなりのクオリティの物が出来上がってくるような気もする。ここは、一度ベルのことを信じてみよう。

——そんなことよりも、実はもっと気になっていることがあった。

「あのさ、ちょっと鏡を見てもいいかな。今の自分がどんな顔をしているのか気になる」

そう言いながら、少しだけソワソワしてしまう。やはり変身といえば、美少女になるのが醍醐味だろう。

まあ元が自分なのであまり期待はしていないが、それでもやはり気になってしまう。

鵺がそう言うと、ベルは呆れたように鵺を見ながら舌打ちをした。

「人間はすぐ顔のことを気にするのだな。たかだか皮一枚の話だろうに」

「そう冷たいことを言うなよ。えーと、鏡はここか。どれどれ？」

浮かれた気持ちで鏡をのぞき込む。そこに映っていたのは——。

「これが、俺《わたし》——？　って、あんまり変わってないんじゃないか？」

鵺はそう言って、不満げに鏡の中の自分を見つめた。

肩甲骨の下くらいまである真っすぐな黒髪に、色素の薄いとび色の瞳。その顔立ちは、もし鵺に顔立ちが似ている妹がいたら恐らくこんな感じだろう、といった顔そのものだ。

もちろんシャープさや丸みなど、男女の差異はきちんとあるので同一人物には見えないだろうが、なんだかとてもがっかりした気分だ。

「流石にこの顔だと知り合いに勘繰られると思うけど……」

「その時は知らないふりをして惚《とぼ》ければいい。普通は誰も男の貴様が魔法少女だとは思わんだろうよ。——そうだな、何か言われたら生き別れの妹かもしれないとでも言っておけばいい」

「簡単に言うなぁ。まあ、俺だって別に全部の魔法少女の顔を知っているわけじゃないし、このま

まバレない確率の方が高い……のかも？」

そう首を傾げつつも、あまり魔法少女業界のことは詳しくないので判断がつかない。けれど、鶫よりも魔法少女に詳しいベルが言うのだから問題はないのだろう。

だが、生き別れの兄妹という設定は色々とまずい。

自分と千鳥に過去の記憶が無いことは周知の事実なので、お節介――親切な人が、鶫と『葉隠桜』を引き合わせようとする可能性があるのだ。

鶫がその懸念を伝えると、ベルは首を横に振った。

「だが我の権能では顔までは変えられんぞ。やろうと思えば出来ないことはないが、変身を解いた後に副作用が出ても我は知らんぞ」

「……それならしょうがないか。普段の姿の方で眼鏡でもかけて自衛をするしかないな」

ベルが無理だと言うのだから、これ以上は文句を言ってもしょうがない。

本来、鶫には嘆く権利も何もないのだ。意見を言えるだけまだマシだと思うべきなのだろう。

「ところで、この状態が『魔法少女』なのか？　感覚自体はあまり普段と変わらない気がするけど」

「はっ、馬鹿め。魔法少女の身体強化は結界の中でしか使えん。そんなことも知らないのか？」

「そうなのか？　そんなこと一度も聞いたことはないな」

――てっきり変身と唱えて服装がチェンジしたら強くなるのだとばかり思っていた。

鶫がそう答えると、ベルは険しい顔で眉をひそめた。

「……なるほど。結界の外での襲撃の抑止の為に秘匿しているのか。魔法少女としての力を使えない小娘など、やり方によってはいかようにも扱えるからな。理に適った判断だ」

「でも、それじゃあ逆に普段の生活が危険になるんじゃないか？　名前が売れてくると、質の悪い追っかけとかが出てくるらしいし」

「そうならないように魔法少女は結界の外でも『二つ』の固有スキルが使えるようになっている。よほどのハズレを引かない限り、そこらの有象無象は太刀打ちできないだろう。問題は組織――外国の工作員だがな。団体で銃火器に囲まれれば、弱い者ではなす術もない」

「それは物騒だな……」

日本は鎖国状態になって長いが、手続きを踏めば限られた人々――外交関係者などは入国ができる。基本的に大使館の職員以外は一週間以上の滞在は許されていないが、その短期間の中で工作員達が拉致などの行為を仕出かさないとは限らない。

何故ならば今、日本という国は世界中から注目されている。

『魔獣《アークエネミー》』の魔核はまさに天の恵みだ。その万能なエネルギーをほぼ独占している日本が、どうやら他の国は気になって仕方がないらしい。

「まあそれは気を付けるしかないか。――それにしても固有スキルか。それってアレだよな、なんか風とか操ったり銃を出したりするやつ。なんかそれだけ聞くとゲームみたいだよな。頑張ればステータスとかも表示できそうな気がする」

そんなことを何となく話すと、ベルはふわりと鶫の上に浮かびそのまま見下すように鶫を見た。

……芸が細かい。

そしてベルはふんと鼻で笑い、口を開いた。

「そもそも人によって神力の使用効率も許容範囲も使える技もみな違う。貴様の言う下賤な遊戯のように、ただ数値化された物が使い物になるわけないだろう。まったく、これだから無知な人間は困るのだ」

やれやれ、と肩を竦めながらベルは鼻で笑った。

まあ、確かに浮かれて変なことを聞いた鶫も悪いだろう。命をかけて戦う魔法少女に対し、ゲームみたいだなんて失礼な物言いだったかもしれない。

鶫がそう反省していると、ベルがついっと腕を上げ何かを鶫の前に差し出した。

「あるのはこの『スキルシート』という物くらいだな。おい、見てみるといい」

ヴンッ、と機械的な音と共に、薄く光るＡ４の板のようなものがベルの手に現れた。

いきなり現れたその板を恐る恐る受け取る。全く重さが無くて、なんだか物を持っている気がしない。どうやらタッチパネルのようになっていて、下にスクロールできるようだ。

その画面に書かれた物を一通り見た鶫は、眉間を指で押さえながら小さな声で言った。

「……あの」

「なんだ」

「俺たちの常識だと、こういうのをステータス表示って言うんだけど」

鶫は少し低めの声でそう絞り出した。

円グラフ形式で確認できる残存神力、肉体の起動率の表示。そして自分が使える技《スキル》の一覧表記。身長と体重に、今はまだゼロのままだが魔獣の撃破数と戦闘頻度の欄まである。

つまりどこからどう見てもステータス表示だった。さっきの全力の否定は一体なんだったんだろうか。

するとベルはしれっとした顔をして言った。

「別に我は状態《ステータス》の表示がないとは言っていなかっただろう。我はあくまでも数値化された物は大して意味がないと言っただけだ。どうせ戦っている時には見ている暇もない上に、こんなもの実戦では何の役にも立たん。あっても無くても一緒だろうに」

「確かにベル様の言う通りかもしれないけどさ、もうちょっとこう、手心が欲しいかな……」

疲れたような口調で鶫はそう言った。

別にベルは間違ったことを言っているわけではない。だからこそ――少しだけ気疲れする。

この神様は直情的なところはあるが、本来はとても合理的な考えをしているのだろう。言葉の端々からそんな様子が見て取れる。

鶫はわりと感覚的に動いてしまうことが多いので、このままだとその内意見が衝突することがあるかもしれない。その前に何かしらのすり合わせが必要かもしれないな、と思いながら鶫は小さく溜め息を吐いた。

もし意見の食い違いで何か起こってしまった時、被害を受けるのは鶫自身だ。いくら使われる側とはいえ、むざむざ悪い方向へ向かっていくこともないだろう。

やれやれと肩を落としながら鵺は話題を変えるように言葉を続けた。

「えーと、このスキルシートによると俺の固有スキルは——【転移】と【糸】か。……糸？」

転移は何となく分かる。自分や物を任意の場所に移動させる、瞬間移動の類だろう。スキル紹介の欄にも、そのように表記してある。

だが、この【糸】というスキルは一体どんな効果があるのだろうか。スキル紹介の欄には「糸を作り出せる」としか書いていない。

また固有スキルとは別に常時発動型《パッシブ》スキルと任意発動型《アクティブ》スキルの欄があるが、こちらは黒く塗りつぶされている。注意書きによると、このスキルは一度でも使用条件を満たさないと確認できないらしい。つまりは結界の中——魔獣に戦いを挑まない限り、このスキルの内容は分からないのだ。

ベルが言うには、こちらのスキルは固有スキルを考慮した上でランダムに振り分けられるらしいが、少々不便な気もする。まあ、それが仕様なのだから仕方がない。

そうして鵺が「糸とは……？」と首をひねっていると、画面を覗き込んでいたベルが呟くように言った。

「ふむ、よかったな。その【転移】とやらは当たりだ。我らの立場からすれば人目につかず移動できるのは都合がいい。褒めてやろう」

「この【糸】ってスキルは……？」

「知らん。一つ目のスキルはほぼランダムだが、二つ目のスキルは個人の特性に由来するものだと聞くぞ。貴様が知らないなら我にも分からん」

ベルだけが頼みの綱なのに、まったく頼りにならない。思わず頭を抱えたい気持ちになった。こんな訳の分からないスキルでどう戦えばいいんだ。

自分の特性に依存したスキル。……糸を操ることが？　正直なところ、全くと言っていいほど自分とは結び付かない。

「……思ったんだけど、この『固有スキル』とか『スキルシート』っていったい誰が考えたんだ？　分かりやすくていいんだけど、何だかこう、現実感がないっていうかさ」

さっき鵺が思ったように、やはりこのシステムは若者が考える『ゲームシステム』に近い物を感じる。

ベルの言葉から推測すると、このシステムは全魔法少女共通のものだろう。あのお堅い政府がこんな遊び心のあるものを作るとは、少し考えにくかった。

「詳しくは知らんが、貴様らの太陽神――アマテラスが手慰みに趣味で作成したらしいぞ。呼び方や何やらは政府の連中が決めたそうだが。大方貴様らのような頭の軽い連中にも分かりやすいように、このような形で作っただけだろう」

「天照様が？　……少しイメージが変わったかもしれない。それにあの政府にもこんな遊び心があったのか」

あまりにも意外だったので少しだけ驚いた。どうやら政府も、頭の固い連中だけではなかったらしい。

鵺が感心したように頷いていると、ベルが補足をするように言った。

「以前は任意でスキルが作成できたらしいが、好き勝手にスキルを作った連中は碌《ろく》に使い物にならなかったそうだ。どうせ能力を盛りすぎて平凡な人間には扱いきれなかったのだろうな。そのせいで今のようなランダム形式に変わったらしい。面倒が少なくて良かったな」

「そうなんだ……」

スキル作成で自滅した人達は、きっと自分の限界を見誤ったのだろう。

好きに能力を作れると言われたら、舞い上がってしまう気持ちは良く分かる。

ある程度基礎システムが出来上がった後で魔法少女になれた鶫は、ある意味運がよかったのかもしれない。

けれど、やはり不安なことには変わりない。

「――この先、俺は生き残れるのかなぁ」

はぁ、と肩を落として鶫は溜め息を吐いた。そのことだけが、ひどく憂鬱だった。

魔法少女による魔獣《アークエネミー》への応戦は、基本的に政府によって管理されている。

政府による選別――いわゆる適性検査と研修を経て魔法少女になった者は、政府に派遣先とシフトを決められ、ナビゲーターの指示に従って自分に適した強さの魔獣の討伐へと向かうのだ。

――では鶫のように政府に所属していない魔法少女は、どうやって魔獣と戦っているのだろうか？

そんな鵜の疑問に、ベルは答える。

「魔獣には等級があるのは知っているな？　それらは内包するエネルギーの大きさによってクラス分けされ、力の大きさに適応した依代《よりしろ》を作り出して地上に現れる。それ故に、等級によって出現までの時間が異なるのだ。まあ、これくらいは常識だろうが」

「ああ、それくらいは知ってるよ。等級によって出現予測時間が変わってくるんだよな」

そう言って鵜は頷いた。

魔獣の強さの等級は全部で五つ。上から順にA級からE級までが存在する。

政府には魔獣の出現を予測するための機械、通称『八咫鏡《ヤタノカガミ》』があり、その鏡に映し出された地図と時間によって、魔獣の出現場所と時間を高精度で把握できるようになっている。

簡単に説明すると、A級は五時間、B級は三時間、C級は二時間、D級は一時間、E級は三十分といったように、予測から出現までの時間には多少のラグがあるのだ。

そして魔獣の等級に合わせて魔法少女の方もランク付けがされており、基本的には倒した魔獣の等級をそのまま名乗ることになっている。

それに則《のっと》ると、現在の鵜――いや、葉隠桜《はがくれさくら》の等級はさしずめF級といったところだろうか。

「俺はあんまり詳しくは知らないんだけど、政府はどういう基準で派遣する魔法少女を決めてるんだ？」

鵜がそう問いかけると、ベルは小さく頷いて話し始めた。

「そうだな……例えばE級を例にすると、奴らは出現までに三十分の時間が掛かる。政府はその最初の五分の間に、一番現場の近くにいる魔法少女に連絡を取り現場に向かわせるのだ。貴様に分かるように言えば、消防や警察と似たようなシステムだな」

つまり、対魔獣のシステムは完全に管理されているらしい。だがそれだと疑問が残る。

「えっと、それって政府に属してない魔法少女は、魔獣退治に入り込む隙がないんじゃないか？下手に割り込みをしたら反感を買いそうだけど」

「抜け道はある。転移の力があるならそれも容易だ。貴様の場合は、応戦する魔法少女が決定する前――つまり出現予測が出てから五分以内に現場に行き、自分が対応すると政府に宣言すればいい。そうすれば自動的に戦闘権利を得ることができる」

「……有りなのか、それって」

「何も問題あるまい。他の野良や、政府所属でも向上心が高い者は皆似たようなことをやっている。――それに考えてもみろ。この国では、一日に百匹近くの魔獣が出るのだぞ？　自発的に魔獣と戦う者がいるなら、それに越したことはないだろうが」

「まあ、確かにその通りかもしれない」

現在の魔獣の出現件数は、年間およそ三万件にも上る。

すなわち、一日で約八十もの魔獣が日本に降り立つことになるのだ。それが毎日ともなれば、その対処はかなり大変だ。

三十年前は一日あたり数件の出現しか確認できなかったのだが、それから十年の間に段々と発生件数が増えていき、今の数に落ち着いた。ここ二十年はほぼ同数の出現数となっているので、今よりも増えることは恐らくないはずだ。

だがそんな魔獣の出現数に反して、魔法少女の数はそこまで多くはない。魔法少女の総数は、分かっているだけで三千人弱でしかないのだ。

単純に計算すると、全員が年に十回ほど戦闘をこなせばノルマは達成できるが、命が懸かっている以上そう簡単に片付く話ではない。

――ここで問題となってくるのは、魔法少女の引退率と殉職率である。

平均すると一年の間に殉職者が五百名、引退者が五百名。……毎年三割以上の人員が入れ替わっている。魔法少女というのは、輝かしい社会的地位やファンシーな名前に反して、非常に過酷な職業だと言ってもいい。

それに魔法少女の待機場所の関係によっては、時間内に到着が間に合わず、街に被害が出るケースも存在するのだ。

そう考えると、鶫や他の在野の魔法少女が戦いに出ることで、いつでも戦いに出られる魔法少女が控えていられるのは、政府にとってもメリットなのかも知れない。


「――で、あと三分で敵がお出ましってところか」

空を見上げながら、そう鶫が呟いた。

鶫たちは今、関東郊外の森の中に立っていた。

ベルの話によると、どうやらこの場所にE級の魔獣が出現する予定になっているらしい。

ここに来るまでに恐る恐る転移のスキルを使ってみたが、特に何の問題もなく使用できた。

……失敗しなくて本当に良かった。変に失敗して体が半分石の中に入ってしまったらと思うとゾッとする。

ちなみに政府への連絡は、あっという間にベルが済ませてしまった。別に鵺が話してもよかったのだが、ベルから「ボロを出しそうだから駄目だ」と拒否された。

……そこまで自分は抜けてはいないと思うんだが。

鵺はそんなことを考えながら、ぼやくように言った。

「でも本当に大丈夫なのか？　糸だぞ、糸。こっそり忍び寄って相手の首でも絞めればいいのか？」

待っている間に、【糸】というスキルでどんなことができるのかを試してみた。大雑把に言うと、そのまま『糸が出せる能力』としか言いようがなかったのだ。

テグスのように細い糸や、綱のように太い糸。およそ鵺が想像できる糸は大体出すことができた。だが何故か糸の色は赤い色で固定されており、他の色にはできなかった。奇襲などに使うにはあまり向いていないかもしれない。

強度に関しては、刃物で切れない程度には堅くすることが可能だ。どこまで伸ばせるかまでは検証しなかったが、この感覚だと細い糸であればこの森を一周する程度には張り巡らすことができるだろう。

——だが鶫の想像力が貧弱なせいか、いまいち使用方法が分からない。

鶫がそう愚痴ると、ベルは面倒くさいものを見るような目で鶫を見ながら、当然のように答えた。

「ふん。戦闘になれば自然と使い方が分かるだろう。固有スキルとはそういうものだ」

「だといいんだけど。……たしか、武器の持ち込みとかは出来ないんだよな?」

鶫は不安気にそう言った。

何故そういう仕様になっているのかは分からないが、結界の中に持ち込みの武器を入れることは出来ないのだ。例を挙げると、爆弾や戦車などの兵器に近い武器だ。まあ武器と言っても、自分のスキルで作り出した物や片手に納まる程度のナイフくらいなら問題ないのだが。

「そうなるな。きっとそれは恐らく修復の術式の影響だ。あくまでもあれは魔獣が観測される前の状態に戻すための術式だ。そこに持ち込んだ他所《よそ》の武器——結界の効果が反映されない異物を使って暴れられたら、後の修復に不具合が出るのだろう」

「面倒な理由があるのは分かった。……結界も万能ではないんだな」

不安を誤魔化すかのようにだらだらと話を続けていると、ピリピリと小さな針が刺さるような重圧を感じた。思わず、警戒したように上を見る。

「空が、渦巻いてる」

「ああ、来るぞ。構えておけ」

ごくり、と息を呑む。何だかんだと流されてここまで来てしまったが、正直心の準備はそんなにできていない。

――でもまあ仕方ないか。細かいことなんて後で考えればいい。いつだって、自分はそうしてきた。今回だってきっと何とかなるだろう。

そう自分の心を奮い立たせ、鵺は真っすぐ前を見つめた。

目の前で、黒い靄のようなものがぐるぐると円を描くように集まってくる。それはゆっくりと球体になり、毒々しい気配を放ちながら――二つに裂けた。

「うわ、大きい……」

そこに居たのは、身の丈三メートルはあるであろう――猪《いのしし》だった。

大きさと牙が銀色に輝いていること以外は、普通の猪のようにも見える。

「ぼさっとするな、馬鹿めっ！　――結界を起動する！」

猪の迫力に思わず後ずさった鵺に、ベルは活を入れて結界の起動を宣言した。

本来であれば結界の起動なども魔法少女の仕事なのだが、今回は様子見を兼ねてベルが代わりに結界を作成している。

その宣言と共に結界が傘のように広がっていき、やがて森全体を覆いつくした。それと同時に、かちり、と頭の中で歯車がかみ合うような音が聞こえた気がした。きっとこの感覚が、結界が正常に張られたという合図だろう。

さて、どう戦うべきか。

――そう思った瞬間、ものすごい速度で目の前に猪が迫ってきた。鈍重そうな体にしては、あまりにも速い。

「う、うわあぁ！　あっぶなッ！」

思わず格好の悪い悲鳴を上げながら、鵺は反射的に木の上に跳んだ。

枝を足場に太い幹まで駆け上がり、落ち着いたところで息を整える。

猪は木の下で足を踏み鳴らし、恨めしそうな目で鵺を見上げていた。分かっていたけど殺意が高い。

「……色々と他に言いたいことはあるけど、結界の中だと魔法少女ってこんなに動けるんだな。まるで忍者みたいだ」

これが魔法少女という存在の持つポテンシャルなのかと驚く。しかも、考えるよりも先に体が動いた。さすが日本を守る最前線の存在は格が違う。

「ええい、無様に逃げるな見苦しい。我の契約者にそのような真似をされると、我の評価が下がるだろうが！」

鵺が息を整えていると、ぱたぱたと羽をはばたかせ鵺の隣までやって来たベルが怒りの声を上げた。……気持ちは分からなくもないが、初戦なので多少の目溢《めこぼ》しはして欲しい。

「いやいや、これは戦略的避難だからさ……。ベル様、念のため今のうちに他のスキルを確認しておきたいんだけどいいかな」

軽く言い訳をしつつ、そうベルに切り出した。

結界が張られたということは、新しいスキルが見られるようになったはずだ。本格的な戦いになる前に確認をしておきたい。

「ちっ、ほら急げ」

そう言って放るように渡された板を、素早く目で追って確認する。急がないと、下の猪が何を仕出かすか分からない。

「ありがとうベル様。ええと、……ん？　こっちはスキルの名称しか書いてないのか？」

常時発動型《パッシブ》スキルの欄には【最適化】と【身体強化】。一段下がって【操糸術】とだけ書かれていて、詳細は一切書かれていない。

おそらく上記の二つは、あらかじめ魔法少女に備わっているスキルなのだろう。下の操糸術というのは、鶫の固有スキル【糸】に関連するものだと思う。

そして任意発動型《アクティブ》スキルの欄には【透明化／一戦闘15分】、【暴食／戦闘終了後1回】といった文字が、簡易な説明と共に表記されている。透明化はなんとなく分かるが、はたして暴食とはどういうことなのだろうか。

そう鶫が首を捻りつつ考えていると、ベルから声を掛けられた。

「こんなところで考え事をする気概は評価するが、いいのか？　――来るぞ」

そう言って、ベルはくいっと器用に顎をしゃくった。それにつられて、鶫は左下を見やる。

きらりと光が瞬くのがまず目に入り、――その先に白銀の光を纏った猪が見えた。

猪はグッと後ろ脚に力を込め、今にも鶫がいる木に向かって走りだそうとしている。

……これは、まずいな。

そう思った瞬間、猪の姿が眼下からかき消えた。

ベキィィッ――！　と凄まじい音を立てて、木の幹が大きく抉られたように粉砕されていく。当然のごとく木はへし折れ、その余波で周りの木も吹き飛ばされ、森の中にクレーターができた。

その自然破壊を反対側の木の上から眺めながら、鵺はしみじみと呟いた。

「……俺は自分が【転移】のスキル持ちで良かったと心から思うよ」

とっさの判断で、猪が見えた瞬間に転移を行ったがどうやら正解だったようだ。

――それにしても、Ｅ級の魔獣というのはあんなに強いモノだったのか。

ＴＶなどでやっている特集では、通常より大きい獣くらいにしか思わなかったのだが、あんな技まで使えるなんて知らなかった。

猪は憤ったように周りの木を破壊しながら「ブモオオオォォッ!!」と雄叫びをあげている。恐らく、急に消えた鵺のことを探しているのだろう。

鵺は猪の動向に気を払いつつ、もう一つの固有スキルを試してみることにした。

このまま対抗手段が浮かばなければ、転移ができなくなるまで逃げ続けることしかできない。そうなれば待っているのは死だ。

ジリジリと、心の中に焦りが生まれる。できるだけ気にしないようにしているが、横にいるベルからの重圧もすごい。ふう、と小さく息を吐き出す。

――覚悟を決める時だ。

祈るような気持ちで指先に糸を生み出す。

その瞬間――頭の中に電気が入り込むように、何かの情報が脳に焼き付いた。一瞬だけ眩《くら》んだ視界を頭を振って切り替え、息を吐きだす。

「【糸】、そして【操糸術】。――なるほど、こういうことか」

脳裏に浮かんだのは、糸の使い方だった。

ベルが散々「使えば分かる」と言っていたのはこのことだったのだろう。どうすればいいのかが、文字通り手に取るように分かる。

「準備はできたか。我はそろそろ飽きてきたぞ」

怠《だる》そうに頬杖をついたベルが、そう急かすように言う。心なしかイライラしているように見えるのは、きっと気のせいではないだろう。

ベルが望むような派手なアクションは出来る気がしないが、このスキルがあればそれなりに見える戦いが出来るはずだ。

「ああ、もう大丈夫。――さあ、反撃の始まりだ」

そう言って、鶫は不敵に笑って見せた。


――魔獣は激怒していた。

魔獣には善悪が分からぬ。あるのはただ純粋な破壊欲だけだ。

地上に降り立った魔獣とは、言ってしまえば異界に存在する概念体の端末だ。物を壊し、人を害し、土地を疲弊させることで魔獣は糧を得る。

ある程度の破壊活動を行った後で、魔獣が霞のように消えていくのは、自分が得たエネルギーを異界にある本体に還元するためである。

魔獣にとって破壊とは、自身の欲を満たす為の行為――いわば食事のようなものだ。それを邪魔する『魔法少女』は、真っ先に倒すべき障害だといえるだろう。

それに加え、『魔法少女』というのは高密度のエネルギーの塊でもある。

一人殺せば、普通の人間を百人殺すよりもずっと効率的にエネルギーを摂取できるのだ。どちらにせよ、殺す優先順位が高いことには変わりがない。

幸いにも、魔獣が相対している魔法少女はまだ戦い慣れていない雑魚だ。つたない動きからもそれが見て取れる。

けれど木の上に逃げた女――魔法少女はまだ見つからない。

いや、見つけてはいるのだ。だが隠れている場所へ襲撃をかける度に、その気配がなぜかいつの間にか消えてしまっている。それが、ひどく腹立たしくてならない。

そもそも、猪のような低級の魔獣はあまり頭が良くはない。知性にリソースが割り振られていないからだ。

それ故にこの猪の魔獣は、特に考えもせずに女がいるであろう木に無意味な突進を繰り返している。だが、その攻撃は急にピタリと止んだ。

――ああ、ようやく見つけた。

魔獣は森の先に女の姿を発見した。恐らく、隠れるのをやめて出てきたのだろう。

女は横倒しになった木の上で悠然と立ち、こちらを挑発するかのように右の掌を魔獣に向けている。静かに佇む女の鳶色の目が、真っすぐに魔獣を射抜いていた。

魔獣は女が自分に何かをしようとしていることに気づいていた。だが、魔獣はそれを意に介さない。

——所詮相手は経験の少ない魔法少女だ。ならば、きっと自分の攻撃の方が早い。

魔獣が後ろ足に力を込めると、それと同時に全身に白銀の光が満ちていった。

闘気を纏った突進による衝撃波——これこそが魔獣の唯一であり、そして必殺の攻撃だ。戦略などは存在しない。ただがむしゃらに殺す。それだけだ。

女は逃げない。ただゆっくりと魔獣を指差していた手を、腕ごと上に向けた。

そして魔獣は走りだす。

音速を超える弾丸のように打ち出されたその巨体はまるで、ぶつかった物すべてを破壊する戦車のようだ。いくら魔法少女であろうとも、この攻撃がまともに直撃すれば命はないだろう。

白銀の弾丸が魔法少女に迫る。

——獲った!!

魔獣がそう確信した瞬間——女は袈裟懸けをするかのように、スッと腕を斜めに振り下ろした。

その刹那、魔獣から全ての音が消えた。

——視界が、ブレる。そう感じた瞬間、魔獣は何故か地面に転がり、いつの間にか女のことを見上げていた。

立ち上がって攻撃をしようとするも、手足が動かない。いや、そもそも手足が無くなっているのだ。動けるわけがない。

ああ、負けたなとぼんやりと思う。役目を果たせなかったことは残念だが、仕方がないことだ。

魔獣を見下ろす女は、顔を顰《しか》めて魔獣のことを見ている。その表情はまるで、不可解なモノを見ているかのようだった。

自分自身は怪我ひとつ負っていないくせに、なぜそんな顔をするのだろうか。魔獣には、さっぱり分からない。

——ああ、けれど。

魔獣はぼんやりとする頭の中で思う。

——女の歪んだ感情に、少しだけ腹が満たされたような気がした。


「どうしたそんな顔をして。上々の出来だったろうが」

ベルは、そう不思議そうに問いかけた。

鵺は五体が切断された巨獣を見下ろしながら、行儀が悪いと思いつつも、チッと舌打ちをする。

「ああ——でも少しだけ気分が悪い」

そう言いながら、鶫はぐっと右手を握った。その手には無数の糸が絡みついている。

スキルが鶫にもたらした知識——操糸術とは糸を武器とした攻撃手段であり、防衛手段であり、時には諜報手段にもなりうる万能型の力だった。

炎や雷などといった大規模殲滅《せんめつ》型のスキルを持つ魔法少女に比べれば見劣りするだろうが、それでも中々に優秀なスキルだと言える。

まず【透明化】で糸を隠し、繊細な指の動きと、糸の絡みついた腕を振り下ろすという一工程《ワンアクション》で、弾丸のごとく飛び込んできた魔獣の足を切りおとし、瞬時に糸を編み込んだ壁を作ることにより、魔獣の突進を受け止めてみせたのだ。

きっとベルの感覚としては、見世物として満足のいく出来だったのだろう。だが、鶫の投げやりな態度は気に障ったらしく、ムッとした様子で皮肉を吐いた。

「気分？　まさか貴様、この期に及んで血が苦手だとでも言うつもりか。生娘でもあるまいに、随分と繊細なことを言うのだな」

「えっ、いや、少なくとも今の俺は生娘じゃないか？　……そうじゃなくて、あくまでも個人的な問題だよ。こんな風に生き物……って言っていいのか分からないけど、動物の形をしたモノを殺したのは初めてだったからさ」

鶫はそっと自らの右手を撫でた。

あれだけの動作で簡単に生き物を殺すことができる。それは、考えようによってはとても恐ろしいことだろう。

まあ、軽口を返す余裕があるのだから、そこまで深刻なものじゃない。

「よもや、今さら辞められるとは思うなよ。貴様の命運は我が握っている――それを忘れるな」

強い口調で、咎めるようにベルは言う。

ベルだって、鶫が今ここで「もう辞める」などと言い出しては困るのだろう。気持ちは分かる。

――でも、その心配は杞憂だ。

「心配しなくても辞めるんて言わないって。俺が戸惑ってるのは、思っていたよりも何も感じなかったことなんだ。いくら魔獣とはいえ、命を奪ったのにそんなに心が動かなかった。流石にそれはちょっと薄情なんじゃないかって思って。あ、もしかしてこれがスキルにあった【最適化】ってやつの効果なのかな？」

そう言って、鶫は首を傾げた。

もしそうなら魔法少女にとってはかなり便利なスキルだよなぁ、と軽い気持ちで思う。

普通であれば、良心の呵責《かしゃく》というのは結構馬鹿にならないデメリットだ。命を奪う罪悪感を抱かずに明るく楽しく魔獣退治ができるならそれに越したことはないだろう。

――鶫が知る由もないが、本来【最適化】のスキルはあくまでも動作補助のスキルであり、精神にまで影響を及ぼすことはない。

何も感じない。だから気分が悪い。それは――なんて贅沢な言い草だろうか。

年に何百人もの魔法少女が心を壊して辞めていくというのに、鶫はそれがどんなに稀有な才能かが分からない。きっと、誰かに指摘されなければ気づくことはないだろう。

「でもこの調子なら俺はきっと魔法少女に向いてるよ。何とかやっていけそうで良かった」

そう言って、鶫はベルの方を見てニコッと笑った。その顔に、悲哀の色は見て取れない。

——何にせよ、自分は魔法少女を続けていくしか道はないのだ。一度死んだようなものだし、細かいことを気にしていたらせっかくの人生が損だろう。

これからも気負いなく活動ができるなら多少のことは何の問題もない。少なくとも鶫はそう考えていた。


そんなあっけらかんとした鶫の様子を見て、ベルは少し目を見張ると、満足そうに微笑んだ。

——これは、よい拾い物だったかもしれんな。

魔法少女としての能力は申し分なく、その精神性も戦いに適している。この調子なら速いペースで魔獣と戦わせても精神が壊れることはまず無いだろう。つまりそれは、長く愉しめるということだ。

この男が自分にとって使い勝手がいい玩具であり続けるなら、そのうち多少は愛着も湧いてくるだろう。その時はもう少し優遇してやってもいいかもしれない。

そんな風に思いながら、ベルは目を細めた。

そんなベルの考えを知る由もなく、鶫は口を開いた。

「そういえば、もう一つのスキル【暴食】はどう使えばいいんだ？　説明には戦闘終了後って書いてあるから今使えばいいのかな」

「……さあ？　宣言してみたらどうだ？」

【暴食】――ベルにとっては随分となじみ深い言葉だ。だがそのことを鶫に伝えるつもりは毛頭ない。アレは、ベルにとってもかなり不本意な出来事なのだから。

「ふうん。――じゃあ、スキル発動【暴食】！」

そう鶫が声に出した瞬間、魔獣の周りの空間が少し揺らいだ。すると、地面から大きな獣の口がいくつも現れ、魔獣の残骸に喰らいついていったのだ。

その見た目は、正直ベルから見ても少々えげつないと感じた。ちらりと鶫の方を見てみると、口を手で押さえ、心底引いた顔をしている。

……はっきり言って、魔獣を倒した時よりも今の方が表情豊かである。

現れた獣の口は、魔獣の核を残しその体全てを咀嚼《そしゃく》した後、心なしか満足気な様子で地面の中に消えていった。まさにその名にふさわしい暴食ぶりである。

今のところ、どういった効果を持つスキルなのかがいまいち分からないが、ベルの隣に立つ鶫の器の強度が微かに上がったように感じたため、つまりは能力の底上げの為のスキルなのだろう。

鶫は不安げに自分の腹を擦りながら、控えめに口を開いた。

「ベル様。おれ、やっぱり魔法少女やめたいかも……」

今見た光景があまりにも気持ち悪かったのか、鶫が真っ青な顔をしてそう弱音を口に出した。軽口のようにも聞こえるが、半分くらいは本気で言っているのかもしれない。だが、それに対する答

えはもう決まっていた。

「駄目だ」

「ですよねー。……はぁ」

そう言って、鶫はがっくりと肩を落とした。

どうせ本人も許可が下りるとは思っていなかったのだろう。この程度は可愛いじゃれ合いだ。

そうして項垂《うなだ》れた鶫の頭から、さらりと括りもせずにそのままにされた黒髪がすべり落ちる。

その様子を見ていたベルは、まじまじと鶫の横顔を見つめた。

今まであまり注視していなかったが、この人間はそれなりに悪くはない顔立ちをしている。——この魔法少女《おんな》が優雅に、そして残酷に魔獣を倒す様は、きっと見世物としてさぞかし映えることだろう。

そう思い、ベルは満足気に笑った。


一方鶫は、妙な感覚がする腹をそっと撫でながら大きな溜め息を吐いた。

「なんか奇妙な満腹感がある……。かなり怖いんだけど……」

「特に問題はあるまい。かえって調子が良くなるのではないか？」

「本当かなぁ……」

けぷ、と小さく息を吐きだす。あの膨大な質量がこのお腹の中に入っている……ということは流石にないだろうが、何らかのエネルギー体は摂取している気がする。

でも魔獣なんか食べて、本当に人体への悪影響はないのだろうか。

だが、ベルが「問題ない」と言うのだから、下僕である鶫としてはその言葉を信じるしかないのだ。まあ、怖いことには変わりないが。

「では、そろそろ戻るとするか。もうここには用がないからな」

そう言って、ベルは結界を解いた。

倒れていた木々は蜃気楼のように形を変え、元の姿へ戻っていく。その光景はあまりにも幻想的で、鶫は思わず感嘆の声を漏らした。

昨日までは知りもしなかった魔法の世界。

素晴らしいことばかりじゃないとは分かっているけど、それでも今だけはこの夢の世界に浸っていたい。そんな思いを抱きながら、鶫は目を細めた。

「それにしても転移って本当に便利だよな。願うだけで好きな場所へ飛べるなんて、まさに魔法！って感じがする」

「ふん、我らのような高位の神は転移なんて当たり前のようにできるが、貴様ら人間にとっては過ぎたる力だろうな。自らの幸運に咽《むせ》び泣くといい」

家に帰ってきて変身を解いた後、何となく転移の感想を言っただけなのだが、ベルから上から目線の言葉を返された。

別にぞんざいに扱われることを気にしている訳ではないが、ベルは他の人間に対してもこんな感じなのだろうか。いや、もしかしたら神様全体がこんな感じの態度だという可能性もある。

それはちょっとやだなぁ、と思いながら鵺は話題を変えるように口を開いた。

「少し気になったんだけど、もし俺が転移のスキルを持っていなかったら、どうやって魔獣のところまで向かうつもりだったんだ?」

それがずっと気にかかっていた。転移のような特殊な力がないかぎり、五分以内に魔獣の出現区域に向かうなんてどう考えても不可能だろう。

「その時は我の力を使い、転移の門を貴様の部屋に設置していた。ただ座標の設定が面倒な上に、人間にとっては負荷が大きいので多用には向かないがな」

「ちなみに負荷っていうのは?」

鵺がそう問いかけると、ベルは淡々とした態度で答えた。

「ふむ。具体的に言うと、転移一回につき貴様の寿命が十日ほど減る」

さらりと聞き捨てならないことを言われた。ベルは人の寿命を一体なんだと思っているのだろうか。

「……俺さっきも思ったけど、自分の固有スキルが転移で良かったよ。ほんとに」

転移を引き当てた自分の幸運を褒めてあげたい。これはベルが言うように、本当に泣いて喜んだ方が良かったのかもしれない。

そう真剣に考えていた時、ピンポン、と家のチャイムが鳴り響いた。

「もしかして行貴のやつ、もう来たのか？　まだ三時だぞ」

そう言いつつ窓の外を見ると、玄関に行貴が立っているのが見えた。

今はまだ午後の授業時間である。こうして学校を仮病で休んでいる鵺が言えることではないが、行貴の出席日数は大丈夫なのだろうか。まあ、あの狡猾な友人が単位を落とすような真似をするとは思っていないが。

「ベル様。友人が来たみたいだからちょっと出てくる。……ええと、できれば顔は出さないで欲しいんだけど」

「馬鹿め。誰が人間の前なんぞに顔を出すか。さっさと行ってこい」

見られたら少し困ったことになりそうだ、と思っての発言だったが、ベルからはそう投げやりに返された。

……確かに冷静になって考えてみれば、この気位の高い神様がわざわざ人に関わろうとするわけがない。

そんなことを考えながら、鵺は玄関へと向かった。

ドアを開けて外へ出ると、行貴はひらひらと右手を小さく振りながら笑って言った。

「やあ、鵺ちゃん。なんだか随分と元気そうだね」

「……まあちょっとな。お前こそどうしたんだよ、こんな早い時間に。また学校で何かあったのか？」

「いや、今日はただのサボり。鶫ちゃんもいないし放課後まで暇でしょうがなくて。クラスの奴らもごちゃごちゃと鬱陶しいしさ」

そう言って行貴は不満げに口を尖らせた。きっとまたクラスメイトと喧嘩まがいのことをしたのだろう。よくもまあそんなに争うネタがあるものだ。

「はい、これお願いされてた本。——約束を破った上に、この僕を顎で使うなんて鶫ちゃんじゃなければ許してないからね。まったく、何をしてたのか知らないけどこの借りは高くつくよ」

そう言って行貴は小綺麗な紙袋を差し出した。

……どうせ鶫が仮病なのは気づかれているだろうとは思っていたが、行貴はこういう時あまり理由を聞いてこないからありがたい。

「埋め合わせは後でちゃんとするよ。持ってきてくれてありがとう、本当に助かった」

行貴から本の入った袋を受け取り、中身を確認する。確かに鶫が頼んでいた本だった。

パラパラと軽く中身を見てみたが、特に目立った汚れや落丁もなく、品質としてはかなりいい方だろう。誕生日の贈り物としては十分な代物だ。

そうして確認をしていると、紙袋の底に何か封筒のようなものが入っているのに気が付いた。

「ん？　なんだこれ、封筒？」

一体これは何だろうか？

鶫が不思議そうに金色の縁取りをした小綺麗な封筒を取り出すと、まるで悪戯《いたずら》を成功させたかのような顔をして行貴が笑った。

「ああ、それは僕からのプレゼント。開けてみたら？」

「……行貴から？　まさか変なモノじゃないだろうな」

そう怪訝そうに言いながら、封筒を開く。

「ええと中身は——温泉旅行のツアーチケット？　いいのか？　こんな高そうなもの貰って」

そのツアーチケットには『箱根バスツアー、豪華温泉観光の旅！』と書かれていた。

鶫が驚いてそう問いかけると、行貴は小さく頷いて言った。

「別にいいって。僕そんなに温泉とか興味ないし。ペアチケットだから千鳥ちゃんと一緒に行ってきなよ。出発日は年末らしいから、その頃なら部活もないでしょ？」

「確かにその頃なら千鳥も行けそうだな。あれ、でもこれって……」

「どうかした？」

行貴がきょとんとした顔をして首を傾げる。

鶫はそっと行貴にチケットを差し出し、下に小さく書かれている一文を指差した。それを行貴が確認するように読み上げる。

「えーとなになに？『これは女性限定のペアチケットになります！　当日に身分証を確認致しますので、お忘れのないようにお願います』……あー、そういうことね」

行貴はそう言ってポンと手を叩くと、誤魔化すように笑って言った。

「えっと、じゃあこれは千鳥ちゃんへのプレゼントってことで！　女の子のお友達と行ってもらってね！　……まあ流石に何にも無しだとアレだから、鶫ちゃんには後でなんか別の物を持ってくるよ」

「期待しないで待ってるよ。それにしても、どうして女性専用のペアチケットなんて持ってるんだよ。そっちの方が気になる」

「いや、僕も知り合いから『いらないからあげる』って言われて貰っただけなんだよね。箱根旅行のところしか見てなかったけど、そういう理由があったんだ……。なんかごめんね？」

流石に少し鵺に悪いと考えたのか、行貴はらしくもなく殊勝な態度で頭を軽く下げた。

でもこの女性限定のチケットを行貴に譲った人は、一体何を考えていたのだろうか。行貴がその人から遠回りな嫌がらせでも受けているんじゃないかとちょっと心配になってくる。

「いや、祝ってくれようとする気持ちだけで俺は十分嬉しいよ。千鳥には後でちゃんとお礼を言うように言っておくから」

そう言って鵺は笑った。

友人と呼べる人はそこそこいるが、その中でこうしてわざわざ家に顔を出して祝ってくれようとするのはきっと行貴くらいだろう。

何だかんだと不満を言い合うことはあるが、やっぱり行貴は鵺にとっても大事な友人なのだ。

鵺が本心からそう告げると、行貴は戸惑うように目線を逸らし、誤魔化すようにへらりと笑って言った。

「そっか。じゃあ千鳥ちゃんによろしく伝えといてね。――今日はもうお暇《いとま》するよ。ちょっと寄りたいところがあるからさ」

「ああ、色々と助かったよ。気を付けてな。じゃあまた、来週学校で」

「うん、じゃあね」

そう言って、行貴は去っていった。

鶫は遠くなるその背中を見送りながら、小さく息を吐いた。自然と顔に笑みが零れる。

――今日は良い日だったな。

ああ、昨日死ななくてすんで本当によかった。

『生きている』というのは、本当に素晴らしい。一度死の淵を経験したからこそ、強くそう思う。

鶫は本の入った袋を大事そうに胸に抱え、ベルがいる部屋へと戻っていった。

「戻ったよ、ベル様」

「ああ。……なんだその顔は。だらしなく頰を緩ませおって」

まるで奇妙なものを見たかのように、ベルは眉を顰めてそんなことを言った。

……そんなに変だったのだろうか。鶫としてはそこまでひどい顔をしていたつもりはないのだけれど。

本を机に置きながら、鶫はベルの方を向いて申し訳なさそうに話し始めた。

「あの、相談なんだけどさ。明日の午後だけは自由にしてもいいかな。どうしても譲れない用事があるんだ」

――昨日の話し合いの結果、ベルは鶫が通常の生活を送れるように考慮してくれると約束してくれた。

けれど鵺としては、出来る限りはベルの希望に沿った行動をとりたいと思っている。それが、鵺にできる唯一の恩返しだからだ。

だが、明日の午後だけは話が別だ。明日だけはベルの下僕ではなく、七瀬千鳥の家族として過ごしたかったのだ。

「別に構わんぞ。毎日魔獣を狩るわけにもいかないからな。だが、そこまで言うからにはさぞや大事な用件なのだろうな？」

「……明日は俺と姉――千鳥の誕生日なんだ。この歳になって『お誕生会』なんてベル様にとっては馬鹿らしいことかもしれないけど、俺にとってはたった一人の家族だから。できる限りのことはしてやりたいんだ」

「誕生日？　ふん、昔の人間どもは新年の初めにまとめて祝ったと聞くが、今は個別に祝うのだな。たかが生まれた日程度で面倒なことだ」

ベルはそう言ったが、鵺は小さく首を横に振った。

「まあ明日が誕生日ってことにしてるけど、俺と姉は災害事故で記憶があやふやだから、もしかしたら正確じゃないかもしれない。でも今の戸籍上はそういうことになってるから、取りあえず明日ってことにしてるんだ」

「別にそんなことはどうでもいい。まったく、返事もまともにできないのか貴様は」

相手は神様だから、きちんと本当のことを告げた方がいいだろう。そう思っての説明だったのだが、ベルはそこまでこちらに興味があった訳ではないようだ。

鶫が落ち込んだように肩を落としていると、ベルは思案気に前足に顎を乗せ考え込み、ふと思いついたかのように声を上げげた。

「ふむ。だが我が契約者を労《ねぎら》ってやるのも上に立つ者の務めか。――おい」

「えっと、なにかな?」

「明日の午後は空けてやる。だが、午前中は我に付き合え」

その言葉に鶫は胸を撫で下ろした。これでひとまずは安心である。

……ただ、いったい午前中は何をするのだろうか。

「それは大丈夫だけど、明日は魔獣を倒しには行かないはずだろ? ならー体どこに行く予定なんだ?」

鶫がそう聞くと、ベルはニヤリと笑って見せた。

「なに、――ただの『デート』だ」

5．おめかし

次の日は早朝からの出発となった。

ベルに言われるがままに転移の能力を使い、最初の目的地へと飛んだ。

まず札幌の海鮮市場に行き蟹を食べ、南下して仙台にて牛タンを焼き、山梨でわんこ蕎麦のように信玄餅を飲み込み、愛媛で有名なみかんジュースを箱買いして喉を潤した。そして最後に長崎の佐世保で海を眺めながら、ダースで注文したハンバーガーを口いっぱいに頬張る。

――そう、まごうことなき食い倒れの旅だ。転移の無駄遣いでもある。

まあ主に食べているのは鵺ではなく、ベルの方なのだが。

「うむ。このはんばーがーとやらも中々の逸品だ。もう少し肉が大きければなお良かったのだがな」

ベルは猫の手で器用にハンバーガーの袋を持ち、ぱくぱくと勢いよく丸い形を崩していく。そして数分もしないうちに、買い込んだハンバーガーはあっという間に無くなってしまった。

「……本当によく食べるよなぁ」

北は北海道から南は長崎まで。鵺としても、こんなにたくさんの距離を一日で移動するとは思っていなかった。

時間としては五時間くらいの行程だったのだが、あまりにも濃い時間だったと思う。

もっとも主に食べていたのはベルの方であり、鶫は蟹の殻を剝いたり、肉を焼いたりなどの雑用をこなしていたので、トータルで二食分ほどしか食べていない。

……一番初めに行った海鮮市場で、茹でた蟹を山ほど買ってこいと命じられた時は本当にどうしようかと思ったが。

最初はもしかしてこれは自分が全部払うのかと戦々恐々だったのだが、ベルがどこからともなく取り出した札束のおかげで支払いの問題はクリアできた。

今時は神様もお金を持っているものなんだな、となんだか感心してしまった。

「いきなり『デート』だなんて言い出すから何かと思ったけど、こんなのただの食道楽じゃないか。はあ、緊張して損した。……まあこの格好についてはまだ納得いってないけど」

そう言って、鶫は恥ずかしそうに自分の姿を見下ろした。

短めの紺のキュロットスカートに、フェミニンなブラウス。膝まであるリボンのような靴下にショートブーツを履き、上着に明るい空色のジャケットを羽織っている。

その服は、なぜかびっくりするくらい女性に変身した鶫に似合っていた。

……出かける前に上記の服を与えられて「これを着ろ」と言われた時はどうなるかと思ったが、やることといえばただの雑用だった。この何とも言えない微妙な感情を一体どうすればいいのだろうか。

「我の小粋な冗談が理解できぬとは……。貴様は本当に残念な奴だな」

はぁ、と馬鹿にしたように溜め息を吐きながら、ベルは肩を竦めた。

神様のジョークは鶫には高尚すぎて理解できないので勘弁してほしい。

鶫が小さく溜め息を吐いていると、ベルが不満そうに話し始めた。

「それにしても、折角まともに見られる格好にしてやったというのにその態度は何だ。魔法少女であることが周りにバレたくないならば、変身している時くらい、もっと女のように振る舞うことを覚えるべきだろうが」

「それは、そうなんだけど……」

今日のメインは確かにベルの食道楽だが、今回の外出にはちゃんと別の意味もあった。

「——貴様は変身時でも、態度や言動、そして立ち振る舞いがあまりにも男くさい。見る者が見れば貴様の本質などあっという間に看破されるぞ」

「うっ、それは少しは自覚があるけど、そういうのって簡単に直るものじゃないだろう？　こればかりは時間を貰わないと難しいって」

言葉遣いに気を付けることはできるけど、露骨に女言葉を使用するのはどうしても抵抗がある。

今の鶫にできるのは、せいぜい歩き方に気を付けたり、変身時に一人称を『私』に変えることくらいだ。それ以上は、何をどう直せばいいかすら分からない。

鶫がそうぼやくと、ベルは呆れたような目を鶫に向けた。

「まずはそうやって足を開いて座るのを止めろ。見苦しいぞ」

いつも通りの格好でベンチに腰かけていた鵺に、ベルが鋭い声で言う。それに対し、鵺はばつが悪そうに膝をそろえながら肩を落とした。

「分かったよ。……女の子って面倒だなぁ」

「馬鹿を言え、こんなのはまだまだ序の口だ」

「うわぁ……」

正直、先が思いやられる――だが全てがバレた時のことを考えると、嫌でも努力をしなくてはならない。

この国の誰もが、男性は神様と契約出来ないと思っている。そんな中、男性である鵺が魔法を使えることを誰かに知られたらどんな騒ぎになるか分からない。ただ碌なことにならないことだけは予想できる。

けれど、今日くらいはそこまで深く考えなくてもいいだろう。誕生日くらいは気持ちよく過ごしたい。

「お土産も買えたし、俺――いや、私としては結構楽しめたんだけど、ベル様の方はどうだった?」

「まあまあだな。下界の食事もそう悪いものではない」

「でも、神様も食事をとるんだな。しかもあんなに大量に。お腹とか壊さないのか?」

今日のベルの食事量は、どんなに少なく見積もっても二十キロを超えている。もし毎日この量を食べるとしたら、エンゲル係数が恐ろしいことになりそうだ。

鵺が少しだけ心配したようにそう言うと、ベルは素っ気ない様子で答えた。

「本来我らに食事は必要ない。所詮この身は分霊《わけみたま》だからな。物を食べるのはあくまでも趣味のようなものだ。……だが、一度食べ始めるとどうにも歯止めがきかん。それさえなければ、もっと楽しめるのだが」

「なんだ、お腹が空いていたわけじゃないんだ」

「まあ、そうなるな。――もういいだろう、この話は」

「うん。そうだね」

そう話を打ち切りつつも、鵺は思案する。

――ベルの言葉を聞いて確信した。きっと自分の【暴食】というスキルは、ベルの神性に由来したものだ。

そう考えると、ベルがどんな逸話をもった神様なのかだいたい予想がついてくる。でも、それはまだ口に出すべきではないだろう。

隠している――というには少しお粗末だが、ベルがこの件に触れられたくないというのは態度で分かる。それに触れないくらいの分別は、鵺にだってあるのだ。

「そういえば、お金を預かったままなのを忘れてた。金額は特に気にしないで使ったけど、本当に大丈夫なのか？」

鵺はそう言って、お金の入った封筒をベルに向かって差し出した。

朝に渡された札束は、もう半分くらいの厚さになってしまっている。残りはおよそ三十万ほどだろうか。ちなみに今日のラインナップだと、蟹への出費が一番大きかった。

　ベルは封筒を一瞥すると、興味がなさそうに首を振った。

「いいや、それは貴様が持っているといい。――そもそも、それは貴様に対する報奨金だからな」

「……ん？　どういうことだ？」

「昨日、魔獣を倒したことに対する報奨金だ。政府から出ているのだが、まさか知らなかったのか？」

　鶫は怪訝そうな顔をしながら、こてんと首を傾げた。

　――正直に言おう。全く知らなかった。

　もしかしたら小耳にはさんだことくらいはあるかもしれないが、鶫にとって魔法少女関連のことは今まで全くの他人事だったのだ。覚えていなくても仕方がないだろう。

　鶫にとって、魔法少女としての活動はベルに対する恩返しのようなものなので、報奨金があろうがなかろうがそこまで気にはしないのだが、そういうものがあると分かると少し金額が気になってしまう。

「ちなみに、Ｅ級討伐だといかほど頂けるのでしょうか」

「何だ急にかしこまって。気色悪い。――そうだな、在野の魔法少女だと本来の報奨金百万円の七割、つまり七十万円が支払われることになる」

「七十万！　そんなに貰えるのか！」

「いいや、どう考えても少ないな。自らの命をチップに戦った結果がこのはした金だぞ？　よくもまあ他の魔法少女どもはこんな金額で戦おうと思えるな。この程度、今日一日食べ歩いただけであっという間に吹き飛ぶぞ」

「そんな勤労意欲をそぐようなことを言わなくても……」

鶫がげんなりしながらそう言うと、ベルは鼻で笑いながら言葉を続けた。

「どうせ金はこれから幾らでも入って来る。今の貴様ならば近いうちにD級討伐で五百万、そして次はC級討伐で一千万の報奨金が手に入るようになるぞ。その次のB級になると金額が跳ね上がるが、その分難度も上がる。今の貴様では荷が重いだろう」

具体的な数字を出され、鶫はその金額のリアルさに気が重くなった。

「夢があるような、そうでもないような……。しばらくは低級を狩ってスキルの把握に努めるとするよ。まだ死にたくはないからね。ベル様だって流石に弱いうちから高ランクの魔獣と戦えだなんて言わないだろ？」

「当たり前だ。貴様は我の出す条件に合致した珍しい器だからな。無駄に使いつぶすには惜しい。しかし神の中には気に食わない契約者を高ランクの魔獣にけしかける奴もいるからな。奴らに比べたら貴様はかなり運がいい方だぞ」

そう言ってベルはさらりと神々の闇を暴露した。

……もしかしてこれって、政府の中でもトップシークレットになる情報じゃないだろうか。

「魔法少女の世界にも色々あるんだな……。正直、あんまり知りたくなかった」

鶫の想定よりも、魔法少女にはブラックな内情が存在しているらしい。世の中の夢見る少女達はこの事実をきちんと把握しているのだろうか。

もしかしたら魔法少女の希望者を減らさないために、政府が情報規制をしているのかもしれない。

「ああ、そうだ。そういえば言い忘れていたことがあったな」

「え、なに？　急な爆弾発言とかはできれば止めてほしいんだけど」

びくり、と鶫は肩を揺らした。この神様は、大事なことをさらりと告げる傾向がある。

鶫はまたとんでもないことを言われるだろうと構えていたのだが、耳に入ってきたのは予想外の言葉だった。

「――その服、良く似合っているぞ。我が手ずから選んだ甲斐があったな」

そう満足気な声で告げられた。

混乱した頭で、言葉の意味をじっくりと咀嚼する。

服が似合っている。それはつまり――褒められたということだ。

ベルが？　この格好を？　今まで鶫のことを一度もまともに褒めたことなんて無いのに？

――それは、ええと、あれ？　ちょっと嬉しい気もするぞ……？

「……おい、なにもそんなに苦渋に満ちた顔をすることはないだろうが。我は別に変なことは言っていないぞ」

鶫が自分の感情に戸惑っていると、不満そうにベルがそう言った。

「いや、うん。……今はそっとしておいて欲しいかな」

だが鶫はそれどころではなかった。これは尊厳の問題である。

――女装が似合っていると言われて嬉しいと思うのは、男としてどうなのだろうか？

いくら今は女の体だとしても、これはアブノーマルな性癖に足を突っ込んでいるのではないか？

いや、だが冷静に考えるべきだ。女形の役者は「美しい」と褒められたらきっと喜ぶだろう。鵺の変身だってそれとそんなに変わらない筈だ。きっとそうに違いない。

色々考えた結果、鵺はそれを『気の迷い』だったと納得することにした。まあ、女体になってホルモンバランスが変わればそんな気分になることもあるだろう。

それかただ単純に、いつも罵倒しかしないベルが褒めてくれたのが嬉しかっただけかもしれない。

そうやって一人で納得している鵺を訝しそうに眺めながら、ベルはふん、と鼻を鳴らした。

「やはり人間は訳が分からんな。この我がわざわざ褒めたのだから、もっと喜ぶのが筋だろう。この不敬者めが」

「うーん、返す言葉もない……」

そういつもの調子で皮肉に軽口を返しながら、鵺は思う。

――ああ、やっぱり少し格下扱いされるくらいがしっくりくるな。その方がなんだか安心する。

そんなひと悶着もありながら、一人と一柱の休日は過ぎていったのだ。

6・『姉弟』

ベルとのデートらしきものから戻った後、鶇は部活から帰ってきた千鳥と一緒に、普段より手の込んだ料理を一緒に作った。

土産として持ち帰ってきた物には驚かれたが、駅ビルのデパートで買ったと誤魔化したので変に思われてはいないはずだ。

二人で食べるには少し量の多い料理を机に並べ、カン、と小さくグラスをぶつけて乾杯の真似をする。まあ、中身がオレンジジュースなのは少し格好がつかないが。

「それでは改めて。——誕生日おめでとう、千鳥」

「鶇も十七歳の誕生日おめでとう。ふふ、こういうのってなんだかちょっと恥ずかしいかな」

「いいだろ別に。年に一度くらいこんな風に祝ったってさ」

「そうね。——じゃあ、さっそく夕飯を頂きましょうか。折角いっぱい作ったんだから楽しまないと」

そう言って、鶇と千鳥は二人で微笑みあった。

あれが美味しい、これが上手にできた、今度はあれを作ってみたいと二人で話しつつ、料理を食べ進めていく。

そんな穏やかな空気に安堵を覚えながら、鶫はそっと左手で胸を押さえた。

あの時もしも自分が死んでしまっていたら、こんな幸せな時間は実現できなかっただろう。色々あったけれど、こうして千鳥と一緒に笑いあえることが鶫にとって何よりの幸せだった。

茹でた蟹の殻を剝きながら、千鳥が呟くように言った。

「蟹なんて食べるのは久しぶりね。高かったんじゃないの？」

「ああ、セール中で安かったんだよ。大丈夫、予算は超えてないからさ」

そうさらりと嘘を吐き、鶫は誤魔化すように笑った。

実際はかなり金が掛かった高級品なのだが、誕生日くらいは豪華にしたって許されるだろう。お金は生活費からではなくベルから出ているのだし。

そうしてゆっくりと時間を掛けながら料理を食べ終わり、食後のデザートをつついていると、千鳥は何かを思い出すように目を細めながら口を開いた。

「こうしていると、十年前の大災害が随分と昔のことみたいに感じる。……不思議ね、今でも目を閉じればあの炎の街がしっかりと思い出せるのに」

「……そうだな」

――十年前の大災害。A級を超えるとされる魔獣が引き起こした、街ひとつが消失した未曽有の生物災害。

人口三万人の街が一瞬で瓦礫と化したあの日、鶫と千鳥はお互い以外のすべてを失った。

記憶を失くし、家の場所も、両親や親戚のことも何も思い出せず、唯一覚えていたのは互いの名前だけ。

――あの日二人で火の海を駆け抜けたことは、今でも昨日のことのように思い出せる。それが、鶫の一番古い記憶だった。

鶫は炎の記憶を思い出しながら、頬杖をついて苦笑した。

「十年なんてあっという間だったよな。子供の頃は毎日どうなるのかって不安だったけど、今は何とかやっていけてるし。……あの時、爺さんが俺達を引き取ってくれて本当に良かったよ」

「私もそう思う。夜鶴《よづる》お爺様には感謝しないと」

そう言って千鳥は頷いた。

夜鶴とは、鶫達の保護者である資産家の老人だ。

何の気まぐれか、避難所で会った鶫達のことを引き取ってくれた奇特な人でもある。

二人で住むには広い一軒家を与えられ、生活費と学費を払ってくれているのだが、夜鶴は一緒に住むわけでもなければ、特に生活に口を出すわけでもない。ただ暮らしていく環境だけを鶫達に与えたのだ。

引き取られた当初はあまりの気前の良さに疑心暗鬼にもなりはしたが、どうやら夜鶴はそこまで鶫達に興味は無いらしい。

それでも幼い頃は通いの家政婦などが派遣されていたので、子供二人だけでも最低限の生活はちゃんと出来ていた。

高校生になってからは、あまり負担になってはいけないと思い「もう自分達で家事は出来るから」と家政婦の派遣は断っているが、夜鶴が何を考えて鶇達を引き取ったのかは今でも分からないままだ。

「いつかは恩返しをしたいけど、させてもらえるかなぁ……。あの人、お金には困って無さそうだし。将来世話するって言っても嫌がられそうだしさぁ」

「確かにそうかも……。たまに顔を出した時も面倒くさそうに数分で帰ってしまうし、あまり私には関わって欲しくないみたい。嫌われているわけではないんだろうけど、少し難しい人だからどうすればいいのか分からないわね……」

千鳥はそう言って、物憂げな顔をして溜め息を吐いた。

夜鶴のことは『家族』と呼ぶには少し距離が遠すぎる。物理的にも、精神的にも。……本当に、不思議な人だ。

夜鶴はこの家に年に一度顔を見せればいい方で、こちらから会いに行くのは基本的に許されていない。そもそも鶇達は夜鶴が住んでいる場所を知らないのだ。

たまに家の様子を確認しに来る代理人の男性に聞いた話によると、夜鶴は三十年前の混乱時に血縁者をすべて失くしており、今は山の中の家で隠遁生活をしているらしい。

普段も必要以上は人と関わらず、修行僧のような暮らしをしているそうだ。……どうしてそんな人が子供を引き取ろうと考えたのだろうか。本当に謎である。

――十年前か。自分は何も覚えていないし、何も思い出せないけれど千鳥はこの十年の間に何か過去のことを思い出したりしたのだろうか。ふとそう思い、鶫は口を開いた。

「そういえば、千鳥は昔の記憶を何か思い出したりはしてないのか？」

「……どうしてそんなことを聞くの？」

すると千鳥は、何故か少し硬い声でそう聞き返してきた。その意外な反応に、鶫は少し戸惑う。

「いや、何となくだけど。もう十年も経つし、ふとした瞬間に何か思い出したとしてもおかしくないだろう？」

鶫がそう問いかけると、千鳥は目を伏せるように視線を逸らしながら小さく首を横に振った。

「残念だけど、思い出したことは一つもないの。――ねえ、鶫は何か思い出したの？」

千鳥は心なしか真剣な顔をしてそう聞いてきた。

「俺の方も特に変わりはないよ。あれより前のことは何も思い出せてない。……えっと、ごめんな。もしかして嫌なことを思い出させたか？」

……もしかしたら、千鳥と鶫とでは失った記憶に対する考え方が違うのかもしれない。

鶫は別に自分の両親のことや過去の記憶にそこまで拘りはないが、もし千鳥が家族の記憶すらないことを心苦しく思っているのだとしたら、先ほどの質問は少しデリカシーに欠けていたかもしれない。

そう思い鶫が謝ると、千鳥は慌てたように首を横に振った。

「違うの、鶫が悪いわけじゃないから。少しだけ感傷的な気分になっただけ。――そうだ、気分を取り直してプレゼントを交換しない？　ちゃんと私の分も用意してくれたんでしょう？」

「え？　ああ、もちろん用意したよ」

話題を変えるように千鳥はそう口にし、横のテーブルに置いてあった包みを取り出すと、はにかんだように笑ってそれを鵺に差し出した。

「私からはこれ。手帳と目覚まし時計。あんまり口うるさくは言いたくないけど、鵺は遅刻と忘れ物が多いでしょう？　これを使って、これからはちゃんと気を付けてね？」

「あはは、善処するよ……。でも、ありがとう。大事に使うよ」

鵺は苦笑しながらプレゼントを受けとった。

先日ちょうど目覚ましが壊れてしまったので、タイミング的にはちょうどいいかもしれない。手帳はこれから魔法少女として生活するのに、スケジュール管理にきっと役立つだろう。

そんなことを思いながら、鵺は自分の用意したプレゼントとは別に、まず行貴に貰ったチケットを千鳥の前に差し出した。

「ええと、これは？」

「こっちは行貴からの貰い物。よくは見てないけど、女性限定の温泉旅行のチケットらしいから誰か友達を誘って行ったらいいよ」

「温泉旅行！　いいの？　そんな高そうなものを貰ってしまって」

「いいんじゃないか？　どうせあいつが持ってても使えないんだし。――俺からはこれ。開けてみてよ」

そう言いながら、鵺は綺麗にラッピングを施した箱を取り出した。

昨日ベルにセンスがないと冷やかされながら頑張った傑作だ。まあラッピングなんてすぐに剝がされる物だと分かっているけど、こういうのは気持ちが肝心である。

「素敵な包み。ふふ、なんだか可愛い」

千鳥は器用な手つきで包装紙を破かないように剝がしていく。そして中にあるものを見て、目を見開いた。

「アンデルセンの童話集……。それも、これはたぶんデンマーク語ね？　原本に限りなく近い文章が手に入るなんて信じられない！」

千鳥はキラキラとした目で本を見つめていた。それほどこの本が貴重なのだろう。

――三十年前の混乱期や災害などで、図書館などにあった本の大半は焼けて消えてしまった。国の所蔵の書庫ならばまだ残っているものはあるだろうが、それらは一般市民がおいそれと見られるものではない。

それに鎖国状態に陥った影響で、日本国民の外国に対する心証は最悪だ。焚書扱いとまではいかないが、外国の図書――しかも希少な古書なんて、滅多に手に入らない代物なのだ。

だからこそ、千鳥の琴線に触れるような本の蒐集は容易ではない。鶇がこの本を入手できたのも、ある意味奇跡に近かった。

千鳥は震える手で、ぎゅっと本を抱きしめている。そこまで喜んでくれるのならば、苦労した甲斐があるというものだ。

「気に入ったみたいで良かっ、――え？」

思わず、言葉がとまる。

――目の前で、千鳥がぼろぼろと大粒の涙を流して泣いていたからだ。

「な、何も泣かなくても。別に初版の原書ってわけじゃないし、価値自体はそこまでないんだぞ？」

鵯はおろおろと狼狽えながら、そっとティッシュの箱を差し出した。

千鳥が泣くところなんて数年ぶりに見たのだ。動揺しない方がおかしい。

「違うの。鵯が私の好きなものをちゃんと覚えてくれていたのが嬉しくて……」

その儚い笑みに、ぎゅっと胸が締め付けられる。

なぜか動揺したように脈打つ胸を押さえながら、鵯は言った。

「喜んでもらえたなら俺も嬉しいよ。いい感じの本を見つけるのは結構大変だったからさ」

「今まで人から貰った物の中で一番嬉しかった。本当に、ありがとう」

そう言って千鳥は、涙を流しながらも綺麗に笑った。

――だがその顔が、ちり、と脳裏に浮かぶ誰かと被る。

以前にも、こんな風に笑った誰かがいたような気がしたのだ。

そんな奇妙な感覚を抱きながらも、鵯は小さく頭を振って思考を隅に追いやった。今は千鳥のことの方が先決だ。

「ほら、食器とかは俺が片付けておくから目を冷やした方がいいって。腫れたら大変だろう？」

「うん。ごめんなさい、子供みたいに泣いちゃって。先に部屋に戻っても大丈夫？　まだちょっと涙が止まらなくて……」

心配をかけてごめんね、と言いながら千鳥が涙を拭う。

鶫としては千鳥が一人で泣いている方が逆に心配になるのだが、いくら姉弟だとしてもずっと泣き顔を見られるのは千鳥だって嫌だろう。そう思い、鶫は快く千鳥を送り出した。

涙を拭いながらゆっくりと部屋を出ていく千鳥の姿を見つめ、小さく息を吐く。

――泣かれてしまったのは予想外だったが、それでも喜んでもらえて本当によかった。

そう思い、鶫は満足気に笑った。

千鳥は貰ったプレゼントを持ってリビングから出ると、自分の部屋に入って扉を閉めた。そして扉を背にして床にしゃがみ込んだかと思うと、涙で濡れた顔を両手で覆った。

ぽたぽたと、指の間から透明な雫が流れていく。

鶫の優しさが嬉しかった。とても、心から嬉しかったのだ。――けれどその事実が、千鳥は苦しくてしょうがない。

千鳥は時々、自分がこんなに幸せに暮らしていていいのかと不安になる時がある。

鶫《おとうと》と共に、寄り添いながら暮らす。それはとても甘美で――それでいてあまりにも罪深いことだ

った。

千鳥はふらふらと立ち上がり、そっと机の引き出しを開け、二重底になっていた板を外した。

そこには、小さな木枠の写真立てが一つ入っていた。

千鳥はその写真立てを取り出し、そっとガラスの表面を撫でる。古びたガラスが、泣き濡れた千鳥の顔に光を反射した。

「ごめんなさい」

そうして千鳥は、悲痛に満ちた表情で言った。

「ごめんなさい――さくらお姉ちゃん」

ぽたり、と手に涙がしみこむ。――その写真には、二人の人物が写っていた。

五歳くらいの幼い姿をした鶫と、寄り添うようにして笑う、鶫によく似た顔をした中学生くらいの女の子。

その写真の裏面にはこう書かれていた。

『最愛の弟、つぐみと。　さくら』と。

鶫はこの写真のことを何も知らない。千鳥が黙っているからだ。

――この写真立ては、火災から逃げた時に持っていたカバンから見つかったものだ。もっとも、この写真を見つけたのはつい二年前のことだが。

二年前。荷物を整理していた千鳥は、クローゼットの奥に隠すように置いてあったカバンの存在に気が付いた。きっとこの家に来て、そのまま仕舞って忘れてしまっていたのだろう。

千鳥が懐かしく思いながらカバンを触っていると、内ポケットの横に小さなふくらみがあることに気が付いた。

不思議に思った千鳥がポケットの横にハサミを入れると、この手のひらサイズの小さな写真立てが出てきたのだ。

写真を見た瞬間に脳裏に過った、鶫によく似た女の人の記憶。断片的にしか思い出せないその記憶は、間違いなく失った記憶の一部だった。

彼女――さくらお姉ちゃんは、千鳥のことを『ちどりちゃん』と呼んでいた。鶫のことは、呼び捨てにしていたのに。その事実が、千鳥と彼女の関係性を表している。

――きっとさくらお姉ちゃんは、自分の家族ではなかったのだろう。

けれど彼女が、写真立てに書かれている通り鶫の姉だとしたら――自分という存在は一体何なのだろうか。

そう考える度に心が痛くなる。

……ちどりちゃん、と優しい声で自分を呼んだその人は、きっともうこの世にはいないのだろう。

自分が『さくらお姉ちゃん』の位置に居座った偽物の姉だとしたら、鶫とさくらお姉ちゃんの両方を蔑《ないがし》ろにしていることになる。

――いつかは鶫に本当のことを話さなくちゃダメだ。

そう思いながらも、決断が出来ない。

たとえ血が繋がっていなかったとしても――大好きな弟に嫌われるのだけは嫌だったのだ。

「……ごめんね、つぐみ」

そう呟いて、千鳥は涙を流した。

古びた写真立てだけが、その泣き顔を見つめていた。

7.ぼくらの日常

——鶫は奇妙な夢を見ていた。

夢の中の鶫は幼い子供の姿をしていて、体には白い和風の装束のようなものを纏っていた。

その中で鶫は、白を基調とした部屋の中央にある台座の上に座らされ、部屋の隅で轟々と四方を囲む松明《たいまつ》が燃えている様をじっと見つめていた。

ふと辺りを見渡すと、台座の周りで様々な大人達が平伏しているのが見える。

彼らは口々に何かを言っているようだったが、鶫には何を言っているのかよく分からなかった。

——一体これはどういう状況なんだろうか。

鶫がそう不思議に思い始めた時、背後から何かが動く気配がした。とっさに振り返ろうとしたが、なぜか体が動かない。

忍び寄る恐怖に鶫が思わず大声を上げようとしたその瞬間、囁《ささや》くような声が耳元で響いた。

「——大丈夫」

それは、まるで鈴が鳴るような声だった。どう考えても聞き覚えなんてないはずなのに、なぜか懐かしい気分になる。

そんな鵺の戸惑いなどお構いなしに、声は続けた。

「つぐみは、絶対に私が助けてあげるから」

そう言って、背後の誰かは鵺をそっと抱きしめた。

横に見えるのは、細くて白い女の腕だ。その右手に散らばる花弁のような痣《あざ》が印象的だった。

「どうか、お姉ちゃんを信じていてね」

その声はとても優し気で、思わず心地よさに目を細めてしまう。

……けれど、じりじりと焦げ付くような違和感が首をもたげる。

その衝動のままに、鵺は声を上げた。

「お前は――誰だ？」

そう言った瞬間、ベッドから飛び起きるように目が覚めた。

「……なんだ、夢か」

そう不機嫌そうに告げ、鵺は眠気でぼんやりとした顔をして時計を見た。

するとちょうど目覚ましが鳴る直前で、少しだけ損をしたような気持ちになる。

――ああ、朝からついていない。

「なんか、全然眠れた気がしない……」

鵺は億劫そうに言うと、ずるずると体を引きずりながら立ち上がった。


――その時には、夢の内容はすっかり頭から抜け落ちてしまっていた。

目が覚めた鵺は、学校へ行く準備をしながら昨日のことを思い返していた。

誕生日というイベントが無事に終わり、週末の最後となる日曜日は遠出してスキルの把握などに努めた。その上で、分かったことがいくつかある。

まず一つ目は、【糸】の操作性だ。

ベルに疑似的な結界を作ってもらい確認をしてみたが、結界の中だとおよそ半径百メートルくらいならば糸を鵺の意思通りに操作することが可能だった。

だがその一方で、結界の外だと格段に操作性が下がり、十メートルくらいの距離でしかまともな操作が出来ないことが分かった。

まあ基本的には外で能力を使うことはないと思うので、それは特に問題はないだろう。

あとは糸による攻撃――つまり糸を動かすことによる摩擦力での切断、というのが主な攻撃方法になるのだが、これは結界内では十メートル、結界の外では一メートル弱と極めて射程が短い。

……これに関しては練習次第でもっと伸ばせそうなのでそこまで気にしてはいないが、ベルは少し不満らしい。その辺はこれから頑張るので許してほしいところだ。

そして二つ目の転移に関しては、結界の中と外で力の消費率の差があるものの、欠点らしきものは見つからなかった。

直接行ったことのない場所でも転移が可能、しかも力の消費はそこまで大きくない。控えめに言って最高のスキルだった。

あえて欠点をあげるとすれば、この転移のスキルは鵺単独でしか移動ができないことだろうか。

正確にいうと、鵺は他の生物を伴った移動ができなかった。つまり、誰かと一緒だとこの転移は使えないのだ。

魔獣と戦う分には問題ないだろうが、もし何かの災害時に誰かを連れて逃げる場合にはこのスキルは使えない。……まあそんな機会は滅多にないだろうから、そこまで気にはしていないが。

だが視点を変えると、生物じゃないもの――非生物の物体ならば一緒に移動はできるのだ。使い方によっては戦略の幅が広がるかもしれない。それを使いこなせるかどうかは、自分次第だろう。

そう結論付け、この考察の続きは帰ってきてからにしようと鵺は考えた。そろそろ学校へと出発しないと遅くなってしまう。

「じゃあベル様。俺はこれから学校へ行ってくるけど、魔法少女としての活動は基本的に放課後からってことでいいんだよな？」

「ああ。場合によっては日中も呼び出すかもしれないが、基本はそう考えて構わない」

「そっか。俺としてはその方が助かるんだけど、ベル様は暇な時間は何をしてるんだ？」

――自分という玩具がいない間、この神様は何をしているんだろうか。

そんなささやかな疑問だったのだが、ベルには気に障ったらしく不機嫌そうに口を開いた。

「我を勝手に暇と決めつけるな。無礼だろうが」

「ごめん、そんなつもりじゃなかったんだけど」

「……ふん、お前と出会う前と一緒だ。結界内で他の魔法少女どもが戦うところを見学してくる」

「え、あれって結界の中でも見学できるのか？　だったらこの前の会話とかも他の神様に筒抜けだったんじゃ……」

もしかして、先日の戦いも誰かに見られていたのだろうか。そう考え、鵺は身バレの不安に怯えた。……会話の内容までは詳しく覚えていないが、少し心配になってきた。

そうなると、もっと言動には注意しなければならなかったかもしれない。

鵺が不安げにそう問いかけると、ベルは頭を横に振った。

「普段から言動に気を付けるに越したことはないが、基本的に結界内は神力のノイズのせいで人の声は聞こえにくくなっている。まあ中には唇を読むことができる奴もいるだろうが、それはごく少数だ。そこまで気にすることでもないだろう。——そもそも、この我の不興をわざわざ買おうとする奴がいるとは思えんがな」

ベルはそう言って、ふん、と鼻を鳴らした。

……いまいち分かりにくいが、つまり結界内の見学のシステム自体は、効果音だけが聞こえるセリフが無い映画とそう変わらないものらしい。

わざわざ喧嘩を売ってくる奴なんていないと豪語するベルの主張に関しては、すごい自信だと感心はするが、それはどこまで信用していいのだろうか。話半分くらいの気持ちで聞いておいた方がいいかもしれない。

――それにしても、神様も魔法少女の戦いを見学するのか。神様にとっては魔法少女を戦わせる方がメインだと思っていたので、あまり見学というイメージが湧いてこない。

「やっぱり神様から見ても、ああいう戦いって面白いのか？」

「まあそれなりには楽しめる。演者によって良し悪しがあるのが玉に瑕だが。――それに我は、別の目的があったからな」

「別の目的？」

「ああ。――我の契約者たりえる人材を探していた。そもそも貴様に目を付けたのも、結界の中を眺めている時に偶然目に入ったからだ。恐らく貴様は知らんだろうが、野良の魔法少女のほとんどがそうやって神に見出される。結界内に紛れ込めるということは、それだけ幽世《かくりよ》に存在が近いということだからな。つまりそれだけで魔法少女としての適性は十分ということになる。……中には病気で死にかけている時にうっかり巻き込まれる馬鹿な奴もいるがな」

「なるほど。――だから結界での事故は公になることが少ないんだな」

年に何人が結界に迷い込むのかは分からないが、そういう理由ならば結界事故の報告が無いのも頷ける。

もしこの事実を公にしてしまうと、魔法少女になりたくてしょうがない人間がわざと避難しないで戦いの場に居座る可能性が出てくる。

実際は適性が無ければ結界の中には入れないので何の意味もないのだが、その類の人間には常識が通じない。隠しておく方が賢明だろう。

「それに奴らの戦いを見学するだけでも、我らにとっては益があるからな」

「何かいいことでもあるのか？　賭け事とか？」

鵜がそう聞くと、ベルは蔑んだ眼でこちらを見ながら質問に答えた。

「……この俗物め。頭の軽い貴様には言っても理解はできんだろうが、我らは魔法少女の戦いを『貢物』として捉えている。それ故に人と契約を交わしていない状態の神は、戦いを観覧することで力を蓄えている。要は、我らにとって結界の中は充電場所のようなものだ」

「あー、うん。なんとなく分かったかも」

つまりベルのような神様にとって、魔法少女の戦いとは『神楽』のようなものなのだろう。元々魔法少女とは巫女が名前を変えたような存在だ。戦うことそれ自体が演舞となり、神事となる。恐らく神々はその信仰を力に変えているのだ。

——それにしても、よくできている、いい、いいシステムだ。

最初はただ魔法少女の戦いを楽しみ、見ている内に段々と自分だけの魔法少女《おもちゃ》が欲しくなり、ついには自然とこの国の防衛に力を貸すことになる。このシステムを真っ先に考えた天照は、やはりとても優秀なのだろう。

そんな話をしつつも、鵜は壁に掛かっている時計を見てハッとしたような顔をした。

そろそろ出ないと電車に乗りおくれてしまう。転移の力を使えば時間ギリギリに出ても間に合うのだが、それはズルい気もするので魔法少女の力はあまり使いたくない。

「ごめん、もう行かないと！　また後で！」

「……慌ただしい奴だな」

バタバタと部屋を出ていく鵺を見つめ、ベルが呆れたように呟いた。

そしてベルはくるりと部屋を見渡すと、ふわりと消えるようにどこかへ行ってしまった。

誰もいなくなった部屋に静寂が訪れる。

——いつもと変わらない日常が始まろうとしていた。


「おはよう。ん？　あれ何でみんなこっちに近寄って——え？」

鵺が学校に着くと、教室に入った瞬間、クラスメイト達に一斉にクラッカーを向けられた。

パンパンパン、と頭に響く破裂音が至近距離で鳴る。思わず頭を庇《かば》うように腕を交差してしまったが、それでも普通に怖い。

「えっ？　何だこれ？　怖いんだけど……」

鵺が驚きと恐怖が混じった顔で周りを見ていると、クラスメイトの一人がにやにやとした顔で近寄ってきた。

「なあ七瀬、お前この前誕生日だったんだって？　水臭いなぁ、言ってくれれば良かったのに」

「いや、そんなの別に言うほどのことじゃないだろう？　何なんだよ一体」

鵜が怪訝そうな顔をして言うと、クラスメイト――秋山は照れたような顔をして紙袋を差し出してきた。

「これ、俺達からのプレゼント。――もちろん千鳥ちゃんへのな」

「あ、そこは俺への贈り物じゃないんだ」

紙袋を受け取りながら、小さく肩を落とす。柄にもなく期待してしまったため、少しだけガッカリした。

鵜が残念そうに告げると、秋山が不思議そうに首を傾げながら言った。

「なんで俺らがわざわざ男にプレゼントをやらなきゃいけないんだよ。可愛い女の子になって出直して来い」

「……いや、確かに正論だけど普通に傷つくなこれ」

別にそこまで祝って欲しかったわけではないが、流石にこの扱いは心にくる。これならまだ先日の行貴の方が優しかったくらいだ。

だがもし此処にいたのが鵜じゃなくて可愛い女の子――葉隠桜だったとしたらどうなっていただろうか。きっとクラスメイト達からの対応は、天と地ほどの差があったことだろう。

そんなことを考えながら鵜が大仰に溜め息を吐くと、秋山はケラケラと笑って言った。

「可愛い女の子を優遇するのは当然だろうが。それに、千鳥ちゃんは時々クラスの連中に手作りのお菓子を持ってきてくれるしな。たまにはお礼が必要だろ？」

「は？　あいつそんなことまでしてるのか？」

「ああ。『鶫のことよろしくね？』って言って、ここにもたまに遊びに来てるぞ。よかったなぁ、優しいお姉ちゃんがいて」

秋山にそうあからさまに揶揄《からか》われ、鶫は机に突っ伏して頭を抱えた。

「……あいつは俺の母親かよ」

――千鳥は鶫のことを何だと思っているのだろうか。

まさかそんな、友達ができない息子を心配する母親のような真似をしているとは思っていなかった。

「まあいいじゃん。とにかくこれは千鳥ちゃんに渡してくれよな」

「それこそ自分達で渡せばいいだろうが。心の狭い俺と違って、千鳥だったらきっと何でも喜ぶと思うぞ」

鶫が面倒そうに言うと、秋山はやれやれ、とでも言いたげにわざとらしく肩をすくめた。

「最初はそうしようと思ってたんだけど、誰が渡すかで揉めてさ。だから弟のお前に渡してもらうのが一番角が立たないんだよ」

「いや、かなり複雑な気持ちなんだが。え、なに？　うちのクラスの連中はみんな千鳥のことそういう目で見てんの？　あの、少しお前らとの付き合いを考え直したいんだけど……」

率直に言って少し引いてしまう。千鳥が可愛いのは鶫もよく知っているが、クラスの男連中にそんな目で見られているとは思わなかった。

……別に自分はシスコンというわけではないが、姉の恋愛事に巻き込まれるのは出来れば勘弁願いたい。

鵜がそう告げると、秋山は不満げに口を開いた。

「変な勘違いすんなよ、別にそんなんじゃないって。——千鳥ちゃんはなんていうか、身近にいるアイドルみたいなもんだからさ。これはお布施みたいなもんだよ」

秋山はそう言って気恥ずかしそうに頬をかいた。周りにいるクラスメイトも同意するように頷いている。

……それが恋愛感情とどう違うのかいまいち理解できないが、きっと秋山達の中では明確な違いがあるのだろう。

「まあ、別に渡すぐらいならいいけど……。ちなみに中身は？」

「ブランドのマフラー。だいたい一人頭二千円くらい出してるかな」

一人頭二千円。ということは少なく見積もっても二万円は超えている。

そう計算し、鵜は表情を引きつらせた。どう考えても、ほとんど接点がない男どもから貰うようなプレゼントの金額ではない。

「お前らがそれでいいなら別にいいんだけどさ……。あんまり千鳥に迷惑はかけないでくれよ」

鵜には理解できない次元の話である。引き受けてしまったからにはプレゼントは渡すが、千鳥が変に怯えてしまったらどうしようか。……取りあえず値段は伝えないようにしておこう。

そう鵜が頭を悩ませていると、ガラガラ、と教室のドアが開いた。

「おい、お前たち。声が廊下まで響いているぞ。ＨＲを始めるからさっさと席につけ」

「あれ、なんで祈更《きさら》先生が？　渚ちゃ、……涼音先生はどうしたんですか？　朝に見た気がするんですけど」

入ってきた男の教師――祈更に対し、秋山がいつもより丁寧にそう聞いた。

だが祈更はギロリと睨むように秋山を見ると、顔をしかめて教卓に本を強めに叩きつけた。明らかに機嫌が悪そうである。

「涼音先生は急な体調不良で休んでいる。今は保健室にいるが、間違っても会いに行こうとはするなよ。いいな」

ぎろりと睨みを利かせ、祈更はそう言った。

そのあまりの剣幕に、クラスメイト達は皆空気を読んで頷いている。普段はうるさい連中にしては珍しい光景だ。

――それも無理はない。この祈更という教師は生徒指導という役職を持っており、不興を買うと最悪停学になりかねないのだ。

現に、このクラスの半数が一度は祈更に停学、もしくは謹慎を言い渡されている。まあ、その原因は彼ら自身にあるので文句は言えないのだが。

「特に連絡事項はないが――七瀬」

「え、はい」

いきなり自分の名前を呼ばれ、鶫は伏せていた顔をぱっと上げた。

……もしかしてさっきの騒動を怒られるのだろうか。

そう思いながら鵜が窺うように祈更を見上げると、祈更は冷たい声で言った。

「昼休みに生徒指導室まで来るように。いいか、絶対に忘れるなよ」

「ちょッ、待ってくださいよ先生！　俺は別に騒いでなんか――」

鵜は説明をしようとしたが、祈更はまるで聞こえていないかのようにさっさと教室から出ていってしまった。

鵜は呆然と右手を伸ばしながら、去っていく背中を見送ることしかできなかった。

――え、これって俺が怒られることなのか？　冗談だろう？

あまりの衝撃に鵜が動けずにいると、秋山がそっと近寄ってきて鵜の肩を叩いて言った。

「えっと、まあ元気出せよ！　祈更だって謝れば許してくれるって！」

それは一点の曇りもない清々しい笑顔だった。つい胸元を摑みたくなるような衝動に駆られる。

――そもそも全部こいつらが騒ぐから悪いのだ。そう考えると沸々と怒りが湧いてきた。鵜は秋山にニコリと笑みを返すと、グッと右手を強く握った。

「秋山、頼む。一回でいいから殴らせてくれ」

そう言って、鵜は右手を振りかぶった。

――まあ、その後はよくある青春の一ページである。特に顛末《てんまつ》は語るべきことはないだろう。

鶫は生徒指導室の扉の前で、小さな溜め息を吐いた。

朝の呼び出しの時はかなり理不尽に感じたが、よくよく考えてみれば他にもいくつか呼び出される心当たりはある。

もしかしたら、今まで仕出かしたことのどれかが露呈しただけなのかもしれない。

……まあそのほとんどが行貴や先輩に巻き込まれたことなのだが、ある意味逃げ切れなかった自分も悪い。

不安でキリキリする胃を押さえながら、鶫は覚悟を決めた。

「失礼します……」

鶫はそう断って、嫌々ながらも指導室のドアを開いた。

「ああ、来たか。取りあえずそこの椅子に座れ」

「はい」

部屋の中で待ち構えていた祈更にそう言われ、対面の席に座る。……不機嫌そうにこちらを見てくる視線が居心地悪い。

いったい何の話をされるのだろうかと鶫が胃を痛めていると、祈更はゆっくりと口を開いた。

「色々と言いたいことはあるが——お前の胸ポケットに入っているソレを、ここに出してもらおうか」

「……は？」

いきなりの言葉に、思考が停止する。

胸ポケットに何か変なものを入れていただろうか？　はっきり言って、全く心当たりがない。ぼけっとしている鵺に苛立ったのか、祈更は「さっさとしろ」と強い口調で急かしてくる。

鵺は不思議に思いながらも、自身の胸ポケットを漁《あさ》った。するとざらりとした感触の物に指がふれ、その瞬間にそれが何かを思い出した。

――涼音先生から貰ったお守りだ。

そういえば、ここに入れたままにしていたのを忘れていた。

改めて考えてみると、涼音はどうしてこんなものを鵺に渡したのだろうか。鵺が怪我を負うのを事前に知っていた――とまでは思わないが、危険を感じるような何かが鵺にあったのだろうか。気にはなるが、涼音と話さないことには何も分からない。

鵺はそんなことを考えながら、お守りをそのまま机の上に出した。仮にも教師からの貰い物なわけだし、祈更の前に出しても特に問題はないだろう。

――だが、その甘い考えは一瞬で霧散した。

「……これは――お前、一体何をしたんだ」

祈更は驚いたような顔をして、机の上のお守りを見つめている。

それもそうだろう。そのお守りは、誰が見てもすぐに分かるくらい血に染まっていたのだから。

元々の布地が黒なのでそこまで目立たないが、金の刺繍や白い紐などは無残にも赤黒く変色している。

十中八九、鵺が血まみれで這いずり回っていた時に付いた血だろう。制服が完全に修復されていたので油断していた。まさかこのお守りだけがあの時のままだなんて思いもしなかったのだ。

……だが、どう見てもこれは犯罪臭がある。殺人現場から持ってきたと言われても違和感がないくらいだ。

これは自分の血だから事件性はない、と言い張っても祈更が信じてくれるかは微妙である。ならば、取れる手は一つだけだ。

「あれ、いつの間にこんなに汚れちゃったのかな。困ったな……涼音先生がせっかく貸してくれたのに。後で謝らないと」

鶫はそう言って何も知らない振りをした。血を流した経緯を話すわけにはいかなかったからだ。事情を話そうとすれば、怪我が治っている理由——つまり芋づる式に魔法少女のことまで話さないといけなくなる。誤魔化す以外の道はない。

「へえ？　そんな言い訳が通るとでも思うのか？」

だが祈更は、小馬鹿にするように鶫の言葉を鼻で笑った。やはりあの程度の誤魔化しでは納得して貰えなかったらしい。

——やっぱりちょっと無理があったようだ。それは自分でも分かっている。けれど、本当のことは絶対に言えない。

「言い訳も何もないですよ。だって何も知らないんですから。確かになんか血みたいなのがついてますけど、俺が流血沙汰みたいなこと起こすと思います？　俺はそこまで血の気は多くないですよ。何だったら警察とかで調べてもらいますか？」

まあ、このお守りに付着しているのは鵺の血である。詳しく調べられたら少し問題になるかもしれないが、怪我の事実がないかぎり事件性は認められないだろう。そう思ったからこその強気の対応である。

祈更と鵺のにらみ合いは続く。

——先に折れたのは、祈更の方だった。

「……まあいい。元々、俺の用事はそれの確認だけだったからな」

その言葉に、鵺はほっと胸を撫で下ろした。これでひとまずは安心だ。

「じゃあもう帰ってもいいですか？」

「いや、まだ駄目だ。この後は涼音がここに来ることになっている」

「涼音先生が？」

「ああ。朝にお前を呼び出すように俺に言ったのはアイツだ。後は涼音の奴と話すといい。——念のため言っておくが、二人きりだからって変なことをしようとはするなよ」

「俺が教師相手に何をするっていうんですか……」

かなり真剣なトーンでの忠告だった。心配しなくても教師相手に変な気なんて起こすわけない。

でも、涼音が呼び出したとは一体どういうことだろうか。

鵺を呼び出したのが涼音の指示だとすると、この前の帰りのこと以外の理由が見当たらない。やたらと鵺のことを心配していたようだったし、安否確認を含めているのだろうか。

そんなことを考えながら、鵺は立ち上がった祈更に質問を投げかけた。

「あ、そうだ。祈更先生は、何でこれが胸ポケットに入っているって分かったんですか？」

そう言って、机の上にあるお守りを指さす。

鵜自身ですら存在を忘れていたくらいだ。特にポケットが不自然に膨れていたわけでもないし、煙草と勘違いされたわけでもないだろう。それなのにどうしてお守りの場所に気付いたのだろうか。

そんな鵜の問いに、祈更は急に仏頂面になり小さく舌打ちをした。

……この男、生活指導を名乗っているくせに中々態度が悪いのだ。まだ若くて顔が良いから女子生徒には人気があるのだが、高圧的なせいか男子生徒にはあまり好かれていない。

そういうところは行貴と似通っている——と鵜は思うのだが、これを祈更本人に言ったら激怒すること間違いないだろう。

祈更はすっと鵜に視線を向けると、不機嫌そうな顔をして言った。

「そこから鉄錆の匂いがした。俺は人より鼻が利くからな。それだけだ」

「……そうですか」

くん、と鵜も試しに匂いを嗅いでみたが、特にそんな強い匂いはしない。人によって匂いなどが過敏に感じられる体質があるというが、祈更もそういった体質なのかもしれない。

もしこの場にいるのが鵜ではなく行貴だったら「先生はまるで犬みたいですね！」と悪気無く発言していただろうが、自分から地雷を踏みに行くほど鵜は馬鹿じゃない。

そんなことを考えていると、隣の部屋のドアに人影が見えた。

カラカラ、と控えめな音を立てて、隣接した準備室のドアが開く。

「ああよかった。七瀬君、来てくれたんだ」

そう言って、ほっとしたような表情を浮かべながら涼音が生徒指導室へと入ってきた。

「涼音。もう体調は大丈夫か?」

祈更が心なしか心配そうな声音で涼音にそう問いかけた。

「ええ。もうすっかり元気よ。紫兄《ゆかり》さんも心配かけてごめんなさい」

——紫兄さん?

鶫はぽかんとした顔をして祈更を見た。確か、祈更の下の名前は紫だった。けれどその女っぽい名前をからかう生徒が多かったため、色々あって今では名前を呼ぶことがタブーのようになっている。それをいくら教師同士とはいえあんなに親し気に? ……この二人は、一体どういう関係なのだろうか。

そんな思いで祈更を見つめていると、祈更はばつが悪そうに咳ばらいをした。

「おい、学校では名前で呼ぶなと言っただろう」

「あ、ごめんなさい。つい……」

涼音はハッとして、すぐに落ち込んだ顔をした。そんな教師二人の様子を見ていると、祈更が振り返って鶫に言った。

「七瀬。今あったことは忘れろ。いいな」

「もし言いふらしたらどうなりますか?」

「お前の数学の成績が1の評価になる」

最低の脅しだった。公私混同にも程がある。

「そんな横暴な！」

「うるさい。俺はやると言ったら本当にやるぞ」

そう言って祈更は温度の無い目で鵜を見た。……これは本気の目だ。

「……いえ、誰にも言いません。ちょっと聞いてみたかっただけです」

大人は卑怯だと鵜は再確認した。こんな大人げない人間にはなりたくない、と思いながら鵜は溜め息を吐いた。

……でも、本当にこの二人はどんな関係なんだろうか。もしも二人が付き合っている場合、クラスの連中が「渚ちゃんが祈更に誑《たぶら》かされた！」と大騒ぎしそうだ。

だがこの祈更の様子だと、関係性を聞いても簡単には答えてはくれないだろう。後でこっそり涼音に聞いた方が早いかもしれない。

「ふん。俺は席を外すが、鍵は後でちゃんと返しに来るように。涼音先生もそれでいいか？」

「はい。ありがとうございます、祈更先生」

祈更はそう言って指導室から去っていった。祈更が退いた席にしずしずと涼音が座る。

――そして涼音は、机の上に置いたままになっていた血まみれのお守りを見て悲痛な表情を浮かべた。

「……七瀬君は私に何か聞きたいことはない？」

涼音は唐突に鵜にそう言った。

鶫は考え込むように顎に手を当てると、ためらうような声で言った。

「涼音先生は——あの日、俺がどうなると思ったんですか？」

涼音に聞きたいこと——それ自体はいくつかあった。何故あの日このお守りを渡したのか。何を知っていたのか。祈更との関係は、など様々だ。けれど、あえて挙げるとすればこれしかないだろう。

今にして考えれば、あの時の涼音の対応はあまりにもおかしかった。まるで、鶫が死ぬ未来が分かっていたかのように。

そうでなければ、あんな風に必死でお守りを持たせようとはしないはずだ。これが涼音相手じゃなければ、あの事故は実は仕込みだったんじゃないかと疑ったかもしれない。

鶫が疑念のこもった目でジッと涼音を見つめると、涼音は何かを決意したように口を開いた。

「七瀬君は、——運命って信じる？」

そう言って、涼音はにこりと笑った。

——運命。いかにも女性が好きそうなフレーズである。

人が運命、もしくは奇跡と呼ぶそのほとんどは偶然の産物に過ぎないだろうが、鶫は運命という名の逃れられない流れは存在していると思っている。というよりも、そう考えた方がしっくりくる、というべきか。

……だがこちらとしては、信じる信じないの前に言っておかなければならないことがある。

鶫は真剣な顔をして涼音に言った。

「悪いですけど、宗教の話なら遠慮願いたいのですが」

今の鵺が信仰する神様はベル一択である。残念だが、これが宗教勧誘だったならこれ以上の会話は受け入れられない。

鵺が真面目な顔でそう言うと、涼音は少し怒ったように声をあげた。

「もう、違うわよ！　そんな話するわけないじゃない！」

「あっ、そうですか。それは良かった」

ほっと息を吐く。まあそんな話ではないと思っていたが、一応確認は必要だ。

鵺は口元に手を当て、呟くように言った。

「それにしても運命ですか。――あると思いますよ。少なくとも俺はそう思ってます」

鵺がそう答えると、涼音は少し安心したように微笑んだ。

「そう。……少し長い話になるんだけど、大丈夫かしら」

そう言われ、鵺はちらりと壁の時計を見た。

昼休みはあと二十分ほど。どれくらいの話になるのか分からないが、最悪次の授業に間に合わないことは覚悟しておいた方がいいだろう。

だが次の授業は奇しくも祈更が担当する数学だ。多少は遅れたとしても事情は理解してくれるだろう。そう考えた鵺は、小さく頷いて言った。

「はい、大丈夫です」

鵺がそう答えると、涼音はホッとした様子で話し始めた。

「良かった……！　そうね、まずは私の事情から話しましょうか。荒唐無稽な話も多いから、信じてくれないかもしれないけど……」

　そうして、涼音は静かに口を開いた。

「――私が十歳の頃、ちょっとした事故に遭ってしまって頭を強く打ったの。それ自体は大した怪我じゃなかったのだけれど、今でも少し頭に傷跡は残っているわ」

　ちょうどこの辺ね、と涼音は後頭部の辺りを指さした。

「それでね、退院した後から時々変なものが視えるようになったの。赤黒い、靄みたいな光。念のため病院の先生に相談したけれど、特に神経には異常は無かったみたい」

　そう言って涼音は一度言葉を区切った。朝の体調不良が続いているのか、辛そうに視線を下に向けると、ためらうような口ぶりで話を続けた。

「それから退院して暫くした後、隣の家のお兄さんと家の前でばったり会って、私とてもびっくりしたの。――だってそのお兄さんの体に、絡みつくような赤い糸が視えたから」

「赤い糸、ですか？」

「そう、赤い糸。当時はまだ子供だったから、てっきりそれは『運命の赤い糸』なんだって思ったの。ほら、十歳ってそろそろ恋愛に興味が出てくる頃でしょう？　隣のお兄さんは私よりもかなり歳上だったけど、とても優しかったし、この人が運命の人なんだ！　ってその時は舞い上がってしまって。だから私はその場でお兄さんに言ったの。『結婚してください！』って。……まあ、笑って断られてしまったけどね」

「……はあ、そうなんですか」

　子供の頃の話を続ける涼音に、鶫は困惑した顔を向けた。この少し不思議な初恋話がどんな風に今回の話に関わってくるのだろうか。

　鶫が話を聞いたことを後悔し始めたその時、涼音が視線を下に落とし、何かを悔いるような表情を浮かべた。

「その後は普通に家に帰ったんだけど、暫くして家が騒がしくなったことに気がついた私は、お母さんに聞いたの。「何かあったの？」って。お母さんは、とても悲しそうな顔をして私に言ったわ。——隣のお兄さんが、事故に遭って亡くなったって」

　鶫は、ごくりとつばを飲み込んだ。涼音の語り口は柔らかな物なのに、どこかうすら寒い。

　そんな鶫を気にも留めずに、涼音は続けた。

「事故で手足と頭がズタズタになっていて、お葬式では顔を見せてもらえなかった。それを聞いた時、私は大変なことに気付いてしまったの」

「気付いたって、何にですか？」

「事故の直前に私が視た赤い糸が、お兄さんの何処に絡んでいたと思う？　——そう、手足と頭よ」

　そう言って、涼音は微笑んだ。いつもは微笑ましく思えるその笑みが、今はどこか恐ろしい。

「最初は気のせいだと思っていたけれど、それからも似たようなことが何度もあった。そうなれば、嫌でも自覚するしかない。——私は、人の死の運命を視ているんだって」

そこまで説明されれば、嫌でも涼音が言いたいことに気づく。あの日心配していた理由も、お守りを押し付けた訳も。

鶫は複雑な気持ちになって唇を噛んだ。――この人の力は、間違いなく本物だ。

「……あの日、俺にもその糸が視えたんですね」

「ええ。貴方の顔も見えないくらい、雁字搦《がんじがら》めに絡んでいたわ」

涼音は淡々とそう答えた。

普通であれば、そんなのはただの法螺話《ほらばなし》だと笑い飛ばしたかもしれない。けれど、鶫はもう涼音の話を笑えなかった。

……恐らく、涼音が朝に体調を崩したのは鶫の姿を見たからだろう。

死んだとばかり思っていたのに、何食わぬ顔で学校に通う人間――そんな奴を見てしまったら、体調が悪くなってもおかしくない。

――あの日、ベルと出会えなければ鶫は確実に死んでいた。それこそ、涼音の予見の通りに。

「七瀬君に渡したお守りは、私の親戚がいる神社で貰ったものなの。……その人からは『君が視ているのは紛れもない現実だ。可哀想だけど、一生付き合っていくしかないよ』って諦めるように言われたわ。酷い話よね。……こんな力、私は欲しくなんてなかったのに」

涼音はそっと目を伏せ、何かを悼むように両手を組んだ。

死の運命を糸として可視化する魔眼。世が世なら神子《みこ》として祭り上げられてもおかしくはない能力だろう。

けれど鶫には、まったく羨ましいとは思えなかった。

涼音は、今までどれだけの死を視てきたのだろう。考えるだけで心が痛い。

「私に視ることができるのは『死の運命《うんめい》』だけ。どれだけ運命を変えようと頑張っても、誰一人その運命から逃れることはできなかった」

そこで涼音は、じっと真顔で鶫を見つめた。感情の抜け落ちたような表情が、鶫の焦燥を煽る。

「なのにどうして。——どうして七瀬君は生きてるの？」

それはあまりにも純粋で、残酷な問いかけだった。彼女の目は雄弁に『鶫の生存』を疑っている。

そう考え、鶫は深呼吸するように深く息を吐きだした。

「俺は運が良かっただけです。俺の運命は、奇跡によって覆された。本来ならきっと先生が視た通りの結末を迎えていたと思います」

そう言って鶫は、右手をそっと自分の胸に置いた。

もしあの日ベルと出会えていなかったら、今の鶫はきっと存在しない。

——ああ本当に、今自分がこうして息をしているのはやはり奇跡の賜物なんだろう。ボタンを一つでも掛け間違えれば、きっと涼音の予見の通り鶫は死んでいた。

そう思うと、じわり、と言葉にできない安堵感が胸に溢れる。

「何が起こったのかまでは、話す気はないのね？」

その涼音の問いに、鶫は小さく首を縦に振った。

「はい。——色々あって人には話せないんです。でも、今は怪我もなく元気ですから心配しないでください。……すみません、我儘なことばかり言って」

鶫はそう言って、涼音に頭を下げた。

涼音はきちんと自分のことを語ったのに、鶫は何も言わないのはフェアとは言えない。けれど、鶫が口に出せるのはここまでなのだ。

だが少し頭を働かせれば、怪我の状況からみて魔法少女関連の出来事に巻き込まれたのだろうと予想はつくはずだ。

在野の魔法少女と出会って運よく救われた、と勘違いしてもらえるのが一番良い。流石に涼音も鶫が魔法少女になった、とまでは思いはしないだろう。

「はあ……。分かったわ。先生はこれ以上君の事情は聞きません。知らない方が幸せなことは世の中にはたくさんあるから。――七瀬君も、あんまり私の力のことは人に話さないで頂戴ね。まあ、話しても信じてもらえないとは思うけど」

「絶対に誰にも言いませんよ。――本当に、今回は心配をかけてすみませんでした」

「七瀬君が無事ならそれで良いのよ。でも、何か困ったことがあったら先生たちを遠慮なく頼ってね？　これでも私と祈更先生は、【六華《りっか》】に知り合いがいるんだから」

「――え、あの【六華】に？」

【六華《りっか》】とは年に一度、Ａ級討伐者の中から国民投票で選出された六名の魔法少女のことである。下手な国会議員よりも強い権力を持ち、有事の際には国家戦力として扱われる魔法少女の精鋭だ。

――そんな凄い人達と、先生達が知り合い？

そんな思いからか、つい胡乱気な目で涼音のことを見てしまう。

「あ、その顔は疑っているわね。別に信じなくてもいいのよ。でも少しくらいは心の隅に置いておいてね」

「……はい」

「じゃあ、この話はこれでお終いね。七瀬君とお話ができて本当に良かった」

涼音はそう言うと、いつもの調子で鵜に笑ってみせた。

――涼音先生は、本当に優しい人だと思う。

鵜がどうにもならない状況になった時のことを考えて、ちゃんと逃げ道を用意してくれたのだろう。いつもは少し頼りない印象があるが、肝心な時にはとても頼りになる大人――そんな人は、本の中ぐらいにしかいないと思っていた。

鵜は涼音への認識を改めながら、小さく笑った。

「ありがとうございます。――先生って、とっても頼りになりますね」

「あら、そんなこと生徒に初めて言われたわ」

ふふ、と涼音は楽しげに微笑んだ。その笑顔に、先ほどの悲愴さは見えない。

これで話は終わり――と鵜は思ったが、一つだけ聞き忘れていたことがあったのを思い出した。

「そういえば、涼音先生は祈更先生と親しいんですか？　あ、これも誰にも言わないんで、ちょっとだけ教えてくれませんか？」

鵜は軽めの口調でそう聞いた。身近なことのせいか、やはり気になるのだ。それにプラスして、いけ好かない祈更の弱みを握っておきたいというちょっとした打算もある。

そんな鵯の質問に、涼音は何でもないことのように口を開いた。

「祈更先生とは昔からの幼馴染なの。だからもちろん私の力のことも知っているわ」

「ああ、だからあんなに心配そうだったんですね……」

……これは少し不味いかもしれない。そんな関係なら、涼音はきっと鵯の状態をすでに祈更に話しているだろう。この会話もほぼ筒抜けになると考えていい。

祈更は別の意味でも鼻が利く。

何かきっかけがあれば、最悪鵯の事情が露呈する可能性が出てくる。

祈更という男は、それくらい侮ってはいけない人間だ。探られて痛い腹がある鵯にとっては、あまり親しくはしたくない相手である。

そんな不安が表情に出ていたのか、鵯の顔を見て笑いながら涼音が言った。

「そんなに心配しなくても、祈更先生はああ見えて優しい人よ？」

「悪い人ではないと思います。でもほら、祈更先生は厳しい人ですから」

少なくとも、ルールを破る人間に対しては鬼のように厳しい。

だが涼音は、よく分からないとでも言いたげに首を傾げると「まあ受け取り方は人それぞれだから」と朗らかに笑った。

「あら、もうこんな時間。授業が始まってしまったわね……」

「まあでも今は祈更先生の担当授業だし、事情は分かってるだろうから多分大丈夫ですよ」

鶫はそう言って立ち上がった。あまり気は進まないが、授業に出ないわけにはいかないだろう。そうして指導室から出ていこうとした鶫を、涼音が呼び止めた。

「待って。——これも持っていって」

机に置いたままだった血塗れのお守りを、涼音にそっと差し出された。

「ああ、流石にこんな状態で返すのは失礼ですよね……」

いくら親戚から貰ったものだったとしても、他人の血で汚れたお守りなんて返されても困るだろう。そう思い鶫が軽く頭を下げると、涼音は首を横に振ってお守りを鶫の右手に握らせた。

「ううん。そういう意味じゃなくて、まだ貴方が持っていた方がいいと思うの。……お願い」

まるで懇願をするかのように、涼音はそう言った。

その涼音の様子を見て、鶫は背筋に悪寒を覚えた。

——嫌な予感がする。できれば外れてほしいが、こういう時の勘は決して外れない。

「……もしかして、今も糸が視えてますか?」

控えめに発した鶫の問いに、涼音は小さく頷いた。

「この前と違って量は少なくなっているけど、今は七瀬君の周りに揺蕩《たゆた》うように絡んでいる。こんな様子は今まで見たことがないけど、あまり良いモノとはどうしても思えないから……」

「そうなんですか……」

つまり、鶫の死亡フラグはまだ消えていないということになる。

……やっぱり魔法少女になったせいで死ぬ確率が高くなっているのだろうか。

今後は魔獣と戦う時は精一杯死なないように気を付けよう、と鶫は決意した。

そしてそれとは別に、涼音の説明を聞きながら鶫は一つの仮説を思い浮かべていた。

――涼音は糸のことを、赤い糸だと言った。

それと同じような糸のことを、自分はすでに知っている。

なるほど――【糸】のスキルの原点《はじまり》はここにあったのか。

もしもこの考えが合っているのなら、涼音が視ている【糸】は鶫にとってはもう無害だろう。

運命に巻き取られたのは――鶫ではなく赤い糸の方なのだから。

「七瀬君？　大丈夫？」

急に黙り込んだ鶫を心配して、涼音が軽く肩を揺さぶってきた。

ハッとして涼音を見つめる。少し自分の思考に入り込み過ぎていたようだ。

鶫は誤魔化すように笑みを浮かべて、そっと涼音の両手を包むように握った。

涼音が驚いたように顔を上げ、鶫を見る。心なしか涼音の頬が赤い。

鶫は朗らかな笑みを浮かべながら、ゆっくりと口を開いた。

「涼音先生」

「な、なにかしら。あの、手を……」

「俺、運命って絶対にあると思います。先生と話して確信しました。ありがとうございます」

「え、あの、急にそんな風に言われても――！」

急に赤面した涼音のことを不思議に思いながら、鶫はぱっと手を放して、お守りを無造作にポケットに入れた。

色々な疑問が解決したことだし、今回の呼び出しは期待以上の収穫があった。そう考え、鶇は晴れ晴れとした気持ちでドアに向かって歩き出した。

「それじゃ、俺は授業に行ってきますね！　失礼します！」

「な、七瀬君、ちょっと待っ――」

ガラガラと生徒指導室のドアを閉める。涼音が何か言っていたような気がしたが、多分気のせいだろう。

……でも少し顔が赤かったのは心配だ。もしかしたら今朝の体調不良がぶり返したのかもしれない。

――その後教室に遅れて入ったら、遅刻を理由に課題を山ほど出された。……祈吏のことは絶対に許さないと心に誓った。


「もう、びっくりした……」

七瀬鶇との面談の後、涼音は少し赤くなった頬を手で押さえ、何もない机の上を見つめていた。

そうして小さく息を吐き出すと、涼音は恥じるように首を横に振った。

「あんな告白みたいな台詞、はじめて言われちゃった。でも、きっと七瀬君はそんなつもりじゃなかったのかも。一人で勘違いしちゃって恥ずかしいわ……」

先ほど告げられた言葉を心の中で反芻しながら、涼音はそんなことを呟いた。

鶫のいきなりの言葉に少し驚いてしまったが、きっとあれは涼音が意識するような告白ではないはずだ。そう考えるも、あまり男性に免疫が無いせいでちょっとドキドキしてしまう。

こんな風に思ってしまうのは、涼音にとって七瀬鶫はある種の特別だからだ。

――かつて涼音は、赤い糸が視えた人間を救おうとしたことがある。だがどんなに涼音が動き回ろうとも、誰一人として死の運命からは逃れることができなかった。

ある人は事故で。ある人は突発的な病気で。ある人は通り魔に襲われて見るも無残に死んでいった。そんな苦い経験もあり、涼音は赤い糸が巻き付いた人間が死ぬことを当然のように受け入れていたのだ。

それでもあの時鶫を追いかけてまでお守りを渡したのは、自分を慕ってくれている可愛い生徒を失うのが嫌だったからだ。

――ずっと、人と関わるのが怖かった。

どんなに親しくなったとしても、赤い糸が見えてしまえばそれでお終い。運命という暴力は、無慈悲に誰かの命を刈り取っていく。

だから涼音は普段から根気強く構ってくれる幼馴染――祈更以外とはあまり親交を持とうとはしなかった。

そんな涼音が教師になったのは、ある意味打算によるものだった。普通に社会に出たとしても、必ず赤い糸は付き纏ってくる。ならば、出来るだけ糸が視えない場所で働きたい。

そう思った涼音は、真っ先に教師という職業に目を付けた。

どうせ毎日いつ死ぬかも分からない他人と顔を合わせるならば、まだ若い子供の方が死にに
くいだろうと考えたからだ。

……当時は最適な考えだと思っていたが、今となっては浅知恵だったと言わざるを得ない。

大学に進学して教員免許を取ってからは、一足先に高校の教員になっていた祈更に「空きがあるから」と声を掛けられ、この高校で働く日々が始まった。

そして最初の数年は担当の教科だけを受け持ち、ようやく教師という職業に慣れてきた頃、押し付けられるようにＦ組の担任を任された。

最初は不安でしょうがなかったが、予想外にも問題児が集まったクラスであるＦ組の子供達は、涼音が思っていた以上に好意的だった。

彼らは人とは違う感性を持っているせいか酷くひねくれているのにどこか純粋で、不思議と馬が合った。多少小ばかにされている節はあるが、それもじゃれ合いの範疇《はんちゅう》だ。

少なくとも涼音にとって彼らは、手は掛かるが可愛い生徒達だったのだ。

――だから、失うのが怖くなった。

諦めが九割、もしかしたらという希望が一割。そんな複雑な感情で、涼音はあの日鶫のことを見送った。

生きていてほしい。死なないでほしい。――だから神様、どうかお助け下さい。そう何度目に見えない神様に願っただろうか。

そんな祈るような思いを抱えていたからこそ、週明けに鶫が普通に登校してきたのを見た時、涼音は本当に驚いたのだ。

今まで赤い糸が視えた人間は、みんな一日も経たずに死んでいった。そこに誰一人として例外はなかった。それなのに鶫は少量の糸を巻き付けたまま平然とした顔で登校してきたのだ。

……それを見た涼音が倒れたのは、ある意味当然かもしれない。

倒れた時に祈更に鶫を呼び出すようにお願いをし、涼音は保健室のベッドを借りて考え続けた。そして勇気を振り絞って、自分の力を告白することを決めたのだ。

急に現れた『例外』の存在に舞い上がっていたのか、それとも秘密を共有する者が欲しかったのか――それは涼音本人にも分からない。

話をした後に、鶫が涼音を信じてくれたのは実に幸運だったと言ってもいいだろう。普通の感性を持つ人間だと、魔法少女に関係しないオカルトはあまり信じてくれない節があるからだ。

……まあもっとも、鶫の場合は自分の身に起こった状況が特異すぎたせいで、涼音の話を聞いても「まあそんなこともあるか」と何となく納得しただけなのだが。

そんなことを知る由もない涼音は、小さく溜め息を吐きながら窓の外を見上げた。

――どうか生きていてほしい。そう願うのは果たして鶫の為か、それとも涼音自身の為か。

糸が巻き付いているのに死なない人間。赤い糸の呪縛から逃れた、唯一の人。その事実が涼音にとってどれだけ心の救いになったのか、きっと他の人間には絶対に分からないだろう。

「新しいお守りでも貰いに行こうかしら。でも、あれにそんな劇的な効果があるとは思えないのよね……」

鶫に渡したお守りは涼音の親戚が管理する由緒正しき神社の物だったが、お守りに効果があったとは考えにくい。気休めくらいに思っていた方がいいだろう。

そんなことを考えていると、涼音はふと過去の出来事を思い出した。鶫とは違う意味で、糸の視え方が普通とは違っていた人のことを。

「そういえば以前、死んでいるはずなのに写真だと糸が視えなかった人がいたわね。あの時は彼女が特別な存在なんだとばかり思っていたけれど、いつの間にかその写真にも糸が巻き付いていた。……あれは一体どういうことだったのかしら」

涼音に視えている死を意味する赤い糸は、死ぬ前の人間――そして死んだ後の人間の絵姿などにも巻き付いている。つまり写真やテレビの映像などにも表れるのだ。古い映画なんかは特にひどく、白黒映画の筈なのに、画面がほぼ赤色に染まっていたケースもある。

こういった現象に詳しい親戚は、「君は自身の目を通して【死】という概念を視認している」と言っていた。

涼音のあずかり知らぬことだが、そういった能力を持つ者は、対象を見たり触れたりすることで何らかの事象を読み取ることが出来るらしい。

ただ、涼音のように写真や映像などからもその概念を読み取れるケースはあまりないそうだ。それだけ涼音の力が強いということになるが、これほど嬉しくないことはない。

それにしても、と涼音は思う。

死んだはずなのに糸が巻き付いていなかったその人は——本当に特別だったのだろうか。

この国に住まう者ならどんな人でも知っているであろうその人は、涼音がまだ幼い子供だった頃に死んだと聞かされていた。だが涼音が怪我をして糸が視えるようになった後も、その人の写真だけは何故か糸が視えなかったのだ。

始まりの魔法少女——朔良紅音。

彼女はある種の伝説だったから、当時の涼音は「凄い人だとそんなこともあるのか」とあまり気にしていなかった。

だが十年ほど前——その頃から、朔良紅音の写真や映像にも糸が巻き付き始めたのだ。

何らかの要因があり、時間差で糸が現れたのか。それとも十年前のその時まで——朔良紅音は生きていたのか。以前この推測を六華にいる親戚にも話したことがあるが、結局答えは出なかった。

……まあ、それは結局死んでしまった人間の話だ。鶇のケースには当てはまらない。

だけどもしも、と涼音は小さな声で呟く。

「もし七瀬君がこのまま何事もなく生きていてくれるなら、糸が巻き付いていても死なない人が存在するなら、私はもう赤い糸に怯えなくても済むのかな……」

——七瀬鶇という人間が死の運命を物ともせず生きてくれたなら、この呪いは【絶対】じゃなくなる。そしてこれから先も彼のような例外が沢山出てくれれば、死の呪いなんて当てにならなくなるはずだ。そうすれば――視界に映る赤い色に怯えなくて済む日が来るかもしれない。

そこまで考えて、涼音は小さく苦笑した。夢を見すぎだと思ったからだ。

確かに鶫の存在は涼音にとって救いとなった。けれどその希望に縋って高望みをするのは、あまりにも愚かとしかいえない。

それに鶫だって本人の知らないところで勝手に希望にされても迷惑だろう。

「でも、七瀬君のことはやっぱり心配ね。……念のためあの人にも連絡を入れておかないと」

そう言って、涼音は考え込むように唇に手を当てた。

――彼の身に何が起こったのかは分からないが、恐らく魔法少女がらみなことは確実だ。彼自身が「話せない」と言っている以上、詳細を聞き出すことはできない。けれど、何らかの対策はしておいた方がいいだろう。

先ほど鶫との話に出した親戚――魔法少女の最高峰である六華に選ばれているその人は、普段は気難しいが何だかんだで涼音の相談には乗ってくれる優しい人だ。きっと根っこの部分では人が好いのだろう。それとなく話を伝えておけば、何かあった時には手を貸してくれるはずだ。

そう涼音が考えていると、ガラガラと音を立てて指導室のドアが開いた。

「まだここに居たのか。七瀬から事情は聞き出せたのか？」

中に入ってきた男――祈吏はぶっきらぼうにそう聞いてきた。

「ううん。詳しいことはあんまり話してもらえなかった。多分魔法少女がらみだと思うけど、何らかの縛りを結んでいて人には話せないみたい」

涼音がそう告げると、祈更は面白くなさそうに眉をひそめ、「やはり面倒事か。これだからF組は」と言って溜め息を吐いた。

「で、お前はどうするつもりなんだ。この後も首を突っ込むのか？」

「あの子が手を貸してほしいと言ってくれたら協力するつもり。伝手だったら結構あるから多少は力になれると思う。でも、それまでは様子見かな」

本人が協力を求めていない限り、迂闊に手は出せない。

魔法少女がらみということは、つまり神様が関わっているということだ。

鶫のことは心配だが、同意もなく手を出せばどんなしっぺ返しを食らうか分からない。心苦しいが、一先《ひとま》ずはこのまま静観するしかないだろう。

「あ、少し話し込んだから授業には遅れちゃったと思うんだけど、七瀬君は大丈夫だった？」

「問題ない。あいつには課題を多めに出しておいたからな」

涼音が話を変えるようにそう問いかけると、祈更はさらりとそう答えた。

……こちらから呼び出しておいてその仕打ちはあまりにもひどい。涼音は呆れた顔をして、諭すような声で言った。

「もー、紫兄さんは気に入った子をすぐいじめちゃうんだから。やりすぎて嫌われても知らないよ？」

すると祈更は、さも心外だと言いたげな顔をして「変なことを言うな気色悪い」と吐き捨てるように言った。

そんな祈更の様子を見て、素直じゃないなと思いながら涼音は小さく笑った。

――祈更は普段から厳しい教師として振る舞っているが、別に生徒達のことを嫌っているわけじゃない。

幼馴染の涼音からしてみれば、厳しく接している生徒ほど強い関心を持っているようにも見える。これはいわゆるツンデレという奴なのかもしれない。

「紫兄さんも七瀬君のこと気にかけてあげてね。……今回の件が無くても、あの子は少し危うい所があるから」

ただでさえ、七瀬鶫には悲惨な過去がある。

大災害で家族と記憶を失い、未成年の姉弟だけで暮らしているというのも不安の一つだ。いざという時に頼れる大人が近くにいないというのは、本人が思っている以上に危険なことだからだ。

「ああ、俺なりに気を付けておく。――それと、お前も後で学年主任に謝っておけよ。事情が事情だから仕方がないが、授業に穴をあけたことは事実だ。小言は覚悟しておけ」

祈更はそう言いながら、小さく肩を竦めた。

学校側には目のことは話していないが、地元の有力者――神社の親戚がそれとなく話を通してくれたおかげか、時折体調不良を起こして休むことは黙認されている。

……だが、それと学校に迷惑をかけることは別の問題だ。

涼音は急にキリキリと痛み出したお腹を押さえながら、力なく笑った。

――どうやら人のことばかり心配している暇はないらしい。

8．とある動画

——時は十二月。鶫が魔法少女になってから、三か月ほどの月日が流れた。

「E級が十五体。D級が六体。これでC級が一体。——駆け出しの魔法少女としては上出来な結果じゃないか？」

『暴食』の口が魔獣を喰らう光景を見つめながら、鶫はベルにそう言った。

今まで倒した数だけで言えば、一般的な魔法少女の二年分のノルマに到達している。糸の使い方も随分と上手くなってきたし、三か月目の新人としては中々の働きぶりだろう。

だが、ベルは憮然とした顔で首を横に振った。

「いいや、戦闘経験としてはまだまだだな」

「そうなの？」

「我らのような在野とは違い、政府の連中は戦闘用の疑似シミュレーターを使って実戦同様の訓練をしている。それに比べれば、この程度はまだひよっこの域だろうな」

「そんな便利なものがあるんだ……。それはやっぱり、政府に所属しないと使えないのか？」

そう鶫が聞くと、ベルは首を横に振った。

「使えるわけがないだろう。あれは政府が内向けに開放しているものだからな」

「あー、そうなんだ。まあ確かに普通はそうだよな」

鶇のような在野の魔法少女は、政府所属の魔法少女と比べてやや待遇に格差がある。だがその分政府からあれこれ指図を受けないので、比較的自由度が高いのだ。

どちらを選ぶかは本人、もしくは契約神の自由だが、これもまた良し悪しだろう。

「政府の首輪付には、その不自由さを補うだけの特権が用意されている。報奨金の例もそうだしな。――それに、そうでもしなければ人が集まらないだろう」

そんなベルの言葉に、鶇は納得したように頷いた。

それは確かに一理ある。いくら『魔法少女』が女子がなりたい職業第一位とはいえ、政府所属の魔法少女は軍隊並みに個人の自由が少ないのだ。ならば多少不利益を被ってでも在野で気楽にやりたいと思う人が出てきても不思議ではない。

「貴様に関していえばシミュレーターのような虚構よりも、現実で研鑽を積んだ方が良いだろう。あの見た目の悪いスキルのこともあるからな」

そう言って、ベルはC級の魔獣を喰らっている獣の口を忌々しそうに見た。……確かにあのスキルはシミュレーターでは使用できないだろう。仮想現実では腹は満たせないのだ。

それにしても、あの『暴食』は思っていたよりも優秀なスキルだった。

力を還元して吸収するスキルの効果で、最初の頃に比べて操れる力の総量がかなり増えたのだ。

スキルの継続時間も延び、何よりも体が動かしやすく感覚が鋭敏になった気がする。そのおかげで糸の操作性も上がり、広範囲に伸ばした糸も今では手足を動かすように扱えるようになった。まさに良いこと尽くめだ。

ベル曰く「器の大きさと強度が増した」とのことだが、具体的にどうなっているのかはさっぱり分からない。

……自分の体が変質していっていると解釈すると少し怖いが、今のところ不具合は出ていないので大丈夫だろう。

「まあ、たしかに実戦の方が緊張感があっていいかもしれない。――でも流石にC級にもなると、硬いしデカいし、動きが速かったな。毒針みたいなもの飛ばしてくるし」

鶫はそう言って、喰われてほとんど残りカスのようになったC級の魔獣――通称『マンティコア』を見つめた。

元の体長はおよそ十五メートル程で、大型のバスよりも大きかった。虎のような体軀をしていて、毛の色は赤く、尾にはサソリのような尻尾が付いていた。ただ、顔が人間のものに酷似しているのでジッと見ていると少し気持ち悪い、そんな生物だ。

低級の魔獣は、実在の生物や伝承に出てくる化物の形をしていることが多いが、この『マンティコア』という生物が本当に実在していたかというと、実はそうではないらしい。

一説によるとマンティコアという存在は、ベンガルトラ等の恐ろしげなイメージが異形の怪物に変化したものとの見方が有力だ。

――魔獣とは、あくまでも『人が恐ろしいと思うモノ』に変化する概念である。

そこに実在、非実在は関係がない。以前に確認された例では、創作物であるクトゥルフ神話に出てくるショゴスやシャンタク鳥なども魔獣として現れる時があるそうだ。

だがC級よりも上――B級からはその恐怖の質も跳ね上がる。

B級、そしてA級の魔獣ともなると神話級の固有名持ち《ネームド》の投影が出てくるため、C級と同じような気持ちで挑むと簡単に返り討ちにされてしまうのだ。

知名度補正とでもいうのだろうか。神話に出てくる怪物が強いことは誰だって知っている。故にその存在を核としてイメージされた魔獣は、当たり前だがとても強い。

今の鵺――『葉隠桜』にはまだC級の魔獣が手一杯であり、最終的にはA級に挑むことも考えてはいるが、上の等級に挑むにはもっと努力を重ねなくてはならない。

そうなれば否が応でも目立つことになり、葉隠桜の正体に勘付かれる可能性も高くなるのだが、それはベルとしては問題ないそうだ。

ベルが言うには、A級を討伐できるクラスの実力者になれば、たとえ素性がバレても政府からうるさく言われることは殆どなくなるらしい。……まだ先は長いだろうが、やれることをやるしかない。

「あ、食べ終わったかな。……はあ、今日もお腹がいっぱいだ」

暴食が魔獣の残骸を食べ終わるのを見届け、重い腰を上げる。きっとこの満腹感が消える頃には、取り入れた力が上手く体に行き渡るだろう。

「さて、帰ろうかベル様。あとで今回の反省会をしないと」

そう言って鶫は笑った。

――この後も鶫は戦績を積み上げていき、『魔法少女：葉隠桜』は順調に力を付けていった。

鶫が魔法少女として活動をし始めてから早三か月。戦うことに慣れ始めた頃にその事件は起こった。

鶫が教室に入ると、秋山に後ろから抱き込まれるように肩を組まれた。……男にそんなことをされても正直嬉しくはない。

「よお、七瀬。ちょっとこれを見てくれよ」

「……何だよ秋山。おい肩を組むな鬱陶しい」

雑にその手を振り払いつつ、鶫は面倒くさそうに秋山の方を向いた。

「――で、何を見ろって？」

「ほらこれだよ。お前きっと驚くぞ」

秋山は楽しそうに笑いながら、すっと鶫の前に携帯を差し出した。なにやら画面に動画が表示されている。

鶫は携帯を受け取り、再生のボタンを押した。

【いま旬の魔法少女特集！】

そう銘打った動画には、とある魔法少女が映っていた。その少女はビル街を縦横無尽に駆けまわり、巨大な魔獣を何らかの武器を用いて寸断している。

そして魔獣がアスファルトの上に倒れると、画面の下に大きく名前のテロップが出てきた。

「……葉隠、さくら？」

「そうそう！　この魔法少女ってさ、七瀬にそっくりじゃね？」

そう何気なく言われ、鶫は小さく息を呑んだ。

――ついにこの時が来てしまった。ある程度は覚悟していたが、葉隠桜の存在が世間に広まるのがこんなに早いとは思っていなかった。

ちらり、と秋山の顔を窺う。最初は葉隠桜との関係を疑われているのかと思ったが、これはどちらかというと自分が発見した面白い情報を共有したいだけだろう。

――つまり、秋山の行動に他意はないはずだ。ならば当初の予定通りの作戦で誤魔化そう。

そう考えた鶫は秋山に聞こえないように小さく溜め息を吐くと、呆れたような声で言った。

「確かにちょっと似てるな。ていうかお前よくこんなの見つけたな……」

「そうだろ？　俺も昨日見つけてびっくりしてさぁ。これは七瀬にも見せなくちゃって思って！」

そう言って楽しげに笑う秋山に対し、鶫は呆れたように溜め息を吐いた。

「なんか俺が女装してるみたいで違和感が凄いなこれ。本当は俺をからかうために秋山が作ったネタ動画なんかじゃないのか？」

鶫が疑わし気にそう問いかけると、秋山はムッとした様子で口を開いた。

「は？　そんな訳ないだろ。それによく見てみろよ。たしかに顔は似てるけど骨格とかはどう見ても女じゃんこの人。流石にそこまで編集して動画にするスキルは俺にはないって」

「誰かに頼んだって可能性もあるだろうが。ドッキリを自白するなら早めにしておけよ。今なら怒らないでおいてやるから」

「だから違うって！」

そんな鵜と秋山のコントのようなやり取りを見ていたクラスメイト達が、何事かとこちらに寄ってくる。

「なになに、なんか揉めてんの？　この携帯が原因か？」

その内の一人がおもむろに鵜から携帯をひったくると、その動画と鵜の顔を見比べてけらけらと笑い出した。

「あはは！　何これ、マジでつぐみんにそっくりじゃん！　俺今日からこの子を推しにするわ」

「それいいねー。オレ他の情報も調べておくよ。この子、葉隠桜って名前でいいわけ？」

動画を見ながらクラスメイト達がにわかに盛り上がっていく。

「……何だこの状況は」

鵜は騒ぐクラスメイト達から三歩ほど距離を取ると、ズキズキと痛み出した頭をそっと手で押さえた。思った以上にみんなが『葉隠桜』に好意的で少し怖い。

――だが多少想定外の出来事は起こったが、おおむね予想の範囲内だ。

鵜が考えていた作戦とは『完全に知らないふりをして、お茶を濁す』ということである。そして自分から率先してネタ動画じゃないかと疑い、意識を強制的に逸らしたのだ。

　今だって動画を見て似ているとからかう奴はいるが、鵺と『葉隠桜』の関係を結び付けて見ている者はいない。まあいくら似ているとはいえ、男と女の体格差がある限り同一人物だなんて思いもしないだろう。

　そう、――このままやり過ごせば事態は沈静化するはずだった。

　ガラガラとドアを開け、とある人物が教室に入って来る。そしてその人物は囲まれている鵺を見ると、不機嫌そうに眉を寄せて言った。

「――なに、この馬鹿みたいな騒ぎは。あんまり鵺ちゃんを困らせないでよね」

　その一言で、クラスの連中が嫌なモノを見てしまったかのように静まり返った。

……このクラスでこんなにも影響力がある奴はたった一人しかいない。

「行貴……。おはよう、今日は早いんだな」

　――一番どう動くのか分からない奴が来てしまった。

　そんなことを思いながら鵺はそっと痛み出した腹を撫でると、行貴の方を向いてそう挨拶をした。

「おはよう、鵺ちゃん。――で、何の話をしてたの?」

「別に大したことじゃない。俺に似てる魔法少女がいるみたいでちょっと騒がれただけだ。……秋山、最後に確認だけどそれ本当に実在してるんだよな?」

「おいおい、まだ疑うのかお前は。この葉隠桜は本物だって。ちなみに調べたらクール系魔法少女として一部の界隈には人気らしいぞ」

……一部の界隈ってなんだ、一部って。だが、どうやら世間では鶫が思っている以上に『葉隠桜』の存在は有名らしい。それは少し意外だった。

「最近外で顔をジロジロ見られてる気がしたのはもしかしてそのせいか？　モテ期が来たとばかり思ってたのに……」

そう言って鶫は悔しそうに右手を握りしめた。

先日、他校の女子高生が熱心にこちらを見つめていたのは、きっとその子が『葉隠桜』のことを知っていたからだろう。もしや告白かと思って少し期待していたのに。

……でもそろそろ本格的に変装を考えなくてはいけないかもしれない。やはり無難に伊達眼鏡でも買うべきだろうか。

そんなやり取りを秋山としていると、行貴は不機嫌そうに秋山に言った。

「ふーん、鶫ちゃんそっくりの魔法少女ね。ちょっとその携帯みせてよ」

「え、嫌だけど」

間髪いれずに秋山が拒否を告げた。心なしか周囲の気温が下がった気がする。

「は？　なんで？」

「むしろなんで貸してもらえると思ったんだ？　お前に携帯を触らせるくらいなら、窓から投げ捨てる方がまだマシだろ」

——あーあ。また始まった。そう思いながら鶫はそっと目を逸らした。こ、こうなることは分かっていたけれど、板挟みにされる身としては辛いものがある。

まず前提として、秋山――というか他のクラスメイト達と行貴は仲が悪い。

その原因の九割は行貴の方にあるため、行貴を嫌うクラスメイトの気持ちも多少は分かる。

よく鶫も「あいつと関わるのやめたら？」と善意の忠告を受けるが、今のところは行貴と離れる予定はないので曖昧に笑って誤魔化している。

今回のように、他の人と話している時に面倒な絡み方をされることはあるが、あれは恐らくお気に入りの玩具を手放したくない子供みたいな感覚なのだろう。そう考えると可愛いものだ。

そんなことを考えながら、鶫は言い争う二人の間に入って言った。

「二人ともその辺にしておけよ。ほら、俺の携帯使っていいから」

「ん、ありがと」

「自分のを使えばいい話だろうが。七瀬がそうやって甘やかすからコイツが付け上がるんだぞ。ったく、なんでお前はいつもコイツの味方をするんだよ。弱みでも握られてんのか？」

「いや、別にそんなことはないんだが……」

その様子を見ていた秋山が愚痴るように言った。……とくに脅されている覚えはないので、そんな風に言われても困る。

……それに弱みというよりも、行貴の場合邪険にしたらその後の対応が大変になるのだ。拗ねた男ほど面倒なモノはない。

一方行貴はどこ吹く風といった感じで秋山の言葉を歯牙にもかけていない。多分そういうところが反感を買うのではないだろうか。

鶫は苦笑しながら動画サイトを検索し、そのまま携帯を行貴に渡した。

動画を見始めた行貴は、画面をまじまじと見ながら呟くように言った。

「葉隠桜ねえ……。確かに鶫ちゃんによく似てるよね」

「俺としては似すぎてて薄気味悪いけどな」

鶫はしれっと何でもないような顔をしてそう告げた。あくまでも七瀬鶫にとって『葉隠桜』は他人だというスタンスを保つ。ある意味ここが正念場だった。

――だが行貴の勘は鋭い。はたして鶫の拙《つたな》い演技で誤魔化せるのだろうか。

そんな鶫の不安を知りもせず、行貴は鶫を見てニコッと邪気のない笑みを浮かべた。

「でも、所詮は他人の空似だね。こんなので騒ぐなんてどうかしてるよ。あーあ、気にして損した」

行貴の貶《けな》すような口ぶりに、クラス中からの殺気立った気配を感じて鶫はそっと胃を押さえた。

もう少し言葉の選び方に気を付けてほしい。

なぜ行貴はこうも全方位に敵を作りたがるのだろうか？

鶫はそう疑問に思ったが、きっと行貴にとっては大した意味などないのだろう。そうしたいからそうする。他人の目など気にせずに、ただ自分の思うように行動するのが彼にとっての普通なのだ。

それを強さと呼んでいいのかは分からないけれど、そんな行貴の生き方がたまに羨ましくも思える。まあ、自分がそれを真似をする気はないけれど。

「あんまり人を煽るなよ。度が過ぎるなら芽吹《めぶき》先輩を呼んでくるぞ」

鶫がそう諭すように言うと、行貴はあからさまに不機嫌そうな顔をして鶫を睨み付けた。

どうやらこの前先輩に舌戦で負けたことをまだ根に持っているようだ。本当に嫌そうな顔をしている。

芽吹とは鶫達の一つ上の先輩である。芽吹は普段は誰にでも優しくて面倒見がいい先輩なのだが、行貴との相性が異常なほど悪い。ある意味行貴にとっては唯一の天敵といっていい存在だろう。

「……僕の前でアイツの話をするなよ。吐き気がする」

「はいはい、そう思うなら黙って席につけ。——皆もごめんな。気分を悪くさせて」

鶫はそう言いながら、軽く頭を下げた。

……別に鶫が謝る必要性はないのだが、事の発端は『葉隠桜』なのだ。多少はこちらにも責任があるだろう。

クラスメイト達は不満そうな顔をしていたが、非がない鶫に対しては強く言えないようだった。

……けれど、行貴の騒動のおかげで助かったのも事実である。別に狙ってやったわけではないだろうが、行貴が絡んできたことで、何となくこの話題は続けてはいけないような雰囲気になったからだ。

その後はなんだかギスギスした空気になってしまい、葉隠桜に関する話はお開きになった。

——もしかしたら、行貴は全部分かっていてあんな態度を取ったという可能性もある。

そこまで考えて、鶫は「そんなわけないか」と苦笑した。

鶫は誰にも魔法少女のことを話していないし、そんな素振りも見せていない。気づかれる要素は多分ないはずだ。

「ん？　どうかしたの、鶫ちゃん」

「いや、別に」

大人しく席に座っている行貴に、鶫を疑う気配はまったく無いように見える。

……きっと考えすぎなのだろう。そう結論付け、鶫は行貴から視線を外した。

だから鶫は――行貴が小さな声で呟くように言ったことに気付かなかった。

「それにしても、よりにもよって名前に『さくら』を選ぶなんて。何も覚えてないくせに、随分と皮肉が利いてるね」

――そう言って、行貴は携帯のカレンダーのとある日付を指でなぞりながら薄く笑った。

ギスギスした空気が消えないまま一日を過ごし、家に帰った鶫は今日知った動画のことを愚痴るようにベルに話した。

「――ということが学校であったんだよ」

「ふん、人間どもは随分と暇なようだな。あの程度で騒ぎ出すのか」

ベルは顔をしかめると、面倒そうに溜め息を吐いた。

それに対し、鶫は宥《なだ》めるような口調で言う。

「公に活動しているい以上、段々と知名度が上がっていくのは仕方ないんだけどな。でも面倒っていうのは俺も同意するよ」

そもそも鶫は人に注目されるのがあまり好きではない。けれど最近は『葉隠桜』と似ている鶫自身にも人の目が集まってきているのも確かだった。……呑気《のんき》にモテ期だと思っていたことが恥ずかしい。

――だがそれと同時に、『葉隠桜』が評価されていると思うと少しだけ嬉しい気持ちにもなる。

「別に正義の為に魔法少女をやってるわけじゃないけど、俺も少しくらいは世間の役に立ててるのかな。そう考えると、ちょっとだけ嬉しいかもしれない」

成り行きで始まった魔法少女生活だけれど、偶像《アイドル》ではなく、勇士《ヒーロー》として評価されているならばこれほど光栄なことはない。

鶫がそう告げると、ベルは呆れたように口を開いた。

「その程度のことで喜べるのか。安い男だな、貴様は」

「うーん、ベル様はもう少し俺のこと褒めてくれてもいいと思うけどなぁ……」

いつものことながら辛辣である。……いや、そもそもベルがまともに褒めてくれた時なんてあっただろうか。飴と鞭の比率が圧倒的におかしい。

もし鶫が普通の女の子だったとしたら、とっくの昔に心が折れていたことだろう。

そんな鶫の言葉に、ベルは鼻で笑って答えた。

「戯《たわ》け。人間というモノは甘やかすと付け上がるだろうが。尻を叩くくらいでちょうどいいのだ」

どう考えても極論である。それはどちらかと言うと犬のしつけ方だ。

――だが、ベルはベルなりに人間に対して思うところがあるのだと思う。

この三か月の付き合いで、ベルにはそういったトラウマのようなものがあることは何となく察している。人間を憎まなかっただけまだマシだったと喜ぶべきなんだろう。多少人間に対するあたりが強いくらいは仕方がないのかもしれない。

「俺は別に付け上がるつもりはないけど……。まあ、ベル様がそう言うならしょうがないか」

鵯は割と寛容な人間である。実害が出る扱いを受けない限り――言葉で詰《なじ》られる程度ならば、あまり気にはならない。それは優しさ故にではなく、ただ単に悪意に鈍いだけの話なのだが。

「そういえばさ、ある程度人気が出てきた魔法少女には雑誌の取材とかＴＶ出演とかの依頼が来るらしいね。まあ『葉隠桜』にはまだそんなのは来ないだろうけど」

「ああ、たまに取材の依頼は来ているぞ。全部断っているがな」

「……えっ、冗談だろ？」

ベルの返答に鵯は驚きの声を上げた。

……というよりも、そういう依頼はまずベルの方に行くのか。それも知らなかった。システムはよく分からないが、やっぱり政府などを経由してベルに連絡が来るのだろうか。

ベルはその手のことを鵯に詳しく話してくれないので、いまいちその辺りが理解できない。

「別に特別なことではないだろうに。最近だと政府から取次があったぞ。野良――在野の魔法少女はあまり世間に情報が出回らないからな。政府としても取材などを通して少しでも内情を知っておきたいのだろう」

「あ、そういうことか」

純粋に『葉隠桜』に興味があるわけではなく、この場合は在野の魔法少女――そしてベルの契約者としての情報が欲しいのだろう。

ベルの話しぶりからすると彼自身はそれなりに力のある神様らしいので、政府が動向を気にするのは当然のことかもしれない。

鶫がそう納得していると、ベルが目を細めて頬杖をつきながら口を開いた。

「それにしても、貴様の友人――確かユキタカだったか？　そいつとはまだ付き合いがあるのか」

そう言って、珍しくベルが鶫の交友関係について聞いてきた。

「うん、付き合いは普通にあるけど。行貴がどうかしたのか？」

不思議に思いながらそう答えると、ベルは嫌そうに顔を顰め、諭すような口調で言った。

「あの手の人間はいつかお前を裏切るぞ。さっさと縁を切った方がいい」

ベルのいきなりの言葉に、鶫は戸惑いを隠せなかった。

……急にそんなことを言い出すなんて、一体どういう風の吹き回しだろうか。

鶫が困惑気味にベルを見つめていると、ベルは面倒そうに答えた。

「以前に貴様の様子を見に行った時に目に入ったが、アレは駄目だ。魂が濁りきっている。世が世なら悪徳の徒として十字に括り付けられ殺されてもおかしくないくらいだぞ」

「神様がそんな風に言うくらいヤバいのか、あいつ……」

あまりにも酷すぎる評価だった。

……流石に多少は誇張しているかもしれないが、行貴の性格が根っこから歪んでいるというのは否定できない。何度か実害を被った自分が言うのだからそれは確かだ。

けれど鵺は、首を横に振ってベルに答えた。

「忠告はありがたいけど、それでも行貴は俺の友達だ。だから付き合いは止めない」

――行貴と鵺の間には、特に感動的な出会いやエピソードがある訳じゃない。ただなんとなく仲良くなって、よく一緒に過ごすようになり、友達になった。いわばそれだけの関係だ。

ベルが言うように、縁を切ってしまった方が平穏に過ごせることは間違いないだろう。

――だけどそれでも、行貴は鵺にとって大事な友人なのだ。

一緒にいて辛いことや面倒なことは沢山あったけれど、同じように楽しかった記憶も沢山ある。

そんな友達を簡単に切り捨てられるほど薄情な人間にはなれなかった。

「ベル様が言うようにいつか裏切られる時が来たとしても、その時はその時で考えるよ。……俺はあいつのこと、そこまで嫌いになれないんだ」

「……勝手にしろ。何があっても我は知らんからな」

「うん。心配をかけてごめん」

「ふん、別に貴様の心配なんぞしておらんわ。何かあったら我が迷惑すると思っただけだ」

ちっ、と舌打ちをしながらベルは苛立ったようにそう告げた。黒い尻尾がバシバシと机を叩いているので怒りの感情が分かりやすい。

暫くの間ベルはそうして怒っていたが、突然ハッとした顔をして鶫に向かって問いかけてきた。

「……念のため聞いておくが、よもや貴様――男色の気があるのではあるまいな？　この国では昔はそれが流行っていたとも耳にしたぞ。あの男も顔だけは良かったからな」

まさかの質問に、鶫は一瞬衝撃で言葉が出なくなった。

言葉に詰まった鶫を見てベルは何か誤解をしたのか、引いた目をして一歩後ろへと後ずさった。

「――絶対にない。それだけはないっ!!」

硬直が解けた鶫は、本気で嫌そうな顔をして首を振った。

どうしていきなりそんなことを言い出したのかはさっぱり分からないが、それだけは絶対にありえない。

そもそもいくら顔が綺麗だからって、男という時点でそういう目で見るのは不可能だ。好きになるなら可愛い女の子一択である。

「そういう勘違いだけは本当に勘弁してほしい。俺はノーマルだから……！」

鶫がそう必死で弁明すると、ベルはホッとしたように息を吐いた。

……この様子だと、本気で疑っていたらしい。あまりにも酷い誤解だった。

「ならいいのだが。……貴様にはあまりにも女の影が無いからな。少しだけ心配になっただけだ」

「人をモテない奴みたいに言わないでくれよ。俺にだって普段から仲良くしてる異性の一人や二人はいるんだぞ」

「どうせその内の一人は貴様の姉だろうが。無い見栄を張るな愚か者め」

そう図星を指され、鶫はそっと目を逸らした。確かにその通りだが、真実ほど人の心を傷つけるものはない。

「……いや、他にもいるから。ええとほら、芽吹《めぶき》先輩とか」

言葉のナイフに傷ついた胸をそっと押さえつつ、鶫はそう答えた。

「ん？　以前に聞いた話だと、そいつは確か男ではなかったか？」

ベルは怪訝そうな顔でそう聞いてきた。その言葉に首を捻る。ベルには世間話の中で軽く芽吹の武勇伝――不良を何人も撃退したり、行貴と口喧嘩を繰り返していることなどを話したことはあったが、性別にまでは言及していなかった気がする。

「いや、俺は男だとは一言も言ってないけど。――芽吹先輩は、とっても可愛い女の人だよ」

そう言って鶫は笑った。ベルはいまいち信用してないような顔をしていたが、写真を見せたら渋々納得してくれた。……どうしてそこまで疑われなくちゃいけないんだろうか。

「……もうこの話は止めよう。俺が傷つくだけで誰も得しない」

ただただ心が傷ついた。そうして鶫が若干凹んでいると、ベルがすっと顔を上げ遠くの方を見た。そして鶫のことを見つめ、ベルは静かに言った。

「――魔獣の気配だ。準備をしろ」

――場所は変わって、服を着替えてお仕事の時間である。

今日の服装は鎖骨が大胆に出た白黒のワンピースに、フェミニンなゆったりとした白い袖と、肩部分が黒い布地で覆われたネックアームカバーの上着を合わせたものだ。

それに膝上まである桜模様の白いレースの靴下が合わさると、ちらりと見える太ももがいやに艶めかしい。

鶫はそんなことを考えながらリボンの付いた黒いパンプスのつま先で地面を叩き、その場でくるりと回った。

……あまりにも可愛らしすぎて少し複雑な気分だが、実によく似合っている。

ベルの見立てたこの衣装は、ヒラヒラしていて袖が邪魔そうに見えるが、意外と動きやすい仕様になっていた。

……ベルは服飾家にでもなるつもりなんだろうか。

自分の格好を確認していると、ベルに油断をするなと怒鳴られたが、これも気持ちを切り替える為に必要な儀式である。七瀬鶫としての意識と、葉隠桜としての意識。それらを切り替えることで、体への同期率を上げているのだ。

「よし、準備完了」

鶫は今、結界の内部で敵――C級の魔獣であるワイバーンと相対していた。

ちなみにワイバーンとは比較的小さめな竜種のことを示す。人によっては前足の代わりに翼があるドラゴンと言った方が分かりやすいだろう。

このタイプの魔獣の大きさは十メートルほどで、攻撃手段は個体によって違うので見極めが必要である。

連続でのC級討伐となるが、相手から感じるプレッシャーは前回のマンティコアよりは大きくない。恐らくは同じ等級の中でもランクの差があるのだろう。つまり下手を打たなければ確実に勝てる相手だ。

……ただ一つ問題があるとすれば、この戦う場所が平地ということだろうか。

今回の戦闘場所は北海道の広い平野である。今は雪が積もって一面が真っ白だが、その特筆すべき点は付近に遮蔽物がまったくないことだ。

――そもそも、【糸】による攻撃とは、本来は自然界の様々な力を利用して力を補う、非力な者の為の戦法である。

この世に存在する物理法則を余すことなく利用した、力の掛け算。何らかの支柱や突起、遮蔽物などを経由させ、力の相乗効果を生み出し、弱い糸を一流の武器に変える――それが糸使いの本質だ。

つまりこのような平地では、糸使いの力は十全に引き出せない。

「けど、それを補うのがもう一つのスキル――転移だ」

――本当に、誂《あつら》えたようにしっくりくるスキルだ。

鶫の転移スキルのクールタイムはおよそ三秒から五秒。この短いスパンを上手く利用すれば、戦略にも幅が広がる。

例を挙げるとすれば、例えば空中戦が可能になることだろうか。

転移の際に、自分以外の物に繋いでいた糸は強制的に切断されてしまう。けれど転移した先で近くを漂う糸と繋ぎ直せば、踏み台にすることで空中での三次元的な機動が可能になるのだ。

要するに空中浮遊などの魔法が使えなくても、十分に空中戦ができるようになる。今回の空を得意とするワイバーンにはぴったりの戦い方だ。

そう考え、鵜は一歩前へ足を踏み出した。ゆらり、と鵜の姿が霞のように消える。

――まずはワイバーンの右上に飛んで糸を右翼に絡め、次は滑るように下に降り左足を。

そして最後に背後からワイバーン自身を支柱として、地面に引っ掛けた箇所を利用して四方に糸を引く。ここまでで四秒。転移と糸使いならではの速度である。

後は糸を動かして魔獣を引き裂いて終わり――の筈だった。

「……やっぱり硬いな」

そう言って、鵜はぐいっと引っ張った糸を持ちながら困ったように眉を下げた。

――どさり、と何かが落ちる音が平野に響く。

地面に落下した千切れた左足と、付け根から三分の一ほど切れ目が入った翼。確殺するつもりで仕掛けたのだが、少しばかり糸を引く力が足りなかったらしい。

「ギャオオォオッ!!」

急に足を失ったワイバーンは自分に何が起こったのか理解できないようで、鵜の方を見て怒り狂っている。

そのまま口を大きく開けて炎の塊のようなものを出してきたが、その距離からでは転移持ちの鵜には絶対に当たらない。

何度か攻撃を避けていると、しびれを切らしたワイバーンが鵺に向かって真っすぐに飛んできた。瞬きした瞬間に目の前まで迫る勢いだ。翼に傷を負っても有翼種特有の速さは健在らしい。

初手で翼を狙ったのは正解だったな、と思いながらその攻撃を避ける。

――さて、次はどうするべきか。辺りに木やビルがあればクモの巣のような設置型の罠を仕掛け、自身の速度で自滅してもらう方法も取れるのだがここでは少々難しい。

……このまま何度か先ほどと同じ攻撃を繰り返せば難なく倒せるのだろうが、それでは何の経験値にもなりはしない。

鵺は思案するように顎に手を置くと、やがて小さく頷いて言った。

「ベル様。この前話してたアレ、使ってみてもいいかな？」

「好きにしろ。――そもそも我は戦闘を貴様に一任している。そんな些事はいちいち聞かんでいい」

「了解、っと。じゃあ行ってくる」

そう答え、鵺は自身の周りに大量の糸を出した。それらはグルグルと渦巻き、形を変え、やがてボーリングの玉ほどの大きさの球体が幾つも出来上がった。

「この糸は俺《わたし》に繋がっているかぎり転移を使っても切れることはない。――つまり持ち運び自由ってことだ。やりようによっては武器として使えそうだね」

鵺はそう呟いて、遥か上空へと転移した。

――ワイバーンがまるで米粒のように見える。この様子なら、暫くは見つかることはないだろう。上空は少し冷える気もするが、強化された魔法少女にとっては些細な寒さだ。

鵺はそのまま即席のパラシュートを作りゆっくりと落下しながら糸を下へ向かって急速に伸ばし、鵺を探しているワイバーンに繋いでいった。

これで下準備は整った。――後は撃ち出すだけだ。

「ターゲットへの紐付け完了。砲弾セット。軌道確保。螺旋の展開開始」

鵺の宣言と共に、様々な太さの糸がワイバーンに繋がれた糸に沿って螺旋状に延ばされていく。その径の大きさは、最初に作った糸の弾とほぼ同じ大きさだ。

鵺はすっと人差し指でワイバーンを指さし、笑みを浮かべながら声を上げた。

「発射まで三秒。三、二、一――零!!」

たん、と指で撃つ動作をする。それと同時に、鵺の周りに展開されていたいくつもの弾がワイバーンへと降り注ぐ。

攻撃の気配を悟ったワイバーンが回避行動を取ろうとするが、どんな場所に動いても弾の軌道はワイバーンからは外れない。

――その為の紐付け《マーキング》だ。幾重にも絡まった糸からは、決して逃れることが出来ない。

そして糸の弾は螺旋の道を通り、加速度を増してワイバーンへと迫っていく。螺旋によって回転を加え、発射口に向かって弾を押し出すように螺旋をすぼめていくことにより、まるで大砲のような推進力を生みだしていく。

――そして、弾はついにワイバーンに着弾した。

「グ、ギィアオオオオォォォオッ――!!」

あまりの衝撃に、ワイバーンが大きな叫び声を上げる。

――パンッ、と小気味いい音を立てて翼に、足に、肩に、尾に、胴に、背中に、いとも簡単に丸い穴が開いていく。

それはまるで見えない杭に貫かれたような有様で、翼を撃ち抜かれたワイバーンは力を失ったように地面に墜落した。

遠くからその光景を見ていた鵺は、ワイバーンが落ちるのを確認し、ゆっくりとその巨体へ近づいた。

ワイバーンは四肢が千切れ血だまりに沈みながらも、爛々とした憎しみの眼でこちらを睨み付けている。

……まあ確かに安全圏から好き勝手に攻撃されれば、恨み言くらい言いたくなるだろう。

だがこの場において正義は強い者にある。最後に立っている者こそが全てであり敗者には何も言う権利がないのだ。鵺は苦笑しながら、両手を広げて諭すような声で言った。

「不満そうだね。でもしょうがないよ、負けちゃったんだからさ」

鵺はワイバーンの目の前に立ち、しっかりと目を合わせた。その突然の行動に、ワイバーンの目に微かな怯えの色が滲んだ。

そして鵺は、穏やかに笑いながらこう口にした。

「あのさ、君は俺《わたし》を食おうとしたんだから——俺《わたし》に食われても仕方ないよね？」

鵺はそう言って、喰いっ、と右手を振り下ろした。


【暴食】で腹を満たし家に帰った後、鵺は神妙な顔をしてベルに問いかけた。

「……最近戦い終わりの【暴食】が楽しみになってる気がする。少しヤバくないか？」

「別にどうでもいい。くだらないことを我に聞くな」

「うーん、もう少しだけでいいから真面目に聞いて欲しいなぁ……」

しかも鵺の携帯を使ってゲームをしながらの返答である。ベルは契約者である鵺の悩みと、イベントで手に入る配布キャラのどちらが大事なのだろうか。

……いや、実際に聞いたら悲しくなりそうなので聞きはしないが。

「別に体に影響はないのだから構わんだろう？　力も強くなるのに何が問題なんだ」

「俺の気持ちの問題だよ。あのグロテスクな光景を見て空腹を感じる時点で、相当精神に支障をきたしてる気がする。それが怖いんだ」

スプラッタな状態のワイバーンを見て「ちょっと美味しそうだな」と思ってしまった自分の思考回路が恐ろしい。普通に考えたら、あんなゲテモノ食えたものではない筈だ。いくら戦闘後でハイな気分だったとはいえ、あれはない。早急に思考の矯正が必要である。

鶫がそう訴えると、ベルは興味がなさそうに口を開いた。

「そんな考え方をしているから貴様はいつまで経っても貧相なのだ。少しくらい食って太るような心持ちでいればいいだろうに」

貧相と暴言を吐かれ、鶫は葉隠桜の体型を思い浮かべた。

葉隠桜の特徴といえば比較的高い身長に、すらりと伸びた手足。そして動きの妨げにならない薄い胸。女性らしさといえば長めの髪と体の柔らかさくらいしかない。

……別に貧相でも間違ってはいないが、そんな風に言わなくてもいいだろうに。

「いや、『葉隠桜』が貧相なのは今は関係ないだろ。……俺だって女の姿になるならもっと胸が大きい方が良かったよ」

そう個人的な感想を零す。だが今のところ戦う上で一番役立っているのは、女性特有の関節の可動域の広さと手足のしなやかさが主なので、別に今の体のままでも不便は感じていない。

実際は胸があっても邪魔になるだけだろうが、あくまでも浪漫《ロマン》の問題である。

「……そこまで言うなら増やしてやっても構わないが、本当にそんな駄肉が欲しいのか？　邪魔にしかならんぞ？」

「滅茶苦茶嫌そうな言い方だな……。まあ今の体にようやく慣れてきたところだし、別に変える必要はないよ。……それに今さら胸を増量しても、どうせパットとか豊胸って言われるのが目に見えてるし」

そしてネットで叩かれるまでがワンセットだ。考えるだけで面倒くさい。

鶫がそう答えると、ベルはあからさまにホッとしているようだった。

……胸を増やすのが本当に嫌だったのだろう。あまりにも分かりやすくて対応に困る。

鶫は疲れたように肩を落としながら、ベルに告げた。

「明日は学校だからそろそろ寝るよ。――それとさ、明後日から冬休みに入るから、また食べ歩きにでも連れてってよ。美味しいものを食べれば多少はメンタルも回復すると思うから」

鶫がそう言うと、ベルはふんと鼻を鳴らし、満更でもなさそうな様子で言った。

「やれやれ。たまには下僕の願いを聞いてやるのが主の務めか。良いだろう、期待しておくといい」

「はいはい、ありがとうございます。楽しみに待ってるよ」

ベルの言葉に、鶫は笑って礼を言った。その後すぐに「はいは一度でいい」と怒られたが、その辺はご愛敬である。

――冬休みが来るのが、とても楽しみだった。

9. 寒空の下で

ワイバーンと戦った次の日の昼休み、鶫はひとり屋上で弁当を食べていた。

屋上は一般生徒にも開放されているのだが、吹きっさらしで冷えるせいか周りには一切人影がない。

鶫も本来であればこの時期はいつも教室で食べているのだが、今日は教室にいられない事情があった。今日は珍しく千鳥が弁当を作ってくれたからだ。

普段千鳥は朝練で朝早くに家を出るため、弁当を作っている余裕はないのだが、今日は朝練が休みだったので自分の分を作るついでに鶫の分も作ってくれたらしい。

鶫も最初は素直に喜んだのだが、ふと思った。……もしこれをクラスメイト達に知られたら、弁当を強奪されて米の一粒も鶫の口に入らないだろう。

流石にそれは困ると思った鶫は、誰も付いてこないであろう屋上へと足を運んだのだ。

「さっむ……」

箸を持つ手がガタガタと震える。正直なところ、寒さのせいであまり物の味が分からない。

……こんなことなら涼音先生に訳を話して空き教室でも借りればよかったと思いつつ、箸を進めていく。

それでも何とか弁当を食べきり、鵜はそっと手を合わせた。

「ごちそうさまでした」

——何とか邪魔されずに完食できたな、と思いながら空を見上げる。弁当は美味しかったが、その分ほんの少しだけ罪悪感が心をよぎった。

千鳥が所属する剣道部は、全国大会の常連でその分練習も過酷だ。そのうえ千鳥は部長としての仕事もあるので忙しさも他の部員の比ではないだろう。

本来であれば暇な鵜が率先して弁当を作るのが筋なのだろうが、正直朝早く起きるのは辛いものがある。

……そういう怠惰なところが周りから「不出来な弟」と称される所以《ゆえん》なのかもしれない。

はあ、と白い息を吐く。それだけで体温をごっそり奪われる気がした。屋上は本当に寒いので、風邪をひく前にさっさと教室に戻った方がいいかもしれない。

そう考えた鵜は弁当箱をしまって立ち上がろうとしたが、急に後ろから音もなく近づいてきた人物に声を掛けられた。

「おやおや、こんなに寒いのに屋上なんかに出て何をしているのかな？」

——その声の持ち主は、背後から鵜の背に乗るように抱き着いてきた。首元に赤いコートを羽織った腕が絡められ、柔らかくて温かい感触が背中に広がる。

だが急な重さに耐えきれず、鵜はガクンと前のめりに転びそうになった。

「うわ、あぶなっ。——いきなり何をするんですか、芽吹《めぶき》先輩」

　驚くと同時にその場でたたらを踏み、鵜は何とか転ばずにその場に留まった。……顔から地面に落ちる所だった。

　鵜が胡乱気に文句を言うと、芽吹は鵜の首元にしがみ付き笑いながら言った。

「えへへ。鵜くんが屋上で寂しそうにしているのが見えたからついね！」

「別に寂しくはないですけど……。人を孤独な奴みたいに言わないでくれませんか？」

　そう返しつつ、鵜は丁寧に芽吹を背中から降ろそうとしたのだが、芽吹は全然降りようとしない。どうやらこの体勢が気に入ったようだ。

　鵜は大きな溜め息を吐くと、諦めてそのまま床に座りこんだ。いくら身軽な女性とはいえ、ずっと担いでいるのはきつい。

「先輩は相変わらず自由ですね。羨ましいくらいですよ」

　——芽吹と鵜が知り合ったのは、千鳥の部活に鵜が顔を出したことが切っ掛けだった。

　高校入学当時、剣道部の部長を務めていた芽吹とは全く関わりはなかったのだが、千鳥に頼まれて部活の荷運びなどを手伝う内に、何故か鵜も芽吹に気に入られてしまったのだ。それからは、こうやって芽吹に構われる機会が増えた気がする。

　鵜が諦めたように力を抜いていると、芽吹は満足そうに耳元で笑って言った。

「よしよし、若者は諦めが肝心だよ？　それにしても鵜くんは体が冷え切っているねぇ。このまましばらく私が温めてあげようか」

「そういうのは別にいらないんで離れて下さい」

「何だいその反応は？　うら若い女の子に抱き着かれているんだからもっと喜びたまえよ」

芽吹は不満気にそう言うが、そんなことを言われても反応に困る。

鶫のことをからかって遊んでいるつもりなんだろうが、正直ちょっとドキドキして悔しいので早急にやめてほしい。むしろどう足掻《あが》こうと負けた気分にしかならない。

そうして鶫が無心を心掛けながらからかいに堪えていると、芽吹は興味深そうな声で言った。

「ふんふん、なるほど。今日はあの子がお弁当を作ったんだね。道理で君がこんなところに避難してくるわけだ。人気者の弟は辛いねぇ」

「なんで説明してないのに全部分かるんですか……。これだから天才は」

芽吹は鶫が手に持った弁当箱を見ただけで、今の状況を完璧に読み取ったらしい。

常に芽吹はこんな調子だが、彼女はこれでも全国模試一桁の常連だ。単純に頭の回転が人よりも速いのだろう。

鶫がそう言って溜め息を吐くと、芽吹は立ち上がってくるりと鶫の前に回った。

「まあそれが私だからね。もっと褒め称えるといいさ！」

ふわり、と芽吹の長い金髪が風によって広がる。太陽を背に受けて朗らかに笑うその姿は、まるで天使のようで少し見惚れた。

芽吹はグレーの色付きガラスが入った眼鏡をカチューシャ代わりに、前髪を上にあげている。そのせいか今日は彼女の瞳が良く見えた。

深い緑色をした、美しい虹彩。その顔立ちはどこか異国情緒を感じさせ、見ただけで外国の血が混じっていることが分かる。

鶫はこの芽吹の色彩をとても気に入っている。まあこれは恋愛的な意味ではなく、美しい絵画を見るような気持ちに近いが。

――芽吹恵《けい》はイギリス人とのクオーターである。母方の祖母がイギリス人だったらしい。

母親は黒髪だったのだが、隔世遺伝で彼女一人だけがこのような色彩で生まれてきたそうだ。

だが昔ならいざ知らず、今の日本だと彼女のような容姿を持つ者は少しだけ生きにくい。

……芽吹はいつも明るく振る舞っているが、きっと鶫の知らないところでかなり苦労もしてきたのだろう。

日本が鎖国状態になって三十年の月日が過ぎたが、日本を見捨てた外国への悪感情はいまだに根強く残っているからだ。とくに年配の者だと、彼女のような容姿を忌避する人も多い。

まあ鶫のように激動の時代を知らない若い世代はそんなこともないのだが。

鶫がそう思いながらしみじみと芽吹を見つめていると、芽吹はコホンと咳払いをした。どうやら思ったよりも鶫の反応がなくて恥ずかしくなったのかもしれない。

「そう言えば、かなり人気になっているみたいじゃないか。君にそっくりの魔法少女ちゃん。似てる鶫君としてはどんな気分なんだい？」

「……上の学年まで広がっているんですか、それ。こっちとしてはいい迷惑ですよ」

鶫は肩を落としてそう言った。

昨日なんか、見知らぬ下級生から「七瀬センパイって、もしかして葉隠さんのお兄さんだったりします？」と質問されたのだ。はっきりと実害が出てきている。

「まあ生まれ持った顔ばかりはどうしようもないからね。似ているだけなんだからあまり気に病まない方がいいと思うけどね」

「はあ……。それにしても、葉隠桜ってそんなに有名なんですか？」

「ネットの掲示板とかにも結構情報が上がってるよ。私もたまに魔法少女の動画を見るけど、あの子はいいね。優秀だし人気が出るのも分かるよ」

「俺としては、それを聞かされても複雑な心境にしかならないんですけど……」

ネットの掲示板。色々と好き勝手に書かれているんだろうな、と思うと少し気が滅入る。

――だが、あると言われると気になってしまうのが人の性である。帰ったら少し覗いてみようと鶫はひそかに決意した。

鶫が険しい顔でそんなことを考えていると、芽吹はくすりと笑って目を細めた。

「その様子だと、本当に苦労しているようだね。でもあそこまで似ていると血縁を疑いたくなるものさ。実際、君と千鳥の親戚はどこにいるのかも分からないんだろう？　この際だから、政府を経由してコンタクトを取ってみたらどうだい？」

芽吹は鶫にそう諭すように言った。

おそらく芽吹は、鶫と千鳥のことを心配してそう言ってくれているのだろう。

鶫たち姉弟に血縁者がいないことは、親しい者なら誰でも知っている。親族が見つかる可能性があるならばと、芽吹がお節介を焼きたくなる気持ちも理解できた。

けれど、これればかりはどうしようもない。コンタクトを取るも何も、葉隠桜は鵺自身なのだ。連絡なんて取っても意味がない。

鵺は芽吹の気遣いに申し訳なく思いつつも、ゆるく首を横に振った。

「どうせ俺が連絡を取っても詐欺だと思われるだけですよ。ほら、有名になったら自称親戚が増えるとかよく聞くじゃないですか。……それに、俺には千鳥がいればそれで十分ですし。別の家族なんて要らないですよ」

後半は鵺にとっても本音である。たとえ葉隠桜――自分に似た人物が実在していたとしても自分は連絡を取りたいとは思わないだろう。

過去のことを何一つ覚えていないのに、今さら血の繋がった親戚が出てきてもどうしたらいいか分からない。

鵺がそう告げると、芽吹はやれやれとでも言いたげに苦笑した。

「ふぅん、千鳥にも似たようなことを言われたよ。でもあの子の方は、確かめるのが怖いような言い方だったけどね。――まぁ君たちがそれでいいなら私は別に構わないんだ」

芽吹はそう言って、鵺の隣にすとんと座り込んだ。そして自分の膝を抱えるようにしながら鵺の顔を覗き込み、綺麗な笑みを浮かべた。

「少し心配だったけれど、その調子なら大丈夫そうだね。進路が決まって暇になった先輩の戯言だと思って忘れてくれ。変なことを言って悪かったね」

「別に俺は何も気にしてないから大丈夫ですよ。それにしても、もう合格が決まったんですか？　おめでとうございます」

鵜が驚いた風にそう言うと、芽吹は照れたように小さく頷いた。

「うん。一年前に出した論文が評価されたらしく、是非うちにきてくれと熱烈なオファーがあってね。実はもう専用の研究室まで用意されているんだ。凄いだろう？」

芽吹は誇らしげに胸を張った。鵜には大学の内情はまったく分からないが、入学前から研究室が用意されるなんてかなりの好待遇ではないだろうか。

「何についての論文を書いたんですか？　先輩の研究室ってことは、たぶん理系の分野なんでしょうけど」

鵜がそう聞くと、芽吹はよくぞ聞いてくれた！　と言いたげに口を開いた。

「それはね、【魔法具《アーティファクト》】の運用についてさ」

「魔法具？」

「魔核を動力にして動く道具のことさ。中学の頃から時間をかけて検証を繰り返して、去年ついに実用可能なレベルの理論を見つけたんだよ。まだまだ実験が足りないから実用化までには時間が掛かるだろうけど、この理論が実装されたら魔法少女たちの戦いは飛躍的に楽になるはずなんだ！」

芽吹はそう堂々と誇らしげに語った。

そんな芽吹の言葉を聞きながら、鵜はただ唖然として芽吹のことを見つめた。

——それは、とんでもない発見じゃないだろうか。

「魔法少女が使用するってことは、もしかしてそれは結界の内部に持ち込めるってことですか？……凄いな。それが可能になったら魔法少女の常識が変わりますよ」

基本的に結界の中には、修復の術式の影響で武器の持ち込みは出来ないようになっている。もし持ち込みが可能になれば、例えば一番下のランク――E級の魔獣くらいなら、手りゅう弾の一つでもあれば初心者でもある程度は戦えるようになる。

つまり【スキル】に慣れていない魔法少女の死亡率はかなり下がるはずだ。

鶫が驚いた風にそう告げると、芽吹は満足げな笑みを浮かべて言った。

「そうだろう、そうだろうとも！　いやあ、五年前に政府の魔法少女候補生を目指した時は『適性がない』と落とされて少し絶望したけど、へこたれずにがんばってきて良かった。……こんな態《なり》だが、私だってこの国を愛しているからね。この無駄に出来の良い頭脳が役に立ってよかったよ」

えへへ、と嬉しそうに笑いながら芽吹は照れたように頬をかいた。

そんな彼女が、鶫にはとても尊くて眩しいものに見えた。

――何も知らなかった。いつもお気楽そうに見える先輩が、こんなにも心に熱い物を持っていただなんて。

ぐっと胸が締め付けられるように痛み、言葉にできない感情が溢れてくる。

芽吹に比べて、流されるまま魔法少女になり、偽りの姿を使って身を隠す自分のなんと矮小なことか。

そんなことを考えながら、鶫は苦笑を浮かべた。

「……先輩は格好いいですね。なんにもできない俺とは大違いだ」

そう自嘲した鶫に、芽吹が不思議そうな顔をする。

「何だい、いきなり。君らしくもない」

「色々と思うところがあって。……俺も少しくらいは努力した方がいいんじゃないか、って思うんです」

鶫は今まで、ただ与えられた平穏を享受して生きてきた。

だがひょんなことから神様と契約したことにより、魔法少女の過酷さを思い知ったのだ。

何気ない日常の裏側で、いつも魔法少女は命を懸けて戦っている。そんな当たり前のことを、過去の自分はまともに考えもしなかった。

でも一度死にかけて、魔法少女になって、魔獣と戦って、今日芽吹と話をして――そこで鶫はようやく、嫌なことから目を逸らして生きていくのは止めようと思ったのだ。

自己犠牲を良しとするような英雄《ヒーロー》にはなれないけれど、せめて自分の大切な人達に誇ってもらえる人間になりたい。芽吹の話を聞いて、鶫はそう強く思ったのだ。

「――芽吹先輩は、こんな俺でもいつか、先輩みたいに誰かの役に立てるような人間になれると思いますか？」

鶫は顔を上げ、芽吹にそう問いかけた。だがすぐに気まずくなって目を逸らしてしまった。

……芽吹だっていきなりこんなことを言われても困るだろう。普通であれば、変なことを言っていると馬鹿にされるか、何を言っているんだと一蹴されるのが落ちだ。

「君ならなれるさ。私が保証する。——君は根が優しい子だから、きっと大丈夫だよ」

その落ち着いた声に、バッと顔を上げる。

芽吹は微笑みながら、優しい目で鶇のことを見ていた。そこに嘲りの感情はない。——君《つぐみ》なら大丈夫だという信頼だけが存在している。

それに気づき、鶇は少しだけ泣きそうになった。

「芽吹先輩……」

鶇は何か言葉を返そうと考えたが、少し迷って口を噤《つぐ》んだ。何を言ったとしても安っぽく聞こえるような気がしたのだ。

——だから鶇は、無言で両手をそっと芽吹に伸ばした。

「わっぷっ、ちょ、何をするんだ！」

ぐしゃぐしゃと犬を撫でるように彼女の柔らかい金糸の髪をかき混ぜ、芽吹の視線を無理やり下に逸らした。今はまだこちらを向いて欲しくない。——きっと今の自分の顔は、見られたものじゃないだろうから。

そうして鶇の心が落ち着くまで髪の毛を弄ばれた芽吹は、解放された後に怒りながら言った。

「急に何てことをするんだいッ!?　もう髪の毛がボサボサだよ！」

「いや、いつもとそこまで変わらないですけど」

「変わるの！　これだから鶇くんは駄目なんだ。もっと女性の機微に敏感にならないとモテないぞ！」

「うぐっ」

……胸にグサッときた。確かにモテないのは事実だが、そんな風に言わなくてもいいだろうに。

そしてへこんでいる鵯を見て満足したのか、芽吹はふん、と鼻を鳴らして言った。

「今日はこれくらいで許してあげよう。私は心が広いからね。でも次は無いから心得ておくように」

「了解です。もし覚えてたら次はやらないようにします」

鵯がそう答えると、芽吹は呆れたように溜め息を吐いて言った。

「さては君、全く反省してないな？　まあいい、そういえば来週の旅行のことだが、あのチケットは鵯くんが用意してくれたんだって？　千鳥が私を誘ってくれたのは嬉しいんだが、姉弟二人で行かなくても良かったのかい？」

「え？　チケット？」

「ほら、例の箱根旅行の件だよ」

箱根旅行と言われ、鵯はようやく芽吹が何のことを話しているのか理解した。

たらり、と背中に冷や汗が流れる。まさかとは思うが、千鳥はチケットの背景を芽吹に説明しなかったのだろうか。

――問題なのは千鳥が芽吹を誘ったことではなく、その旅行チケットが行貴から贈られた物だということだ。

芽吹と行貴の仲が最悪なのは周知の事実だ。きっと千鳥は、チケットの件を正直に言ったら芽吹が旅行に来てくれないと思ったのだろう。……千鳥の気持ちは分からなくもないが、行貴の友人としては少し微妙な気分だ。

鶫は少しだけ悩んだ後、誤魔化すように笑って言った。

「……俺のことは気にしないで下さい。ほら、いくら姉弟とはいえ年頃の男女二人が同じ部屋に泊ると周りがうるさいですから」

そう当たり障りのない理由を告げて、お茶を濁す。

せっかく善意でチケットを贈ってくれた行貴には悪いが、二人が気持ちよく旅行に行ける方が大事だろう。……行貴にバレたら怒られるだろうが、その時は鶫が頭を下げればいいだけの話だ。

「まあ合格祝いの代わりだと思って楽しんできてくださいよ。千鳥も楽しみにしてるみたいですし」

「そうかい？　ならありがたく頂こうかな。もちろんお土産は期待しておいていいからね！」

芽吹はそう晴れ晴れとした笑みを返した。経緯は少しアレだったたが、旅行に罪は無いので是非とも楽しんできてほしい。

「――もうこんな時間か。そろそろ教室に戻らないと」

すっかり話し込んでしまったな、と思いながら鶫は屋上の時計を見上げた。

結局休み時間ギリギリまで屋上にいたので、体は芯から冷え切っている。戻る時に自販機で温かいお茶でも買った方がいいかもしれない。

鶫が白い息を吐きながらそう告げると、芽吹は同意するように頷いた。

「そうだね。鵜くんもきちんと勉学に励むんだよ。じゃあね！」

そう言って芽吹は屋上から出ていった。……結局芽吹は何をしに屋上へ来たのだろうか。

弁当箱を持ちながら、ゆっくりと立ち上がる。

――それにしても、もう来週が旅行なのか。この時期の箱根はとても寒そうだ。千鳥は温泉や神社を巡ると言っていたのだが、風邪を引かないか心配である。

「まあ、芽吹先輩が一緒なら安心か」

そう言って、鵜はほっとしたように笑みを浮かべた。

10．画面の向こうの貴方達

現在日本で普及している大型電子掲示板――『天探女《あめのさぐめ》』、通称「39《さぐ》ちゃんねる」は政府運営による掲示板である。

他に個人運営の掲示板もなくはないのだが、その規模は小さい。その理由は、鎖国により外国の大型サーバーがまったく使えなくなったからだ。

日本国内にあった大型サーバーの大半は、三十年前の混乱でほとんどが破壊されてしまっていた。そのため復興が始まった際、市民の情報交換の場を作ろうと、政府主導で大規模なサーバーと掲示板システムが真っ先に作成されたのだ。

それに利用者が一日一千万を超える規模の掲示板となると、その設備の維持と費用は馬鹿にならない。個人でやるには費用が掛かりすぎ、会社を興したとしても政府主導の掲示板には絶対に勝てない。そんな理由もあり、三十年経った今も政府の掲示板がシェアを独占しているのだ。

昔の掲示板と違うところといえば、書き込む際には国民ＩＤの会員登録が義務となっていることだ。ただし、閲覧するだけなら登録は必要ない。

普通は匿名で好き勝手に書き込みが出来るのが掲示板の売りのはずだが、政府が運営するものなのでそれくらいは仕方ないのかもしれない。

中には政府の監視や、言論の自由がどうの、と文句を言う人もいるが、不満があるなら使わなければいいだけの話である。

ちなみに鶫は掲示板は見る方専門なので、会員登録はしていない。

家に帰った鶫は早速パソコンを立ち上げ、39ちゃんねるへと繋いだ。

「葉隠桜で検索っと、……あった、これか」

鶫はパソコンの検索画面を見つめながら、そう呟いた。

――【C級】葉隠桜 15【糸使い】――

数ある魔法少女関連のスレッドの中に、そんな文字を見つけた。芽吹を疑っていたわけではないが、本当にあるのかと愕然とする。……いったい葉隠桜のどこに需要があるのだろうか。

このスレッドが立てられたのは一週間前。マンティコアを倒した頃だ。だから題名にC級とついているのだろう。

――はたしてこの中には、どんな魔境が広がっているのだろうか。

鶫はゴクリとつばを飲み込み、題名をクリックした。

【C級】葉隠桜 15【糸使い】

1 ：**名無しの国民**
ここはC級魔法少女葉隠桜の総合スレッドです
雑談・考察等々ご自由にどうぞ
・他の魔法少女の話題は専スレ＆荒し禁止／スレチ禁止
『C級マンティコア戦の参考動画』http:※※※※～～

2 ：**名無しの国民**
>>1 乙です！

3 ：**名無しの国民**
>>1 スレ立て乙

4 ：**名無しの国民**
葉隠さんもついにC級の仲間入りか感慨深いな

5 ：**名無しの国民**
>>4 活動をはじめてまだ三か月なんですがそれは

6 ：**名無しの国民**
最近戦闘頻度めっちゃ高いよな
ちょっと生き急いでるみたいで不安になる

7 ：**名無しの国民**
マンティコアは強敵でしたね……
葉隠さんが怪我したの久々に見たわ

8 ：**名無しの国民**
岩に叩きつけられた時は流石にヒヤッとした
額から血がドバドバ出てたし

9 ：**名無しの国民**

いくら戦闘に勝てば多少は治癒されるとはいえ、あれは怖いよな

10：**名無しの国民**
でもその直後に好戦的に笑う葉隠さんすごい好き

11：**名無しの国民**
>>10 ドMかな？

12：**名無しの国民**
他所の考察班によると、あれはあえて当たりに行ったみたいだぞ
接触時に膨大な量の細い糸をマンティコアに仕掛けているらしい

13：**名無しの国民**
動かないと思ったら罠だったのかよ。でもあの速度で当たってよくそれだけで済んだな

14：**名無しの国民**
>>13 当たった後の飛び方を見ると違和感があるから、
何らかの対策はしてると思う

15：**名無しの国民**
策士な糸使いか。隠れ里の忍者かなにかかな？

16：**名無しの国民**
葉隠さん個人情報ぜんぜん出てこないし、その説はあり得るかも

17：**名無しの国民**
普段の目撃情報とかもほとんどないからな。在野の魔法少女だから政府の紹介にも載ってないし

18：**名無しの国民**
そういえば一月前に葉隠さんのこと見たぞ
俺のバイト先のたこ焼き屋に来てた

19：**名無しの国民**
>>18 マジかよ裏山

20：**名無しの国民**
>>18 詳しくどうぞ

21：**名無しの国民**
そう言われてもな。出来上がりを指さして「ここからここまで全部ください」としか言われなかったし。ちなみに20舟くらい買ってったよ

22：**名無しの国民**
まさかの大食いとか草。クールキャラ崩壊してんじゃん

23：**名無しの国民**
馬鹿いえ、そんなに一人で食べるわけないだろ。ないよな？

24：**名無しの国民**
そういえば前にもドーナッツ屋で目撃情報があったな
ケースの中身全部買ってったとかいうやつ

25：**名無しの国民**
ああ、ネタ認定されたやつか。その後にもキャンプ場に大量の肉を持ち込んで一人バーベキューとか、八つ橋を箱買い（でかい段ボールで）とかがあったな

26：**名無しの国民**
もしかして今までのもネタじゃなかった？

27：**名無しの国民**
葉隠さん肉付き悪いからあんまり食べてるようには見えないけどなぁ。まあ燃費が悪いだけかもしれないけど

28：**名無しの国民**
おいおい胸のことは触れてやるなよ。可哀想だろ？

29：**名無しの国民**
誰も胸のことだとは言っていない件について

30：**名無しの国民**
あのさぁ、なんでここの皆は葉隠桜のことさん付けで呼ぶの？
長いし葉隠か桜でよくない？

31：**名無しの国民**
>>30 さん付けなのは他の魔法少女みたいにきゃぴきゃぴ（死語）してなくて硬派っぽいからなんとなく
ちなみに桜呼びだとレジェンド朔良紅音に失礼だって喚くやつが出たからNGになった

32：**名無しの国民**
呼び方なんて別にどうでもいいじゃん
もっと葉隠さんの格好いいとこを語ろうぜ

33：**名無しの国民**
>>32 葉隠さんは戦闘シーンが無駄に格好いいんだよ
今の六華みたいな派手なやつじゃなくて、技巧を魅せるっていうかさ

34：**名無しの国民**
まあ実力は六華の方が遥かに上なんですけどね。こいつはすみれ様の足元にも及ばないよ

35：**名無しの国民**
>>34 専スレに帰れ
せめて比べるなら他のＣ級と比べろよ。六華と比べたってしょう

がないだろ

36：**名無しの国民**
でも三か月でＣ級だろ？
この調子でいけばＡ級だって夢じゃないんじゃないか？

37：**名無しの国民**
魔獣戦はＢ級からがきついんだよなぁ

38：**名無しの国民**
>>36 Ｃ級を倒して実力が付いたと油断した魔法少女から先に死んでいく。葉隠さんは浮ついたところが無さそうだからあんまり心配してないけど

39：**名無しの国民**
中には二か月でＡ級撃破っていう化物もいるけどな。
ゆきのんはレジェンドに次ぐ伝説になるかもしれないと俺は思ってる

40：**名無しの国民**
>>39 確かに雪野雫《しずく》はすごいけどスレチ

41：**名無しの国民**
この際荒れるの覚悟で聞くけど、
葉隠さんぶっちゃけ顔はかなり可愛いよね？

42：**名無しの国民**
可愛いというよりは綺麗

43：**名無しの国民**
正直狂おしいほど好み。ランクなんてどうでもいいからとにかく死なないでいてほしい。推しがいなくなるのは辛いのじゃ……

44：**名無しの国民**
ぶっちゃけ一度でいいから蔑んだ顔で罵られてみたい。動画が無音なことが悲しすぎる……音声データさえあれば自作するのに

45：**名無しの国民**
あんまり媚びた感じがないのがいいよね。たぶん自分の見た目に無頓着なのかな。前に鼻血を出した時も豪快に拭ってたし

46：**名無しの国民**
>>44 気持ちは分かる
俺もあの美しいおみ足で顔を踏みつけられたくてしょうがない

47：**名無しの国民**
たまに子供みたいに笑うのがぐっとくるよね。お菓子をあげたい

48：**名無しの国民神**
ひえっ……変態多すぎない？

49：**名無しの国民**
この程度はまだ序の口だし

50：**名無しの国民**
ていうか神様が選ぶくらいなんだから可愛くて当然だろ

51：**名無しの国民**
そういえばさ、葉隠さんについてちょっと不思議な話があるんだよな

52：**名無しの国民**
>>51 変に勿体ぶるなよ

53：**名無しの国民**
そういうつもりじゃなかったんだけどね。

現地付近の写し鏡で実際に戦闘を見ていた知人の話なんだけどさ、戦闘が終わって鏡が何も映さなくなったのに十分以上結界が解除されなかったんだって。
普通はすぐに解除されるよな？　ちなみに調べてみたらSNSとかでも同じような報告が何件かされている。
彼女はその十分の間——いったい何をしてるんだろうな？

54：**名無しの国民**
オカルト風にするのやめろ。マジでやめろ

55：**名無しの国民**
ただ単に契約神と反省会でもしてるんじゃね？
戦闘指南とかは現場の方がしやすいだろうし

56：**名無しの国民**
十分くらい普通だろ。女の子は支度に時間が掛かるんだよ

57：**名無しの国民**
もしかしてさっきの大食い報告みたいに魔獣を食べてる……とか？

58：**名無しの国民**
>>55 流石にそれはねーわ

59：**名無しの国民**
ゲテモノ食いw流石にそれはネタとしてもないわw

60：**名無しの国民**
大食い（暫定）なだけであらぬ疑いが。流石に草

61：**名無しの国民**
皆は葉隠さんのあの新しい衣装どう思う？
清純派魔法少女みたいで素敵じゃないか？

62：**名無しの国民**
>>61 全体的にヒラヒラしてて蝶々みたいで可愛くて好き
でもいくら動いてもスカートの中身が見えないのが不思議だけど

63：**名無しの国民**
いつも戦う前にくるっと回るのがちょっと可愛いよな
それはそれとして、ちらりと出た鎖骨が艶めかしくてとってもえっちで素晴らしいと思います

64：**名無しの国民**
はやくブロマイド発売してくれ。言い値で買うから

65：**名無しの国民**
>>64 他の魔法少女は結構ファンサービスしたりするけど、葉隠さんメディアへの露出がまったくないから……

66：**名無しの国民**
上司（契約神）の方針か、それとも本人の希望か……どちらにせよ期待はできないな。動画で我慢するしかない

67：**名無しの国民**
戦闘回数が多いからギリギリ供給が間に合ってる感じだよな

68：**名無しの国民**
葉隠さん俺の性癖にドストライクだからこれからも頑張ってほしい

そこまでスレッドを見て、鵺はパタンとノートPCを閉じた。色んな意味で、もう見ていられなかったのだ。

「……は、恥ずかしい」

鵺はそう言って両手で顔を押さえた。

どうせ碌なことが書かれてないんだろうなと身構えていたのに、予想外の賞賛コメントのせいでメンタルに大ダメージを負ってしまった。もし今が夜でなければ、うめき声をあげて床を転げまわったかもしれない。

……そうか、他の人から見たら『葉隠桜』はそんな風に見えているのか。可愛いと褒められて嬉しいような、なんだか虚しいような、微妙な気持ちだった。

――でも、好意的な意見が多かったのは意外だった。

まあそれは見たのが『葉隠桜』の専用スレだったからかもしれない。もしかしたら魔法少女の総合スレの方ではボロクソに叩かれている可能性もある。……もしそうだったら流石の鵺も凹むが。

ただ他に気になったのは『暴食』の件だ。

鵺としてはあのえげつない捕食シーンのせいで、評判が酷いことになっているんじゃないかと予想していたのだが、どうやらあの部分は映像では残っていないらしい。

……魔法少女の戦いを映す鏡は、独自の基準でセンシティブな映像を自動的にカットすると噂で聞いていたが、まさか自分のスキルが鏡に発禁扱いされているとは思っていなかった。これはこれで暴食のスキルがバレた時の反響が恐ろしい。

鶫が考え込むように頭を抱えていると、外出から戻ってきたベルに話しかけられた。

「どうしたそんな変な格好で。腹でも痛いのか」

「ベル様……、ええと、知らなくていい深淵を覗き込んでしまって……」

「はぁ？」

ベルは意味が分からない、といった風な声をあげた。けれど、それを説明する気力は今の鶫にはもうない。

――しばらくネットは見ないようにしよう。精神へのダメージが重すぎる。

そう考えた鶫だったが、やはり反応が気になってしまい、ネットを覗くたびに羞恥に喘ぐことになるとは知る由もなかった。

11．雷刃の乙女

「――さて、今日の遊戯は楽しめるといいのだが」

そう言って、ベルは眼下の景色を見下ろした。

鵜が学校に行っている間、ベルは他の魔法少女の戦いを見にとある瀑布《ばくふ》にやって来ていた。

ここに出現するA級の魔獣の対処に、六華の魔法少女が出てくると耳にしたからだ。

同じように情報を手に入れた他の神々も、戦闘予定地の周りに集まってきているようだが、ベルに話しかけに来る猛者はいなかった。

まあそれも無理はない。逸話もそうだが、ベルは元々苛烈な性格をしている神である。

ベルと同等――それこそ主神クラスの神でなければ、恐ろしくてベルには近寄れないのだろう。

ベル自身は他の神など興味がないのか一人悠然としているが、その態度が余計に近づきにくい空気を出している。

そんな風に見られていることなど気にも留めずに、ベルは滝の前にある展望台の一番良い場所に陣取りながら、呟くように言った。

「ふん、面白みはない景色だが悪くはないな」

時期が十二月の後半ということもあり、滝の水は白く凍りつき、幻想的な氷瀑が威圧感を放っている。片田舎の観光地にしては中々の光景だ、と感心しながら小さく頷いた。

――最近は低級との戦いばかり見ていたが、たまには質の高い戦いを見たいものだ。

そう考えながら、ベルは魔獣が現れるのを待った。

今のところは鶫――葉隠桜のつたない戦いでそれなりに満足しているが、レベルの高い魔法少女の戦いは目の保養になる。

神々の力を己の身に宿し、体を戦いに最適化させた美しい戦闘兵器《にんぎょう》。それが縦横無尽に目の前で踊る様は、さながら高尚な戯曲を見たような満足感と充実感を得られる。これこそが神々にのみ許された愉悦だろう。

ベルの契約者である鶫がその域にたどり着くのはまだ先になるだろうが、それもそう遠い話でないとベルは考えていた。

なぜなら、七瀬鶫には天性の才能があった。

器としての適性の高さ。能力《スキル》を上手く使うことに対する意欲の高さ。そして何より戦闘に耐えうる精神の強さがあったのだ。

当初はほんの気まぐれで拾った、しかも男ということであまり期待はしていなかったが、鶫のポテンシャルがあればいつかは六華――最強格と呼ばれる魔法少女に選ばれたとしてもおかしくはない。

そんなある意味身内びいきなことを考えていると、リンッ、と頭の中に鈴の音が響くのを感じた。

結界が張られる合図である。

ベルは凍った滝の上に降り立った一人の魔法少女を見つめながら、静かに目を細めた。

今回の戦いに出向いた魔法少女は、壬生百合絵《みぶゆりえ》。近距離の斬撃戦を得意とする好戦的な魔法少女である。

壬生の所有スキルは【電気】と【刃】だ。

普通雷系のスキルを持っている魔法少女は遠距離からの攻撃に頼ることが多いのだが、壬生の他の結界内スキルも全てが近接戦闘用の物なことを考えると、まあその使い方も間違ってないのかもしれない。

結界に覆われた瀑布の上空には、黒い塊のような影が見え隠れしている。恐らくアレが今回の敵――A級の魔獣だろう。

じっと観察していると、ずるり、と何かが産み落とされたかのように黒い塊が落ちてくる。その黒い塊はくるりと宙で一回転すると、瀑布の上にすとんと綺麗に着地した。

それは、身の丈二十メートルを超える大きな狼だった。

触れた物を全て切り裂くかのような力強い毛並みに、普通の狼よりも遥かに大きい牙が生えた悍ましい口。暗い炎を燻《くすぶ》らせながら壬生を睨み付けるその目は、嗜虐の喜びに染まっている。

「ふん、A級の魔獣にしては少し小さいか？」

「いえいえ、アレはきっと大きさを自在に変えられるタイプですねぇ。まあ、ここは狭いですから。最初の障害――魔法少女を殺すにはあの大きさが最適だと判断したのでしょう。可愛らしい獣です」

ベルが独り言を呟くと、知らない間に側に近づいてきた誰かがそう言葉を返してきた。

不機嫌な顔になったベルは、横に立った見知った顔の神のことを睨み、面倒そうに言った。

「なんだ、貴様も来ていたのか。貴様の解説は回りくどくて鬱陶しい。蘊蓄《うんちく》を垂れたいなら他所へ行け」

「おやおや手厳しい。そうつれないことを言わないで下さいよ。ワタクシも一人で見学するのは寂しいのです。ええ、他の方にはあまり良い顔をされないものでして」

よよよ、とわざとらしく目元を拭う仕草をしながら、大鷹の姿を模した神――ヘルメスはそう言った。

ヘルメスとは幸運と富を司り、狡知と詐術に長けたギリシャの古き神の一柱である。

その享楽的な性質は分霊になっても変わらないようだったが、天照によって出禁になっていない所をみるに、それなりに要領よくやっているらしい。

「よく言うな。おおかた他の神にもちょっかいを出して疎まれただけだろうに。やり過ぎて貴様の兄弟神のように出禁を言い渡されても我は知らんぞ」

「アポロン《あに》は少し抜けているところがありますからねぇ。ええ、ワタクシはもっと上手くやりますとも。そういった抜け道を探すのは得意ですから」

ヘルメスはしれっとした顔でそう言うと、大きな翼を器用に操り肩を竦めてみせた。

「それにしても、あの魔獣は恐らく大狼フェンリルの情報をベースにしていますね。ワタクシの麗しき友から聞いた姿と似ていますので。しかもそれに相対するは可憐なる戦乙女！　んんっ、良いカードですねぇ。これは楽しみです」

つらつらと話し続けるヘルメスの言葉をほぼ聞き流し、ベルは大きな溜め息を吐いた。

――この鬱陶しい馬鹿《ヘルメス》はどうせ相手にしなくても勝手に話し続ける。なら無理に気力を使って追い払わずとも、無視すればいいだけの話だ。

観戦に集中するとしよう、と思いながらベルは瀑布の上を見た。

凍った瀑布の上で相対する魔法少女――壬生と大狼は牽制しながらじりじりと間合いを計っている。

唸りながら睨み付ける大狼に対し、遊びに行くような気軽さで笑みを浮かべている壬生はひどく対照的に見えた。

そして大狼が一歩足を踏み出した瞬間――焔《ほのお》のような火花が散った。

音速を超えた速度による壬生の抜刀。そしてそれを捌《さば》くように振るわれる鋭い牙と爪。氷という舞台の上で行われる互いの技量だけが支配する戦いは、さながら神聖な儀式のように美しかった。

ほう、と満足そうにベルが頷いていると、隣にいるヘルメスが興奮したように口を開いた。

「いやあ、素晴らしい！　ワタクシ達の時代にいた英雄たちを思わせる戦いぶりだ！　これが小柄な少女でなければヘラクレスの再来だと喜んだのですが」

「……貴様、うるさいぞ。少し黙れ」

「おやおや、素晴らしいものを素晴らしいと讃えて何が悪いのですか？　まあ、確かに貴方の言う

ことも一理あるかもしれません。うっかり話し過ぎて肝心な場面を見逃してしまったら事ですから
――ああ、そろそろ決着がつきそうですね」

時間にしてわずか一分。鍔迫《つばぜ》り合いでは敵わないと察した大狼が足場のない空へと駆けだし、大きな遠吠えをした。すると大狼の体はぐんぐんと大きさを増していき、あっという間に滝を覆うほどの大きさになった。

目や鼻から黒い炎を吐き出しながら、大狼は勝ち誇ったように雄叫びを上げている。恐らくは壬生が近接用の技しか使わないことから、大物を狩る術を持っていないと判断したのだろう。

先ほどのサイズに比べたら攻撃は避けられやすくなるだろうが、それでも優位性では大狼の方が上になる。所詮相手は脆い人間だ、一度でも攻撃が当たれば無残に引き裂かれるだろう。

――そんな魔獣の考えが透けて見える行動を、ベルは短絡的かつ愚かだな、と鼻で笑いながら蔑むように魔獣を見つめた。仮にも六華の名を冠する魔法少女が、その程度の対策をしていない筈がないからだ。

一方滝に取り残された壬生は、巨大化して山を踏み荒らしている大狼をニコニコと笑いながら見つめている。そして鼻歌でも歌いだしそうなくらいご機嫌にリズムを取りながら、手に持っている刀をくるりと回した。まるで、目の前に現れた大きな敵の存在が嬉しくて仕方ないとでも言いたげに。

その壬生の笑顔の裏に深い闇を垣間見たのは、神と魔獣のどちらだろうか。――いや、両方だったのかもしれない。

壬生は片手に大ぶりの太刀を持ち替えると、すっとその場で腰を落とした。いわゆる居合の構えである。

だがその体勢が魔獣にとっては好機に見えたのか、魔獣は巨体とは思えないほど素早い動きで上から飛び掛かり、壬生の体を噛み砕こうとした。

その刹那、ふわり、と滝の方から流れてきた柔らかな風がベルの頬を掠める。その風を意識した時には、もう壬生の行動は終わっていた。

とん、とベル達がいる展望台に降り立ちながら血を払うように刀を振るう壬生。その視線の先にいる大狼――今にも滝に激突しそうだった魔獣は、氷にぶつかる寸前に数十の塊にばらけた。

ぶちまけられた大狼の血が瀑布を伝うのを見つめながら、ヘルメスは感嘆したように呟いた。

「雷撃による身体の反応速度の上昇と、作り出した刃へのエンチャント――微細な電気振動による切断力の増加ですか。彼女は本当にモノを斬ることに特化しているんですねぇ。なんとも尖った性能だ」

「だがまだ終わってはいないようだぞ。見てみろ」

北欧神話の怪物――フェンリルにも意地があるのか、大狼はバラバラになった身体一つ一つを再構築し、狼の大軍となって再生した。……原点となったフェンリルに不死の逸話があった記憶はないが、能力の追加はA級の魔獣にはよくあることだ。そうでなければ面白くはない。

さて、この魔法少女はこの大軍をどう料理するのだろうか。

そう思いながら展望台に佇む壬生のことを見やる。すると壬生は――子供のように楽しそうに笑っていた。

憎しみの籠った目でこちらを睨み付ける狼達を一匹ずつ指さしながら眺め、新しい玩具を手にしたかのように頬を染めている。

――それから先は、もうただの消化試合だった。

壬生は両手に刃物を持ち嬉々として狼の群れに飛び込み、足取り軽く空を舞うように狼を切り刻んでいく。

もちろん魔獣だってただでやられるわけじゃない。連携を取り、時には炎を駆使し歴戦の兵士のように技を繰り出すが、それでも壬生の速さには届かなかった。

そうして数分もしない間に壬生は最後の狼の首を綺麗に刎《は》ね飛ばし、戦いは終焉《しゅうえん》を迎えた。

血の河に成り果てた瀑布と、ケラケラと笑いながら狼の頭に刃を突き立てる壬生。傍から見れば誰が悪役か見分けがつかないくらいだ。

「ふむふむ、最後は少し尻すぼみになりましたが中々の戦いでしたね！」

「魔獣がA級にしてはイマイチ骨が無かったがな。まあそこそこには楽しめたな」

ベルがそう感想を告げると、ヘルメスはしたり顔で笑いながらベルに問いかけた。

「そういえば、貴方もようやく魔法少女の受け持ちになったらしいじゃないですか。噂では随分とまあ面白い子だそうで。ふふ、ワタクシもこれからの楽しみが増えますねぇ」

「――手を出すなよ。アレは我の所有物だ」

「そんな人聞きの悪い！　ワタクシはあくまでも傍観者として楽しむのが専門。お友達の大事な人に手を出すなんてとてもとても……ええ、そんなことは出来ませんとも」

そう言ってしおらしく俯くヘルメスに、ベルは吐き捨てるように言った。

「どうだかな。流れるように嘘を吐く貴様のことだ。何を言われても到底信用できん」

「そんな、こんなにも言葉を尽くしているのに信じてくれないなんて。ああ、悲しくて涙が出てしまいます」

しくしくと泣きまねをしながらそう告げるヘルメスに、ベルは呆れたように溜め息を吐いた。

「とっとと失せろ疫病神が。貴様なんぞと関わっていると我の品位が下がる」

「おやおや、ワタクシも随分と嫌われてしまったようで。そんなに愛し子のことを聞かれるのが嫌でしたか？　――まあ、そんなに心配しなくてもちょっかいを掛けたりはしませんよ。この国の結界は強力ですからね。兄《アポロン》のように弾き出されたらつまらないですし」

ヘルメスは快活に笑ってそう告げると、「ではまたいつか」と言って翼を広げて飛び去って行った。その後ろ姿を見つめながら、ベルは不満そうに呟いた。

「……どうだかな。念のため鵺にも変な鳥に関わらぬよう警告はしておくか」

ベルはそう言うと、結界が解けてすっかり血が綺麗さっぱりなくなった氷漬けの瀑布を再度眺めた。

このままでも美しいとは思うが、あの血の河が流れていた時の方が退廃的な風情があったなとぼんやりと思う。

あの光景を作り出した魔法少女――鵺があのレベルまで到達するのは、果たしていつになるだろうか。期待にも似た高揚を抱きながら、ベルはゆるく口角を上げた。
——きっとそう遠い話ではない。そんな予感がした。

12．天使の肖像

ネットで身悶えするような羞恥を味わった日から数日が過ぎ、その後は特に何事もなく冬休みに入り、鶫は休みを満喫していた。

クラスの友人達と遊ぶ約束を取り付け、男ばかりクリスマスに集まって大騒ぎしたのが記憶に新しい。何だかんだで最後は結局グダグダになったけれど。まあ、よくある日常である。

そんな華の無いクリスマスから一夜明けた次の日。鶫は行貴に呼び出され、最寄りの駅に来ていた。

「……さっむ。アイツ、呼び出しておいてまだ来ないのかよ」

そう言って、鶫はコートの上から自分の両腕を擦った。

寒さに震えながら朝方の冷たい風に吹かれて駅の前に立っていると、ロータリーに停まった車から見知った顔が降りてきた。

その人物は運転席に座っていた女性に軽く手を振って別れを告げると鶫の方へと駆け寄ってきた。

「ごめんね、待たせちゃった？　いやあ、あの人中々解放してくれなくてさぁ」

そう言って笑う少年――行貴に対し、鶫は投げやりな笑みを浮かべた。

……こちらが男ばかりのクリスマスを過ごし、魔獣と血腥《ちなまぐさ》い戦いを繰り広げたりしている間に、どうやら行貴は随分と楽しい休日を過ごしていたらしい。妬ましいとまでは言わないが、少しだけ悔しいものがある。

「こんな朝早くに呼び出して、いったい俺をどこに連れて行くつもりなんだ？　……まさかとは思うけど、泊りとか言わないよな」

流石に携帯と財布しか持っていない状態で「今から泊りで出かける」と言われたら困る。そう思った鶫が問いかけると、行貴はポケットから切符を二枚取り出しながら言った。

「そんなに心配しなくても大丈夫だって。一応日帰りの予定だし、問題なければ夕方には戻ってこれるよ」

「なら良いけど。で、結局何処へ行くんだ？」

すると行貴は、目を細めて微笑んだ。

「――天使サマに会いに行くんだよ」

そんな訳の分からないことを答えながら、行貴は切符を一枚鶫に押し付けて改札へと歩き出した。

鶫は慌ててその後ろに付いいて行き、行貴に言われるがまま指定の電車に乗り込んだ。

……どうやら説明をするつもりは一切ないらしい。

そうして電車の座席に座った後、何度問いかけてものらりくらりと返答をはぐらかす行貴に焦《じ》れた鶫は、不貞腐れて居眠りを決め込むことにした。

――貰った切符に書いてあった駅名の場所だと、ここから一時間以上は掛かる。それにまだ日が上がらない頃に電話で叩き起こされたせいで、どうにも眠気が取れない。

鶫は両腕を組み静かに目を閉じると、疲れたような声で行貴に言った。

「……はあ、とりあえず駅に着いたら起こしてくれ」

「了解。任せておいてよ」

「ん、頼んだ」

行貴にそう頼んで眠りに落ちた鶫は、電車が目的の駅に着いた後も半分寝ぼけながら行貴に誘導され、まともに目が覚めたのは駅から降りてタクシーに乗り込んだ後だった。

その後は取り留めのない話をしながら車に揺られ、ようやく目的地へとたどり着いた。

タクシーから降りた鶫は、軽く目を擦りながら呟くように言った。

「えーと、ここは……絵画美術館？」

ぐるりと頭を回して辺りを見わたす。市街地から離れた場所にあるその美術館は、鬱蒼と生えた木々に周りを囲まれており、何とも言えない空気を放っている。

「そ、今日の目的地はここ。……まあ連れてきたのは僕なんだけど、本当にここって辺鄙《へんぴ》な所にあるよね。周りに木と畑しかないとか笑える」

「全方位に喧嘩を売るのはやめろ。――それにしても美術館か。学校行事とか以外で来るのは初めてかもしれない」

そう言って鶫は美術館を物珍しそうに見つめた。これまで碌に芸術に触れる機会がなかったので、休みの日にこんな所に来るという選択肢が今までなかったのだ。

鶫がそう告げると、行貴は「それは鶫ちゃんらしいね」と小馬鹿にしたように笑い、手慣れた様子で美術館の中へと入っていった。鶫が慌ててその後ろについて行くと、行貴は何かのチケットを受付に手渡して、そのまま一人で通路の先に進んでいってしまった。

鶫が窺うように受付を見ると、どうぞそのままお進みくださいとでも言いたげに手を奥へと向けられたので、疑問に思いながらも鶫は行貴を追って奥へと歩いて行った。

そうして暫く歩いていると、奥の方にある部屋——まるで教会のような作りになっている場所へとたどり着いた。

「なあ、碌に他の展示物も見ないで何がしたいんだ？」

その部屋の前に立っている行貴にそう声を掛けると、行貴は振り返らずに言った。

「ここのチケットをくれた僕の知り合いが言うには、この部屋に面白い絵があるみたいなんだよね。僕なら気に入るだろうって言われたんだけど、本当かな」

「……さあ？　というよりも、そんな理由で俺はこの遠出に付き合わされたのか？　どんだけ寂しがりやなんだよお前」

「そう愚痴らないでってば。僕だってちょっと引け目があるから交通費はこっちが出したんだよ？少しくらい付き合ってくれてもいいじゃん」

行貴はけらけらと笑ってそう言うと、教会のような部屋の中へと入っていった。

窓にはめ込まれたステンドグラスが、太陽の光を受けて煌《きら》めいている。そしてその部屋の中央付近に展示された絵画を見て、鶫は感心したような溜め息を吐いた。

「なるほど——そういうことか」

二メートル程の大きなキャンバスに描かれた、灰色の羽を備えた美しい天使の絵。

——その天使の顔は、どことなく行貴に似ていた。確かに行貴を知っている人間からすれば面白い絵なのかもしれない。

鶫がちらりと行貴の方を窺うと、行貴は不機嫌そうな顔で絵を見つめていた。何か気に入らない部分があったのだろうか。

「すごいよな。薄汚れているし結構古い絵みたいだけど、ここまで似てると確かに見る価値があったかもしれない。……そんなに不機嫌にならなくたっていいじゃないか。変な絵ならともかく天使そっくりなんだから」

鶫がフォローするようにそう言うと、行貴は不満そうに頬を膨らませて言った。

「だってこれ天使じゃないし。上手く隠してるけど、これは悪魔の絵だよ」

「はあ？　どう見たって天使だろ」

鶫が首を傾げながらそう言うと、行貴はすっと絵の題名を指差した。そこには【天使サタナエルの肖像】と書かれている。

行貴は続けるように言った。

「このサタナエルっていうのは、いわゆるサタンの別名だよ。とんだ皮肉だよね、堕天する前の名前を使うとかさ。僕はこの作者の人格を疑うね」

そして行貴は疲れたように溜め息を吐くと「もう飽きた。適当に他の絵を見て帰ろ」と言って部屋から出てしまった。……気分屋にも程がある。

——まあ、元々見たいと言っていた本人がそう言うんだから仕方がない。

鶫は小さく肩を竦めると、黙って行貴の後ろについて行った。

それから二人で他の部屋に展示されている絵を冷やかしつつ歩いていると、行貴はふと虎の絵が描かれている屏風《びょうぶ》の前で足を止めた。

「ふむ。屏風に虎ってことは、一休さんの絵か?」

後ろから絵を覗き込みつつ鶫が大真面目にそう告げると、行貴は可哀想なものを見る目で鶫のことを見た。

「いやいや鶫ちゃん、題名をちゃんと見なよ。これは山月記の絵だよ。人間が人食い虎へと変貌する話の。知らない?」

「……前に国語の授業でそんな話をやった気もするな」

ジト目でこちらを見てくる行貴の視線から目を逸らしつつ、鶫はそう口にした。

たしか、夢破れて虎になってしまった男が、自分の人生を語るような話だった気がする。詳しくは覚えていない。

鶫がそう答えると、行貴は呆れたように苦笑いをしながらジッと絵を見つめた。そして、妙に静かな口調で言った。

「——鶫ちゃんはさぁ、もし自分が急にこの虎みたいな化物になっちゃったらどうする? 人としての意識があるうちに死にたい? それとも化物のままでも生きていたい?」

行貴は振り返らずに、そんなことを聞いてきた。いきなりの奇妙な問いに戸惑いながらも、鵺は口を開いた。

「まあ、どうせ死ぬなら人間としての意識を持ったままの方がいいな。身も心も化物になったら、自分が何を仕出かすか分からないし」

人に迷惑をかけるだけの化物になり、自分の意志すら自由にできないなら、そんなものは死んでしまった方がマシだ。

鵺がそう答えると、行貴は小さな声で「そっか。鵺ちゃんならやっぱりそう言うよね」と呟いた。

そして行貴はゆっくりと両手を上げて背筋を伸ばすと、鵺の方へ振り返って言った。

「ここの絵は大体見たし、そろそろ出ようか。——そういえばこの近くに結構有名なかき氷屋さんがあるんだよね。ちょっと行ってみようよ」

「……正気か？　いま十二月だぞ？」

鵺が軽く引きながらそう告げると、行貴は笑いながら続けた。

「たまにはそういうのも面白くていいじゃん。そもそも鵺ちゃんは丈夫なんだから、かき氷くらいで風邪は引かないよ」

そう言って押し切られ、鵺は行貴おススメのかき氷屋に連れていかれた。

そのかき氷屋は話題になるだけあってとても美味しかったのだが、店の場所が大通りから離れた辺鄙な田んぼ道の奥にあったので、店にたどり着くまでが大変だった。なぜこんな場所に店を出したのか本当に謎である。

そうして無事にかき氷を食べ終わり、最寄りの駅まで帰ってきた頃には、もうすでに午後の四時を超えてしまっていた。

……別に楽しくなかったわけではないが、結局行貴に振り回されるだけの休日になってしまった。

鶫は凝ってしまった肩をバキバキと鳴らしながら、行貴に向かって話しかけた。

「はー、何だか電車に乗ってるだけでも結構疲れるもんだな。――そういえば行貴は正月の予定とか決まってるのか？　もし予定が空いてるなら、一緒に初詣に行けたらと思ってさ。厄除けのお守りとか買っておきたいし」

まあベルという契約神がいるのに、別の神がいる神社に出向くのもどうかと思うが、心の平穏の為にお守りの一つくらいは買っておきたい。

……どうせ千鳥は部活のメンバーと出かけてしまうと思うので、行貴の都合がつかなかったとしても一人で行くつもりだった。

そんなことを考えつつ鶫が問いかけると、行貴は静かに目を逸らし、小さく首を横に振った。

「……ごめんね。お正月はちょっと空いてないんだ」

「いや、別にいいって。どうせ駄目元だったし。――じゃあ、次に会うのは学校でだな」

鶫が軽くそう告げると、行貴は困ったような笑みを浮かべて「そうだね」と言った。

その行貴にしては珍しい態度に鶫は首を捻ったが、たまにはそういうこともあるだろうと口を噤んだ。

「それじゃ、またな」

「うん。――バイバイ、鶫ちゃん」

そう軽く別れを告げると、鶫は駅から外に出ていった。


――小さく手を振りながら遠くなる鶫の背中をジッと見ていた行貴は、呟くような声で言った。

「鶫ちゃんはやっぱりそっちを選択するんだね。なら、僕は君の意見を尊重するよ。――君は最後まで人間《キミ》らしくあるべきだ」

そうして行貴は、コートのポケットから取り出した手帳を開き、明日以降の曜日に大きくバツを書いた。まるで、何かの後悔を塗りつぶすかのように。

「計画の変更はない。……後は君次第だよ、鶫ちゃん」


一方行貴と別れた鶫は、駅前の商店街をゆっくりと歩いていた。すると、前にある雑貨屋から見知った人物が出てきた。

「鶫？　こんなところで何をしてるの？」

そう言って、パタパタと走りながら千鳥が鶫の所にまで走ってきた。大きなバッグを背負っているところを見るに、どうやら部活の帰りらしい。

「あれ、千鳥。部活の帰りか？」

鶫がそう聞くと、千鳥は不満そうに頬を膨らませながら「私の方が質問してるのに」と文句を言った。

「ごめんって。さっきまで行貴と出かけてたんだよ。今日はもう帰るところ。千鳥は？」

「私も部活が終わって帰るところだったの。よかったら一緒に帰らない？」

朗らかに笑った千鳥にそう言われ、鶫は頷いた。どうせ今から帰る所だったし、断る理由もない。

「ほら、そのバッグこっちに渡してくれ。俺が持つから」

そう言って、千鳥のバッグをひょいっと取り上げた。道着などが入っているのかずっしりと重い。

千鳥は申し訳なさそうに「悪いから別にいいのに」と言っていたが、せっかく一緒に帰るんだからこれくらいは任せてほしい。

そうして二人で今日あったことを話しながら歩いていると、鶫はふと思い出したかのように口を開いた。

「そういえば、今日行貴に変なことを聞かれたんだよ。もし自分が急に化物になってしまったらどうするのか、ってさ。今にして思えば変な質問だったよなぁ」

そう言って鶫が山月記の件の話をすると、千鳥は考え込むように口に手を当て、目を伏せて言った。

「なんだか随分哲学的な話をしてたのね。――でも私はたとえ鵺が化物に成り果てたとしても、それでも生きていて欲しいと思うけれど」

「そのせいで他の人にたくさん迷惑をかけたとしても？」

「その時は私も一緒に謝ってあげる。それか、鵺が元に戻れる方法をなんとかして探すと思う。最初から諦めるよりその方がよっぽど有意義だと思うけど」

千鳥はそう言うと、目を細めながらいたずらっ子のように笑った。

そんな千鳥を見て、鵺はつられて噴き出すように笑った。

「なら、その時は千鳥に助けて貰おうかな」

「ふふ、任せて。絶対私が助けてあげる」

そんな他愛もない話をしながら、夕日が差す道を二人で歩く。この時の二人は――間違いなく幸せだった。

13．天秤が傾くほうへ

今日の日付は十二月二十七日。空は快晴で、まさに旅行日和という天気だ。

千鳥は朝早くに旅行の待ち合わせ場所に出かけてしまったので、これから三日間は家に帰ってこない。少しだけ寂しい気もするが、折角の機会だから楽しんできてくれればいいと思う。

ちなみに鵺は、これからベルと一緒に丸一日食べ歩きに出かける予定だ。

今日の鵺——葉隠桜の服装はカーキ色のミリタリーコートに、黒のチェックのひざ下ワンピース。腰に大きな赤いリボンを結び、髪はゆるくお下げにして伊達眼鏡をかけている。なんだか普段と少しだけ印象が違って見える気がする。

ベル曰く「優等生風な見た目と武骨なコートのギャップ」をコンセプトにしてシンプルにまとめたらしい。……彼は一体どこを目指しているのだろうか。

鵺はそんなことを考えつつ、ベルが食べ続ける様子を見つめていた。

「……本当によく食べるなぁ。お腹は一杯にならないのか？」

「この分霊体は食べ物を飲み込んだ瞬間にエネルギーに変えるからな。満腹とは無縁だ」

「燃費以前の問題だったのか……。世の中の女性が羨みそうだ」

そんな会話をしながらも、ベルは山のように積まれたシュークリームをハイペースで消費している。

はっきり言って、とてもシュールな絵面だ。

――けれど周りの人々は、ギョッとしたように鵺を見ることはあるが、ベルの方に目を向けることはない。

これは最近気づいたことだが、どうやら普通の人間にベルの姿は見えていないらしい。

いや、これは見えていないというよりも、認識を改ざんされていると言った方が正しいかもしれない。

例えばの話だが、外でバーベキューをして鵺がせっせと肉を焼きベルがそれを消費していっても、それを見た人は知らないうちに肉が無くなったとしか思わないらしい。

あとは肉が無くなった理由を勝手に脳が補足していくので、大多数の人は「肉を焼いている人《つぐみ》が食べた」と認識してしまう。

……おそらく、ネット上にある葉隠桜大食い説はこうやって出来上がったのだろう。

そんなわけで、世間では鵺――葉隠桜は大食いキャラとして広まりつつあるのだ。風評被害にも程がある。

ちなみにベル自身はやろうと思えば人前に姿を見せることは出来るらしいが、面倒なのでやりたくはないらしい。なので結局世間の誤解は解けないままだ。

最近なんかは、何かを大量に注文した時点で「もしかして葉隠さんですか?」と問われることも多くなってきているので、鶇としては何となく居心地が悪い思いをしている。

今日は念のため眼鏡を掛けたりして軽く変装はしているものの、そもそも大量に商品を注文する時点でバレバレな気もするが、それは突っ込んではいけないのだろう。

鶇が小さく溜め息を吐きながら景色を眺めていると、ベルがおもむろに顔を上げて言った。

「そういえば、貴様には過去の記憶が無いのだったな。――十年前の大災害だったか？　アレは貴様らの間ではどのような話になっているのだ？」

突然ベルがそんなことを聞いてきた。いきなりどうしたのかと鶇は疑問に思ったが、特に変な様子もないので、ただの世間話の延長なのかもしれない。

――十年前の大災害。それは鶇の人生に深く関わっているが、語れることはあまり多くない。

鶇は考え込むように顎に手を当てながら、静かな声で話し始めた。

「どうと言われても、俺も詳しいことは分からないんだよ。そもそも記憶が無いっていう理由もあるけど、政府はあの件に関して情報規制をしているから」

大きくなってから好奇心であの大災害のことを調べ直したが、災害の規模の割にまったく情報が集まらなかった。

どの記事を見ても被害状況についての報道ばかりで、その原因に関しては何、一、つ明確なものが見つからない。どう考えても、真実を隠しているとしか思えないのだ。

鶇がそう答えると、ベルは興味深そうに目を細めた。

「ふん？　まあ規制も妥当か。我らの間だと、あれは『神降ろし』に失敗したという説が濃厚だからな」

「神降ろし？」

聞いたことのない言葉だった。鵺が不思議そうに首を傾げると、ベルは不満げに鵺を睨んだ。

「ふん、これだから無知な人間は困る。この場合の神降ろしとは、何らかの器に神格を降ろすことを示す。——まったく愚かなモノだ。そもそも人間ごときが神を制することが出来るはずがないだろうに」

「……ちょっと待ってくれ。それって、あの災害は人為的に起こされた可能性があるってことか？」

鵺はてっきり、あの大災害は魔法少女がA級クラスの魔獣を討ち漏らして、政府がそれを隠匿したんじゃないかと思っていたのだ。まさかそれが人為的なものだったなんて考えもしなかった。

呆然とする鵺に、ベルはやれやれといった風に肩をすくめた。

「そういうことになるな。中には神ではなく魔獣を降ろそうとしたという話もあるが、どちらにせよ街ひとつを犠牲にしてもそいつらは何も得ることが出来なかった。なんとも高い勉強料になったものだな」

——『神』を降ろして支配する。

何故そんなことをしようとしたのかは分からないが、周りを巻き込んで自滅するなんて傍迷惑にも程がある。

鵺は頭を抱えるように溜め息を吐きながら、呻くように言った。

「千鳥にはとても言えないな……」

「別に言う必要もあるまい。――知らない方が良いことは、この世には沢山あるだろう」

ベルはそう締めくくり、再びシュークリームを口に運び始めた。

そして二つ目に口を付けた瞬間、どこからか、リンリンリン、と鈴の鳴る音が聞こえてきた。

鵺は周りを見渡したが、音の発生源は見当たらない。

ベルはその音を聞いて舌打ちをすると、食べかけのシュークリームを鵺に押し付けてきた。

「え？　なに？」

「少し持っていろ。――ふん、空気が読めない狗《いぬ》どもだ」

ベルはそう言って前足を虚空にかざすと、そこからガラスの板のようなものが突然現れた。どうやらそのガラス板が鈴の音を出しているらしい。

そしてベルはガラス板をテーブルに置き、何かを話し始めた。

「何の用だ。……はあ？　何故我らがそのようなことをしなくてはならない。捨て駒なら貴様らの子飼いに腐るほどいるだろう。貴様らの下らない面子《メンツ》など知ったことか。――はっ、結局貴様らの手落ちではないか。精々自分達の無能さを悔やんでいろ、この無礼者どもが!!」

ベルはそう叫ぶと、前足を振り上げガラス板を地面に叩き落としてしまった。

……口を挟む隙もなかった。結局何が起こったのかよく分からないが、ベルがこんなに怒るということは何かとんでもないことが起こったのだろう。

「狗の分際で何様だ!!　ああ、今すぐ八つ裂きにしてやろうか!!」

ベルはガラス板を踏みつけながら、怒声を上げている。

先ほどから狗という言葉を連呼しているが、やはり猫の姿を模しているベルにとって犬は仇敵なのだろうか。少し気になるがそんなことを聞けるような雰囲気ではない。

「えっと、何があったか知らないけど落ち着いて。ほら、これでも食べてさ」

鵺は預かっていたシュークリームをそっとベルに持たせ、こっそりと踏みつけられていたガラス板を拾った。そっと手で拭いてみたが、どうやら割れてはいないらしい。

そして鵺は少し迷ってから、ガラス板をコートのポケットの中に入れた。

今これをベルに渡してもまた何処かへ投げられそうなので、しばらくは自分が持っていた方がいいだろうと判断したのだ。

「――で、今のは何だったんだ？　まるで電話みたいだったけど」

ベルの激昂が少し落ち着いた頃に、鵺はそう問いかけた。

するとベルはばつが悪そうに不貞腐れた顔をすると、はあ、と大きな溜め息を吐いた。

「政府からの出動要請だ。何やら予知システムに不具合があったらしく、今から十五分後にA級の魔獣が現世に出現するらしい。貴様が転移のスキルを持っているから声が掛かったのだろうな」

「なんで在野の葉隠桜にそんな要請が？　普通は六華とかに話がいくのが筋だろう？」

そう言って鵺は怪訝そうな顔をした。

――そもそも、政府に所属していない在野の魔法少女に声が掛かる方がおかしいのだ。

いくら時間がないとはいえ政府にだって転移スキル持ちの人材はいるだろうし、C級の葉隠桜ではA級の魔獣に敵うはずもない。穿った考え方をすれば、死ねと言われているも同然だ。ベルがこうやって怒りをあらわにするのも当然だろう。

「ふん。奴らが言うには、午前中にD級二十体、C級六体、B級二体などの高ランクの出現が重なり、政府の転移スキル持ちが動けない状態らしい」

「出現場所の近くに政府の魔法少女はいないのか？」

「その付近にはいないらしいな。一番近い者でも、どう急いだところであと十五分では間に合わないそうだ。――だがいくらイレギュラーが重なったとはいえ、全てはリスク管理ができていない政府が悪い。我らが命を張る理由にはならんな」

ベルは軽くそう言ったが、鵜としては驚きの内容である。

――B級の魔獣なんて月に七体くらいしか出ないはずなのに、今日に限って二体も重なるなんて。それだけで準災害級の出来事ではないだろうか。

それに転移の力を持つ能力者は少ないと聞いていたが、これはかなり深刻な事態だろう。

今の時間は正午、一日はまだあと十二時間ある。それまでにまた高ランクの魔獣が出たらどうするつもりなのか。

……最悪の場合、ベルに掛け合ってC級までなら対応を考えてもいいかもしれない。

「とんでもない被害が出そうだな、それ。だってA級だろ？」

「知るか。あのような愚か者どもに慈悲などいらん」

「……近くにいる人たちは可哀想だけど、だからといって出来ることもないしな。ちなみに場所はどの辺なんだ?」

家の近くだったら困るな、と思いながら鵺がそう聞くと、ベルはつまらなそうに尻尾を触りながら答えた。

「ああ、――たしか出現場所は神奈川の箱根という街らしい。まあ我らには関係ないがな」

その言葉に、鵺はピタリと動きを止めた。

「……ふーん、そっか」

そう言って、静かに空を見上げる。

――なるほど。魔獣が出るのは箱根なのか。ならば、自分がどうするかなんて最初から決まっている。

鵺はベルにばれないようにそっとポケットに手を伸ばし、その中身を確認した。微かなふくらみが、その存在を主張している。これならば、きっと問題はない。

ずきり、と胸に鋭い痛みを感じる。自分がこれからしようとしていることは、間違いなくベルへの裏切りだ。それはこの三か月の信頼を無に帰す行為でもある。それが、ひどく辛くて苦しい。

……できることなら自分だってこんな真似はしたくなかった。

それでも鵺は、迷うことすらできない。心の天秤はもう傾かない。なぜなら――鵺の一番大切なものは最初から決まってしまっているのだから。

そして鵺はゆっくりと席から立つと、ベルに向かって軽く断りをいれた。

「ベル様ごめん、ちょっと席を外す。その間にゆっくりシュークリームを食べててよ」

「別に構わんが、どうかしたのか？」

怪訝そうなベルの問いかけに、鶫は完璧な笑みを顔に張り付けて言った。

「うん。ちょっと——お花を摘みにね」

そう言いながら、鶫は心の中で呟くように言った。

——摘まれるのはきっと、自分の方だけれど。


鶫が席を立って数分後、ベルは不可解な違和感を覚えた。何か大切なことを忘れているような、そんな気がしたのだ。

——そういえば、先程叩き落とした端末はどこへ行ったのだろうか。鶫が拾い上げたことまでは覚えているが、それから先は分からない。

手荒に扱っても壊れはしないだろうが、あれは一応政府から支給された物なので失くしてしまうのは流石に問題だろう。

そう考えたベルは、辺りを見わたすように地面を眺めた。

普通に考えれば、鶫が端末を拾ってそのまま所持している可能性が高い。けれど、それならばどうして鶫は端末を返さないのだろうか。

——拾った後に返し忘れたのか。……いや、わざと返さなかった？

そんな考えにたどり着くが、ありえない、とベルは首を横に振った。

短い付き合いではあるが、ベルは鶇の性格を凡《おおよ》そ把握している。

七瀬鶇という男は基本的に従順な人間だ。余程のことがない限り、ベルの意に沿わない行動をとるとは思えない。

唯一の例外があるとすれば、鶇の姉に絡んだ事柄だが――そこまで思い当たり、ベルは大きな舌打ちをした。

「……待てよ。確か奴の姉の旅行先は箱根だと言っていなかったか？」

最悪の可能性が脳裏を過る。あの鶇が姉――千鳥を助けに行かないなんてことはありえない。

だが、それを言い出したとしてもベルが反対することは鶇だって分かっていたはずだ。

――だから鶇は、あの場で何も言わなかったのだ。

ベルは即座に鶇のいる場所を探した。鶇が契約の指輪を身に着けている以上、ベルは鶇がどこに居たとしても感知することができる。

……そして、残念なことに予想は的中してしまった。

「――やはりかっ！　あの大馬鹿者が!!」

鶇の現在地は、神奈川県――箱根山の中腹である。

ベルはそれを確認すると、すぐさまその場所へ飛んだ。

時空が裂けるようにして開かれたゲートから亜空間を通り、閑散とした枯れ木の林へとたどり着く。そこに鎮座する苔むした大岩の上に、魔法少女の姿になってぼんやりと片膝を立てて座っている鵜を見つけた。

鵜は手の中にあるガラス板――政府への連絡用の端末をクルクルと器用に回しながら、じっと虚空を見つめている。その顔には、およそ何の感情も見受けられなかった。

まるで――全てを諦めたかのように。

「見つけたぞ!!　貴様、自分が何をしたのか分かっているのか!?」

ベルは鵜に吠えるように叫んだ。

身の内に滾《たぎ》る怒りを抑えきれず漏れた神力のせいで、周りの空間が歪んでいく。

現世への過剰な干渉は、神の座する場所への強制送還を意味する――だがそれを分かっていてもこの怒りは耐えられるものではない。

鵜は突如として現れたベルを驚いた顔で見つめると、困ったような笑みを浮かべて言った。

「随分と早いんだな。――いや、それとも遅かったのかな?」


時間はベルが政府からの電話を切った瞬間まで遡る。

――魔獣対策本部、オペレーションルームの室長、因幡《いなば》ほのかは焦っていた。

「83番の吾妻《あがつま》蘇芳《すおう》、断られました!」

「28番有里《ありさと》牡丹《ぼたん》も駄目でした。担当の契約神様が激怒してしまって……」

「くそっ!!　在野の転移スキル持ちも駄目かっ！」

ダンっ、と両手を机に叩きつけ、因幡は必死に思考を巡らせて次に打てる手を探す。

観測された力の大きさから推測される魔獣の等級はＡ級。並みの魔法少女では敵うはずがない相手だ。

箱根周辺の地域にはすでに避難勧告を出したが、観光客を含め全員の迅速な避難は難しいだろう。

――なぜなら、魔獣の出現まであと十分ほどしかないのだから。

「あーもう、『八咫鏡』の不具合なんて今まで無かったじゃないですかぁ！　なんで今日に限ってこんなことが起こるんです!?」

新人のオペレーターがそんな悲痛な声をあげる。それに関しては因幡も同意だが、今さら文句を言ったところで何も始まらない。

――確かに予知システム『八咫鏡』がＡ級の出現を感知できなかった責任は大きい。

本来であれば五時間前には察知できるはずの情報が、今回に限って十五分前になってからしか分からなかったのだ。魔法少女の派遣予定も、そのせいで完全に崩れてしまっていた。

Ｃ級、Ｂ級はあらかじめ出現予測が立っていたため問題なく事に当たれたが、政府所属の魔法少女の転移スキルのクールタイム――そのわずかな時間に割り込むようにして今回の魔獣の出現が予知されたのだ。

急遽《きゅうきょ》、在野の転移スキル持ちや、箱根付近にいる魔法少女に連絡を取ってみたのだが、結果はあえなく惨敗。

だが元々在野の魔法少女には期待していなかった。彼らに緊急出動の義務はないので、断られても文句は言えない。善意による出動を期待するにしても、今回は相手が悪すぎるのだ。

――A級の魔獣が結界もなく野放しにされる。たとえ数分だったとしても、どんなに大きな被害が出るのか考えたくもない。そう考えながら、因幡は両手を強く握りしめた。

……もしもイレギュラーが分かった時点で政府に転移スキル持ちの魔法少女がいたならば、きっと因幡は室長としてその子に箱根への出動を命じていただろう。

たとえその子の等級がE級だったとしても――確実に死ぬと分かっていてもだ。

政府所属の魔法少女には、緊急出動の際の拒否権は与えられていない。それ故に、どうしても都合が合わない時は無慈悲な命令を下す時も少なくはなかった。

だが、今回はその手段すら取れない。

「六華のメンバーはどうなっている？　出現までには間に合わないにしろ、被害は最小限に抑えなくてはっ……!!」

「政府のヘリが鈴城《すずしろ》様と柩《ひつぎ》様を迎えに行っています。ですが、箱根への到着はあと三十分ほど時間が掛かりそうです！」

その報告に因幡は歯噛みした。今から三十分ということは、約二十分もの間、魔獣の蹂躙《じゅうりん》を許すことになる。

……最悪の場合、十年前の大災害を超える被害が出るかもしれない。

「室長。やはり上に問い合わせて、契約神による強制転移を許可してもらった方がいいのではないでしょうか？　在野の魔法少女には使えるのに、政府の子が使えないなんておかしいですよ」

他の職員がそんな意見を出したが、因幡は首を横に振った。

「確かにそれが出来れば全て解決できる。けれど上は絶対に許可を出さないだろうな。——政府所属の契約神による強制転移を禁止したのは、天照大神の御意向によるものだ。いくら緊急事態とはいえ、許可が下りるわけがない」

天照大神が強制転移を禁止にしているのには、様々な理由があるとされている。

いわく、強制転移の利用によって魔法少女の寿命が減ってしまうことへの人道的な理由だとか、政府の契約神の権限が増えることを危惧しているなど、色々な憶測があるが定かではない。

因幡の地位ではその真意を知ることはできないが、おそらく上の人間であればもっと詳しい事情を知っているはずだ。

——けれど何にせよ、現時点で天照大神の意向に背くわけにはいかない。政府の職員として、それだけは破ることが出来ない絶対のルールである。

「せめてあと二十分だけでも時間が稼げれば……」

「もう一度在野の子たちに掛け合ってみませんか？　A級の討伐記録がある方にだけ、再度連絡をしてみましょう」

「……ああ。頼む」

因幡は震える手をぐっと握りしめ、手あたり次第に連絡を取っていこうと決意した瞬間、リリン、と鈴の鳴る音が聞こえた。

「おい、鳴ってるぞ」

「えっ、これ96番ですよ。やだなぁ……先ほど打診をした時にかなり強く罵倒されたんです。もしかしたら再クレームかもしれません……」

——在野の魔法少女。通し番号96、葉隠桜。現在の等級はC級。転移スキル持ちの稀有な人材だ。ただし政府に連絡をしてくるのはいつも契約神の方で、職員は誰も葉隠本人と話したことはない。そして葉隠桜の契約神は気性が荒いことで有名だ。この切羽詰まった状況で長々と話したい相手ではない。

因幡は大きく舌打ちをすると、近くにあったヘッドホンを手に取った。今が緊急であることを伝え、クレームは後日にしてくれと頼むしかないだろう。

「仕方ない、私が出よう。すぐに済ませる」

さっさと切り上げて通話を切ってしまおう。因幡はそう考え、通話機のボタンを押した。

「はい、こちら魔獣対策本部、オペレーションルームの因幡です。用件をどうぞ」

『——よかった。ちゃんと繋がった』

記憶にある契約神の鋭い声とは違う、涼やかな声音がヘッドホンから聞こえてきた。明らかに女性の声である。

因幡はハッとして、静かな口調で問いかけた。

「まさか、葉隠桜さん本人ですか？」

『はい、そうです。政府への連絡はこちらで合っていますか？　こうして連絡を取るのが初めてなもので勝手が分からず……』

「ああ、魔法少女の方からの連絡は必ずこの場所に繋がるようになっているので心配しなくても大丈夫ですよ。今日はどうされましたか？」

『あの、先ほど神様に連絡があった箱根の件ですが、――まだ現地に放送がないということは、派遣される魔法少女はまだ決まってないんですよね？』

「……現地？」

『はい。私、いま箱根にいるんです。今のところ避難警報しか聞こえないのですが、出現までに魔法少女の派遣は間に合いそうですか？』

その言葉に、因幡はごくりとつばを飲み込んだ。

現在、彼女は箱根にいると言った。転移スキル持ちの彼女がわざわざそこにいると告げた理由に、期待してしまってもいいのだろうか。

因幡は逸る気持ちを抑えながら、口を開いた。

「いえ、申し訳ありません。六華の二名を急遽現地に派遣しましたが、出現までには間に合いそうもないのです」

『何分必要ですか』

「え？」

『――私は何分時間を稼げばいいか、と聞いているんです』

葉隠は、そう穏やかな声で言った。

——それは、つまり。

「た、戦ってくださるのですか!?」

因幡の大声に、周りにいた職員がぎょっとした顔をして振り返る。

因幡は冷静に手を動かしながら、通話の受信回線を部屋単位のものに切り替えた。

この会話を聞いていれば、他の職員も自分の取るべき行動が分かるだろう。周りから動揺の声が聞こえるが、今は説明をしている時間はない。

『そのつもりで連絡をしました。ええと、先に宣誓をした方がいいですよね？ ——【我が神に誓って】ここに降り立つ者を迎撃することを宣言します。……これでいいでしょうか？』

そう言って、葉隠桜はさらりと何でもないことのように【宣誓】を終わらせた。

——この宣誓こそが、魔法少女が結界を作り出す鍵であり、檻でもあるというのに。

檻というのはそのままの意味である。魔獣の出現が予測される場所で、政府の端末を通して【宣誓】をすることで、魔法少女は魔獣との戦いから逃げられなくなる。

魔獣が現れるまで彼女達はその場から移動ができなくなり、現れた際には自動的に魔獣を引き込んで大規模な結界が張られることになる。差し詰め、脱出不可能な檻に閉じ込めるように。

——けれど葉隠桜は最近C級になったばかりだ。技の精度も能力も何もかもが、A級の魔獣を相手取るには絶望的に足りない、、、。

……そして、それを本人もよく理解しているはずだ。

彼女と契約神の間でどんなやり取りがあったのかは分からないが、彼女のこの行動はきっと覚悟の上なのだろう。

彼女の契約神に連絡を取った際、場繋ぎで戦いに出る者のことを『捨て駒』だと揶揄された。彼女も確実にそれを聞いていただろう。それなのに、彼女はこうして戦いに名乗り出てくれたのだ。

そう結論付け、因幡は自らの不甲斐なさに泣きたくなった。

この仕事には非情さも必要なことだとは分かっているが、結局自分達は彼女達に命じるばかりで、直接的に力になれることは少ない。

因幡達オペレーションルームの職員は、基本的に恨まれる立場である。なぜならここの職員達は、時には魔法少女を使い捨てにする命令を出さなくてはならないからだ。職員の中には、魔法少女の遺族達に襲撃を受けた者すらいる。

けれどその非情さこそが組織であり、護国の徒としての使命でもある。

――感傷に浸っている暇はない。ただ、自分にできる最善を取り続けるしかないのだ。

そして因幡は、冷静に時間を報告した。

「二十分、いいえ、余裕をみて三十分の時間を稼いでくだされば、六華の二名が現地に到着します。必ず、それまでには間に合わせてみせますから……！」

『そうですか。――あの、一つだけいいでしょうか』

「はい、何なりと仰ってください」

因幡は、何を言われても仕方がないと身構えた。

彼女の出動は完全な善意であり、義務として強いられたものではない。いくらシステムの不具合が原因とはいえ、そうせざるを得ない状況を作り出してしまった政府に対し、彼女は文句を言う権利がある。

けれど、彼女の口から出た言葉は予想とはまったく違っていた。

『後のことはよろしくお願いしますね。逃げ遅れた人達が沢山いるでしょうから、もし結界の崩壊に巻き込まれたら困ったことになってしまいますし。――ああそれと、私がうっかり魔獣を倒してしまった時は、箱根まで来てくれた六華の方に一緒に謝ってくださいね。急いで来てくれたのに、無駄足になってしまいますから』

ふふふ、と微かに笑いながら彼女は穏やかにそう言った。

そんな葉隠に対し、因幡は何も言葉が出なかった。

――なぜ彼女は死を前にして、そんな風に穏やかに笑えるのだろうか。

因幡には、どうしても分からなかった。周りの職員からも、驚いたように声を上げる様子が聞こえてくる。

「……必ず勝てる者を派遣します。絶対に、街に被害は出させません」

因幡は硬く拳を握りしめた。この魔法少女《ひと》を失ってしまうことは、ひどく悲しい。けれど、立ち止まっている暇は自分達にはない。

――我々は自分なりの仕事をして、戦ってくれる魔法少女達に報いなければならない。たとえ悪だと罵られようとも。

因幡のその言葉に、葉隠はほっとしたように息を吐いた。

『頼りにしています。……ああ、すいません。時間切れみたいだ――』

「葉隠さん？　もしもし？　……切れてしまったか」

そんな言葉を残し、葉隠桜との通話は途絶えた。

因幡はそっと胸に手を当て、目を閉じてから息を吐いた。

どんなに辛くても、今すぐに気持ちを切り替えなければならない。そして静かに目を開けると、因幡は後ろを振り返って言った。

「みんなさっきの通話は聞いていたな？　――急いで自分のやるべき仕事に取り掛かれ!!」

――はい!!　と一斉に声が上がる。中には涙ぐんでいる職員もいた。気持ちは分かるが、今は泣いている余裕などない。

「……それでも勝って生き残って欲しいと思うのは、私のエゴなんだろうな」

因幡はそう呟きゆるく首を振ると、自らの為すべき仕事へと戻っていった――。

14. 人の誉れ

空間を引き裂いてその場に現れたベルは、鬼のような形相で鵜のことを睨み付けている。

見た目がほぼ猫そのものなのでそこまで怖いとは感じないが、周りに漂う空気はベルの威圧のせいでひどく重い。……これはかなり怒っているな、と鵜は苦笑した。

それはそうだろう。可愛がっていたペットが飼い主を裏切ったのだ。怒らないはずがない。

——自分が何をしたかなんて、そんなのは自分自身が一番分かっている。だからこそ心が痛い。

「政府への連絡はもう済ませたよ。あとはここで敵を待つだけだ。……はい、これ。預かっていた物を返すよ」

鵜はそう言って、手に持っていた端末をベルに放った。きっと自分が使うことはもうないだろうけど、今度からは地面に落とさずに大切に扱ってほしいものだ。

ベルは端末を尻尾を使って器用に受け取ると、チッ、と大きく舌打ちをした。

「言いたいことは、それだけか」

「……ベル様には本当に悪いことをしたと思ってるよ。謝って済むような話じゃないだろうけど、それでも——ごめんなさい」

そう言って、鶇は深々と頭を下げた。

ベルにとって鶇は駒の一つでしかないかもしれない。それでも、使い勝手が良かった道具を失うことはベルにとっても痛手だろう。そう思うと同時に、鶇はこんな謝罪なんて何の価値もないと自嘲した。

いくらベルに頭を下げたところで、もう鶇が勝ち目のない戦いに行くことは決定している。ベルが許そうが許すまいが、鶇はもう五分後には死地に向かわなくてはならないのだ。

結局この謝罪行為は、鶇が楽になりたいが為のエゴに過ぎない。

ベルもそれを分かっているのか、鶇を冷たい目で見るばかりで、何のアクションも起こさない。

……完全に悪いのは鶇の方だが、大恩のある神《ひと》に嫌われるのはやはり堪える。

そしてしばしの静寂の後、ベルは心底呆れたとでもいうように大きな溜め息を吐いた。

「頭をあげろ。そんなもの、見ていても面白くもなんともない」

そう言われ、鶇は静かに顔をあげた。

……きっとそれは、言葉通りの意味なのだろう。別に許されたわけでも何でもない。

ベルは不機嫌そうに言葉を続けた。

「端末のログは見た。もう取り返しがつかないことも分かった。……で、貴様はどうするつもりだ。A級相手に数十分時間を稼いで、それで終いか？」

ベルにはっきりとそう言われ、鶇は少し居心地が悪そうに口を開いた。

「そういうことになるのかな……。はっきり言うと、三十分も自分が持つかどうかすら分からないけど、それでも絶対にやり遂げてみせるよ」

鶫にだって、この三か月間努力してきたという自負がある。どんな相手であろうとも、逃げの戦法をとれば鶫のスキルならそれくらいの時間は稼げるはずだ。

戦うのが怖くない――とは決して言えない。けれどあのまま何も行動を起こさずにいたら、鶫はきっと一生後悔していただろう。

――もし、鶫が名乗りを上げずに千鳥が魔獣に殺されてしまっていたら。そう考えただけで体の震えが止まらなくなる。そんな思いをするくらいなら、戦いに挑んだ方がまだマシだ。

……幸せな日常が永遠には続かないってことくらい、鶫にだって分かっていた。別れはいつだって突然やってくる。人に出来るのは、その時に後悔しないよう懸命に生きることくらいだ。

だからこそ、鶫は自分が魔法少女で良かったと心底思う。

もしも自分が魔法少女じゃなかったら、千鳥を救う手立てはきっと見つからなかった。その幸運を心から喜ぶべきだろう。

――そう、だから自分はみっともなく『死にたくない』だなんて思ってはいけないのだ。

鶫が覚悟を決めた顔でそう告げると、ベルの姿がゆらりと消えた。

「この、犬畜生にも劣る敗北主義者がァ!!」

「わっぷッ!! ――あ、え、甘っ!」

瞬きをする間に距離を詰められ、手に持っていた何かを口にねじ込まれる。思わず一部を飲み込んでしまったが、あまりのことに脳が付いていかない。

口元に手をやり、押し付けられたものを掴む。

――ふわふわの生地に、濃厚な味のカスタードクリーム。どう見ても、先ほどまでベルが食べていたシュークリームだった。値段が馬鹿みたいに高かっただけあって味はすこぶる良い。

鶫は目を白黒させて、ベルとシュークリームを交互に見やった。ベルは一体何がしたいのだろうか。

「い、いきなり何を――」

「ふん、先ほどまでの腐った目よりはマシになったな。――ああそうか、成る程。何故こんなにも腹立たしい気持ちになるのか、ようやく理解した」

ベルはそう言うと、怒りに満ちた目で鶫を睨みつけた。

けれど、その怒りは先ほどこの場に現れた時とは少し毛色が違っており、鶫は訳が分からずに混乱する。

「三か月前のあの日、貴様は為す術もなく無様に死にかけていた。――だが、何故我が貴様を拾ってやったのか分かるか？」

「……女が嫌いだったから？」

少なくとも、鶫はそうとしか聞いていない。だが、ベルはこの返答が不満だったようだ。

「それもあるが、まさかそれだけの筈がないだろう」

馬鹿め、といつもの調子で詰られる。その声音がどこか優しく感じられて、鶫は動揺で言葉が出なくなった。

「──あの日、我は貴様が怪我を負った時から動けなくなるまでずっと観察をしていた。脆弱《ぜいじゃく》な人間が無様に死んでいくのを嘲笑ってやろうと思ってな。──だが、貴様は諦めなかった。限界を超えてなおも、死んでやるものかと足掻き続けた。我はその心意気を買ったのだ」

「……それは、あの時は死ねない理由があったから」

「それと今と、何が違う」

そのベルの言葉に、鶫は押し黙った。比べられるものではないと思いつつも、心の中ではその本質が近いことを認めてしまっていたからだ。

あの時はただ、自分の行いのせいで千鳥が悲しむことが嫌で、千鳥を一人残したままで死にたくなかった。

……ああそうだとも、その気持ちは今でも変わらない。

違うのは、偶然遭った事故によって死ぬのか、自ら戦いを挑んで死ぬかくらいの差だ。

そう自覚してしまうと、あの時と同じような不安が生まれてくる。

葉隠桜が敗北し、鶫が事実上の失踪状態に陥れば、千鳥はきっと真相を探ろうとするはずだ。

そしてもし鶫がいなくなった理由──千鳥を救う為に死んだことが発覚したら、彼女は一体どう思うのだろうか？

……もしも立場が逆だったらと思うと、とても正気でいられる自信がない。考えるだけで胸が苦しくて泣きそうになる。

別に鶫だって千鳥の気持ちを考えていなかったわけじゃない。ただそれでも、自分はこの行為が最善だと信じていた。……それだけだったんだ。

　黙り込んだ鵺に、ベルがさらに追い打ちをかける。

「守って死んで、それで終わりか。――笑わせるなよ、この利己主義者《エゴイスト》。結局貴様は自分が辛くない方へと逃げているだけだ。これだけ我や貴様の姉を蔑ろにしているくせに、誰かの為だなんてよく言えたものだな」

「だって……、だからって、何もしないわけにはいかないだろう!?　ああそうだよ、俺はただ自分が千鳥に死んでほしくないだけだ！　だから戦うと決めた！　それの何が悪いんだよ！　俺が時間を稼いで丸く収まるなら、別にそれでいいじゃないか！」

　鵺は吠えるようにそう叫んだ。これ以上何も聞きたくなかったからだ。

　正論なんて、そんなもの今さら言われたところでどうにもならない。これから死ぬ奴に追い打ちなんてかけなくたっていいじゃないか。自覚さえしなければ、きっと穏やかな気持ちで死んでいけたはずなのに……。

　鵺はまるで八つ当たりのようにそう思った。

「自殺志願もここに極まれり、か。わめく暇があるなら対策の一つでも練ったらどうだ。時間はあと数分しかないのだぞ。相手を倒してやるくらいの気概がなくてどうする」

「……俺がA級に敵うわけないだろ。そんなことしたって、何の意味も――」

　そこで、鵺の言葉は途切れた。いや、何も言えなくなった。

――ベルに頬を叩かれたのだ。

ベルからこうして直に接触を受けるのは二度目だった。しかも、その時よりもずっと重い一撃だった。あまりのことに、呆然としてベルを見上げてしまう。

「七瀬鵺ッ！　貴様はあの時、縋り付いてでも生きていたいから我の手を取ったのだろうが！」

あのベルが、鵺の名前を呼んだ。その衝撃で思わず目を見開く。

「勝てない、敵わない、実力が足りない――それがなんだ！　どこに諦める理由がある。死にたいならまだしも、最初から逃げ腰でどうする⁉　それでもお前は我の見込んだ契約者かッ‼」

「ベル様……」

小さく呻きながら三か月前のあの日のことを思い出す。あの時諦めなかったからこそ、今がある。死人同然だった鵺を拾い上げた、悪魔のような優しい神様。鵺の意地が掴み取った、唯一の奇跡。

その神様が――今も鵺のことを真っすぐに見てくれている。

「貴様の生き足掻く様を見て、人の可能性を信じてみようと思った我の判断が間違っていたとは決して言わせない！　貴様に少しでも我に報いたいという気持ちがあるならば、これからも生きて仕えるくらいのことを言ってみたらどうなのだ！」

ベルはそう言って、不遜に腕を組んで鵺のことを見下ろした。言いたいことは言い切った、とでも言いたげな様子だ。

ベルは、鵺の言葉《こたえ》を待っている。

鵺は打たれた頬を押さえながら、はは、と小さな笑みを浮かべた。

――ああ、どうして。どうしてこんな状況なのに、こんなにも嬉しいのだろう。

じわり、と視界が歪む。……まともな涙なんて、もう何年も流していなかったのに。

――ねえ神様、俺はまだ生きたいと思ってもいいのかな？

鶫はぐいっと袖で涙を拭い、赤い目でベルのことを見つめた。

「あのさ、もしも俺が勝ったら、ベル様は俺のこと褒めてくれる？」

「調子に乗るな。たとえどんな相手だろうと、我に勝利を捧げるのが貴様の――葉隠桜の仕事だろうが」

「……つれないなぁ」

へへへ、と鶫は泣き笑いのような笑みを浮かべた。

鶫のメンタルはもうボロボロだ。千鳥の為と銘打って、必死に物分かりの良いふりをしていたけれど、そのメッキもベルによって剝がされた。

今はもう、死ぬのがただ怖くて仕方がない。――だというのに、心は晴れやかだった。

実力差は絶望的。勝てる要素なんてどこを探しても見つかりそうもない。でも、自分はまだ死んではいない。

たとえ蜘蛛《くも》の糸のように細い可能性だったとしても、生き残る目があるならそこに賭けてみよう。

――だってこの厳しくて高潔な神様は、このどうしようもない七瀬鶫のことを信じてくれているのだから。

「俺は、勝つよ。勝ってみせる。Ａ級――神話の再現がなんだっていうんだ。いつの時代だって、化物は人間に討ち滅ぼされるものだって相場は決まってるんだからな！」

震えた声で、そう自分を鼓舞する。今だけはみっともなくたって大言壮語を吐いてやろう。別にズタボロになったってかまわない。泥臭く、情けなくって無様でも、最後に立っていた者が勝者だ。

——七瀬鶫は嘆かない。進むべき道は、もう決まったのだから。


魔獣の襲来まで、残り五分。

緊急警報が鳴り響く箱根の温泉街付近では、避難する住民や、観光客による交通渋滞ができていた。

そのバスの中の一台に、七瀬《ななせ》千鳥《ちどり》と芽吹恵《めぶきけい》の二人は乗っていた。

——とんだ大事になってしまったな。

そんなことを思いながら、芽吹は顔色を青くして震えている千鳥の背中をさすっていた。

千鳥は警報が鳴り響いた時には比較的冷静だったのに、あることが分かってからこのような状態になってしまったのだ。

その理由は何となく推測はつくが、芽吹は彼女にかける言葉が見つからずにいた。

つい十分前までは恐慌状態だった車内は、政府から魔法少女の派遣が決まったと連絡があってからは徐々に落ち着いてきている。

それでも乗客の中には千鳥のように怯えている者もいるが、派遣される魔法少女が余程のへまをしないかぎり、箱根にいる人達が魔獣の被害に遭うことはないだろう。

近くにいるバスの運転手と添乗員の会話が、芽吹の耳に入ってくる。

「それにしても、政府からの連絡がギリギリ過ぎて焦ったよ。八咫鏡の不具合が原因だって？　政府も、もう少ししっかりしてほしいよなぁ」

「そうよねぇ。しかも政府の魔法少女が間に合わなくて、在野の子に依頼をしたんでしょう？　あ、でもその子の等級はC級らしいわ。こう言ったら失礼だけど、本当に大丈夫なのかしら。六華が駆け付けるまで持てばいいんだけど……」

「そういうことを言うなよ。不安になるだろうが」

バスの運転手達はコソコソとそう言って溜め息を吐いていた。

……そんな不謹慎な話は乗客の側でするような会話ではないと思うが、彼らが不安に思う気持ちは分かる。冷静でいるには、今回はあまりにもイレギュラーが重なりすぎた。

八咫鏡の不具合も、政府の派遣ミスも、今までに前例がないことである。また厄介なことが起こるかもしれないと勘繰るのも無理はない。

それに芽吹としても、派遣されてくる在野の魔法少女について少し思うところがある。

等級違いの魔獣を相手取ることを了承したその少女の名前は――葉隠桜。芽吹の可愛い後輩によく似た、学校で最近話題になっている新人の魔法少女だ。

できることなら、葉隠桜とはもっと他の形で関わりたかったと心から思う。こんな風に考えるのは失礼かもしれないが、今回の戦いで彼女が生き残る可能性は極めて低い。

雪野雫《しずく》――かつてD級の時にA級の魔獣を打倒した例外中の例外を除けば、二ランクも上の魔獣を倒すなんて通常では不可能だ。

おそらく葉隠桜は、逃げ遅れた人達の為に決死の覚悟でA級の魔獣に挑むのだろう。その無償の献身に、芽吹はただ感謝することしかできない。……こういう時、自分の無力さが心底嫌になる。

それと、もう一つ気になることがある。――千鳥のことだ。

千鳥がこうして血相を変えて震えだしたのは、葉隠桜の名前が出た瞬間からだ。

しばらく前に鵺に似ている魔法少女――葉隠桜のことを聞いた時には、千鳥は葉隠桜とは無関係だと答えていたが、この様子だとやはり何か隠していることがあるのかもしれない。

「千鳥、大丈夫なのかい？　――千鳥？」

芽吹はカタカタと震え続ける千鳥を不安に思い、口元を押さえて俯いている千鳥にそう声をかけたが、彼女は何も言葉を返さない。

そして芽吹が確認の為に顔を近づけると、千鳥は小さな声で何かをぶつぶつと呟いているようだった。

不思議に思いながら、そっと耳を澄ましてみる。

「――せいだ」

「――私のせいで、あの人が。私がこんなところに居るから。私のせいで。私が全部悪いのに。私が。私のせいで、またさくらお姉ちゃんが死んじゃう――」

千鳥の口から紡ぎだされたその内容に、芽吹は背筋が凍るような感覚に襲われた。どう見ても、まともな状態だとは思えない。

まるで壊れたレコードのように、千鳥は同じ言葉をぶつぶつと繰り返している。その目は完全に恐怖に染まっており、泥のように吐き出される言葉を懺悔と呼ぶにはあまりにも哀れに見えた。

「っ、千鳥ッ!!」

芽吹はいても立ってもいられず、大声で千鳥の名前を呼んだ。周りの乗客が何事かと驚いたように二人がいる方を振り向いたが、そんなことを気にしていられる余裕はない。

やや乱暴に千鳥の肩を揺すり、無理やり目線を合わせる。このままの状態にしておいたら、きっと碌なことにならない。

今の千鳥は明らかに錯乱している。これで駄目なら頬を張ってでも正気に戻すしかない。

「――あ、けい、せんぱい?」

そんな芽吹の必死の心配をよそに、千鳥は急に夢から覚めたかのようにぼんやりとした顔をして芽吹のことを見つめ返した。その目には、しっかりと芽吹のことが映っている。

その様子を見て、芽吹はほっと息を吐いた。意識がちゃんとこちらに向いているなら、まだ大丈夫だろう。

「千鳥、少し落ち着きなさい。ほら、深呼吸をして」

芽吹がそう言うと、千鳥は言われるがままに大きく息を吸った。そのまま深く息を吐き出すと、千鳥は少し冷静になったのか、困惑した顔をしながら頭を下げた。

「ご、ごめんなさい、先輩。私なんだか取り乱していたみたいで……」

「いいや、かまわないさ。後輩とは先輩に迷惑をかけても許される身分だからね。もっと頼ってくれてもいいんだよ？」

芽吹は千鳥の意識が戻ったことに心の中で安堵しながらも、そんな風にいつもの調子でおどけてみせた。千鳥はつられるように少しだけ微笑んだが、それでもその表情はまだ硬い。

ゆっくりとペットボトルの水を飲ませ、千鳥の様子が多少落ち着いた頃に芽吹は話を切り出した。

「少し話を聞いてもいいかな？」

「はい……」

千鳥が静かに頷く。芽吹は躊躇いながらも、思っていたことを口にした。

「千鳥、君は――やはり葉隠桜のことを知っているんだね？」

その問いに、千鳥は小さく首を横に振った。芽吹はその答えに眉を寄せたが、千鳥は困ったように目を伏せて言った。

「ごめんなさい。本当に葉隠桜さんのことは何も分からないんです」

「なら、何故あんなに彼女の名前に反応したんだい？」

「……さっきのことは、彼女――葉隠桜さんはあくまでも引き金になっただけで、直接の関係はないんです。脳裏に浮かんだ彼女の姿が、少しだけ思い出した昔の出来事に重なってしまって……。もう十年も前の出来事なのに、トラウマってこんなにも恐ろしいものなんですね……」

千鳥が言う十年前とはつまり、千鳥が記憶を失くしたとされる大災害に関係することなのだろう。

「何かを思い出したのかい？」

「断片的ですが、少しだけ。大部分は鶫と一緒で何も思い出せないままですけど」

そう言って、千鳥は悲しそうに微笑んだ。

「先輩は、さっき錯乱した私が言っていたことを覚えていますか？」

「ああ、『さくらお姉ちゃん』だったかな？　……他にも色々と不穏なことを言っていたけれど、それはひとまず置いておこうか」

「……葉隠桜さんは、その『さくらお姉ちゃん』によく似ているんです。でも年齢が合わないし、そもそもお姉ちゃんがあそこにいるわけがない――」

千鳥はまるで自分に言い聞かせるように、静かに言葉を続けた。

「だってさくらお姉ちゃんは――十年前に私と鶫を庇って死んだはずなんだから」

「それは一体……」

芽吹が言葉を続けようとしたその瞬間、空間がブレるような感覚があった。おそらくこの辺りを覆うように、魔法少女の結界が張られたのだ。

――つまり、ついに魔獣がこの箱根に舞い降りたということになる。

「千鳥。この件は後でじっくりと話そう。今はどうしても戦いの状況の方が気になってしまいそうだからね。君も彼女のことが気になるんだろう？　……それにどういう結果になるにせよ、君は結果を見届けるべきだと思うよ」

千鳥の言うように彼女と葉隠桜とは直接の関わりはないかもしれないが、その『さくらお姉ちゃん』と重ねて見てしまうくらいには、特別な感情を抱いていることは間違いないだろう。そうでなければ、ただ似ている程度であそこまで取り乱すことはないはずだ。

芽吹のその言葉に、千鳥は少しだけ考えるそぶりを見せると、躊躇いながらも頷いた。

「……はい、そうですね」

そうしていくつもの疑問が残されたまま、葉隠桜の戦いは幕を開けた。

15・神代の怪物

「――来たか」

ベルがそう呟いた瞬間、鵺の体に微弱な電流のようなものが走った。

多分これが魔法少女が結界を張るときの感覚なのだろう。今までは結界を張るのもベルに任せきりにしていたので、なんだか新鮮な気分である。

世界が鏡映しのように切り替わっていくにつれて、箱根の芦ノ湖《あしのこ》周辺に濃い霧のようなものが広がっていく。

それと同時に感じる、凄まじい重圧《プレッシャー》。ビリビリと肌を突き刺すようなその気配は、相対するだけで怯んでしまいそうなくらい恐ろしい。

芦ノ湖の畔《ほとり》に見えるその敵影は、今まで戦った魔獣とは比べ物にならないくらい大きい。そして霧がゆるやかに晴れていくにつれ、その実体が明らかになっていく。

――それは、大きな蛇だった。

しかも一匹ではない。九匹の巨大な金色の蛇が折り重なり、絡み合うような奇妙な姿をしている。

体長はおよそ、五百メートルから三百メートルの間。一匹の胴の太さは直径三メートルほどで、単体で見ると少しずんぐりとした体形をしている。

一見すると日本神話の八岐大蛇《やまたのおろち》のようにも見えるが、それにしては違和感がある。

「あれはラドンだな。あちらの竜種に気配が似ている」

ベルがそうぽつりと呟いた。

「ラドンって、ギリシャ神話に出てくるあの蛇のこと？」

その鵺の問いかけに、ベルはしっかりと頷いた。

――ラドン。正式名称はラードーンといい、それはギリシャ神話に出てくる百の頭を持つとされる大蛇のことを示している。有名なのはヘラクレスの十二の試練の話だろう。けれど目の前の蛇は、神話と違って九つの頭と尾しか生えていない。

「頭が九つしかないから、てっきりここの『九頭竜《くずりゅう》伝承』に準《なぞら》えたのかと思ったけど、違うんだ」

芦ノ湖を根城としていた悪しき九頭竜を僧侶が説き伏せて、守り神に昇華させたとされる古い伝承だ。先日千鳥が箱根の神社について話していたので、その伝承のことはよく覚えていた。

鵺がそう軽く説明すると、ベルは感心したように頷いて言った。

「……なるほど、考えたものだな。この地に残る『恐れ』を器にしたのか。道理で出現までの時間が短いわけだ」

「えっと、つまりどういうことなんだ？」

「簡単な話だ。ヤツは地上に降りてくるのに、この地に存在したとされる『九頭竜』という魔物――人がそう定義付けた器の中に、ラドンという別の中身を注ぎ込んだ。その方法なら、今回のように短期間での出現が可能になるのも納得だ」

「……ふうん？」

鶫にとっては少し分かりにくい説明だったが、つまり元々ここに住む人々が持っていた九頭竜のイメージの中にラドンの意識が入っている、ということでいいのだろうか。

「それだと今回のことは八咫鏡の不具合じゃなくて、完全に規格外のイレギュラーってことになるのか？　……こんな異常事態が何回も続くようなら、政府だってやってられないだろうな」

……本当に厄介な話だ。けれど日本の政府だって馬鹿じゃない。ベルの話した推測程度のことには簡単に辿り着くだろう。イレギュラーに対して取れる対策があるかどうかはまた別の話だが。

まあ、その辺りのことは政府が努力するしかないだろう。今は、目の前のことが先決だ。

魔獣から遠く離れた場所に居るからといって、鶫は別に気を抜いていたわけではない。ベルと話をしながらも、鶫はしっかりとラドンのことを観察していた。

ラドンは湖の浅瀬の辺りを、ノロノロとした動きで這いずっている。どうやらあの様子だと動きは遅そうだ。

――まずは手始めに、一番右端の首に攻撃をしかけてみよう。

そうして鶫は自分自身をスキルで透明化させ、転移で近くに忍び寄り、糸を首に絡めて切断を試みた。

「……え？」

その首は、手ごたえすら感じないくらい簡単に両断された。大量の血を吹き出しながら、黄金の

首は湖へと落ちていく。その刹那——首の顔が、ニタリと笑ったような気がした。

手ごたえの無さもそうだが、なぜこの大蛇は首が一本落とされたというのに狼狽えもしないのだろうか？

——けれどその理由は、すぐに分かった。

「う、わぁ」

ぐちゃぐちゃと生々しい音を立て、胴体の根元から新しい首が生えてくる。簡単に倒せるものではないとは思っていたが、やはりそういうタイプか。……となると、さっき落とした首の方も危ないんじゃ——。

「——ッつ!!」

背筋に悪寒を覚え、糸を用いてその場から瞬時に離れる。

ドン、と先ほどまでいた場所から何かが砕けるような音が聞こえてきた。振り返ると、そこにはクレーターのように大きく抉られた地面があった。

あたりを見渡すと、遠くで蛇が湖から顔を出し、鵺の方を向いて大きく口を開けていた。微かに口元に煙のようなものも見える。場所は先ほど首を飛ばした所——つまりアレは十本目の首だ。

よりにもよって増殖タイプか、と鵺は舌打ちしながら蛇を睨み付けた。——それにしても、と思いながら口を開く。

「最近の竜種はみんなビームが撃てるのかよ……」

なんとも嫌な事実である。けれど、魔獣の大半は人の持つイメージを原型として作られているらしいので、それだけ多くの人が『竜＝ビーム』だと思っているのかもしれない。……明らかにゲームのやりすぎだろう。

それはともかく、首が増えるとなると首を落とすのは悪手かもしれない。糸を湖の中に忍ばせて、落ちた首の形状を確認してみたが、首自体にも再生能力があるらしく、すっかり切り離した首から新しい胴体が復活してしまっている。このままでは、闇雲に戦っても敵の遊撃部隊を増やしてしまうだけだ。

「水に潜られるのが厄介だな。さすがに水の中だと糸の動きも鈍いし……」

そんなことを考えながら、鵺はラドン本体の付近に探索用の糸を仕掛けた。

――なぜあの本体は、一切動きを見せないのだろう。鵺としては最初から激しい攻防が続くのではないかと戦々恐々だったのだが、ああも動かないとなると別の何かをしているんじゃないかと疑いたくなる。

――ラドンの特性とは。百の頭の行方。不死とされる説。体中に口がある。かつては毒矢で死んだ。様々な記憶を掘り起こし、何か対策がないかを摸索する。

すると鵺は、奇妙なことに気が付いた。

「……ん？　なんだ、これは」

ハッとして湖を見渡す。心なしか水面の高さが上昇している気がした。そして風もないのに、波が起こったかのように水面が揺らいでいる。

くいっと、指先の糸を引く。

ラドンの反応が、最初より大きい？　いや、増殖している――!!

鶫がそれに気づいた瞬間、水面の一部が盛り上がった。そして天を目指すように、一本の金色の何かが飛び出てくる。

鶫はその金色を見上げ――幾百もの瞳と目が合った。

ゾッと体中の毛が逆立ち、とっさに転移を使い反対側の山へと飛ぶ。

――考える暇もなく動いたが、どうやらそれは正解だったようだ。

ガガガガッ!!　と大きなものが崩れるような爆音が辺りに響く。元いた場所に目を向けると、そこには信じられない光景が広がっていた。

「や、山が抉られてる……」

先ほどまで鶫がいた山は、大きな何かに薙ぎ払われたかのように茶色の地肌が露出していた。

それを為したのは、あの金色の触手――いや、蛇の集合体だ。

「本体が動かなかったのは、水の中で分裂していたからか。……あんなのどうやって倒せっていうんだ」

山の破壊によって舞い上がった砂ぼこりが晴れていく。山の上から見ることができる触手、いや蛇の尾の数はおよそ六本。これは推測だが、きっと本体の首と同じ数だけ、あの長い尾を湖の中に隠しているのだろう。

「あれが本来のラドンの姿なのかもな。――まさしく怪物そのものだよ」

一本の尾の長さは、およそ千メートル。場合によってはもっと伸びるだろう。

しかもあの尾は所々で繋がっている頭から遠距離攻撃の光線まで出してくる。攻撃範囲だけ考えれば、この芦ノ湖周辺は完全に押さえられてしまったと言っていい。

状況は、決して良いとは言えなかった。

けれど鵺は怯みもせずに張り巡らせた糸の上を駆け、尾の攻撃をすり抜けて本体を目指した。

――あの本体が神話通り百の頭を持つというのなら、百回首を落として再生できないようにすりつぶしてやればいい。いくらA級の魔獣とはいえ、その力のリソースは無限ではない筈だ。無限に再生し続けるなんてことは絶対にできないだろう。

最初は前回のワイバーン戦のような遠距離攻撃も考えたのだが、あれは被弾までに時間が掛かりすぎる。途中で尾を使って守りを固められたら、本体にダメージなんてほとんど通らないだろう。

幸いにも、鵺の能力は持久戦にも向いている。攻撃さえ当たらなければ、体が動く限りは戦い続けられる。

――淡々と本体の首を一本切り落とし、すぐに転移で離脱する。余裕があれば首を切り刻むことも忘れずに。それを延々と繰り返す。時折尾の攻撃が掠ってしまうが、別に動きに異常が出るような傷ではない。

攻撃を繰り返しつつも、やはり心の中に微かな不安は残っている。この首を落とす行為が、本当に効いているかどうかは分からない。もしかしたら徒《いたずら》に敵を増やすだけで、何の意味もない行為なのかもしれない。

それにもしラドンが逸話通りの性能をしているなら、毒物以外では殺せない可能性だって捨てきれないのだ。

……もしこの場にいるのが六華のメンバーだったとしたら、そんな相性や条件など物ともせずに魔獣を倒していたことだろう。

序列一位の遠野すみれならば、芦ノ湖ごと魔獣を燃やし尽くしたはずだ。

序列二位の壬生《みぶ》百合絵ならば、巨体を一刀のもとに切り捨てていただろう。

序列三位の鈴城蘭ならば、この箱根一帯を毒の湖にして魔獣を溺れさせていたに違いない。

けれど、鵺にはそんな必殺技は何もない。一つだけ奥の手らしきものはあるが、あれは博打の要素が強すぎる。使うとしたら、それこそ他に打つ手が無くなった時だけだろう。

そうして何度めかの突撃の後、鵺はぜぇ、はあ、と肩で息をしながら、尾の攻撃から逃れるように岩の陰に隠れた。さすがに連続で戦うとなると体力が持たない。

「どうする？　勝てないと諦めるか？」

隠れ潜む鵺の隣にふわりと舞い降りてきたベルが、からかうようにそう聞いた。

――まったく、どう答えるかなんて分かりきっているくせに。

「はっ、嫌だね。――絶対に諦めない」

鵺は笑いながらそう言った。

だって、まだ鵺の心は折れてなんかいない。

それに戦いは、――まだ始まったばかりなのだから。

――一方その頃、箱根から十キロほど離れた場所に、一台のヘリが降り立った。

ヘリから降りてきたのは、二人の少女だった。いや、その内の一人は少女というよりも女性と言ったほうが適切だろう。

六華の序列三位、鈴城蘭《すずしろらん》。そして序列五位の柩藍莉《ひつぎあいり》。この二名こそが、政府から派遣されてきた後詰めの魔法少女だった。

大学生から社会人の間くらいの年齢に見える女性――柩はヘリを降りると、出迎えた政府職員に状況を問いかけた。

「今の状況はどうなっていますか？」

「現在も、対応に駆けつけてくれたC級の魔法少女が応戦中です。ですが……、やはりお二人のどちらかに出てもらうことになってしまいそうですね」

「そうですか……。写し鏡はどこにありますか？　今後の対応を検討したいので、戦いの様子を見たいのですが」

「はい。こちらへどうぞ」

職員がそう返事をし、柩と鈴城はその背中に付いて歩く。

黙って二人の会話を聞いていた高校生くらいの少女――鈴城は柩の袖口を引くと、不満げに口を尖らせた。

「ねえ、藍ちゃん。なんで戦ってるのがC級の子なの？　相手はA級の魔獣なんでしょ？」

「……鈴城さん。あなたヘリの中で話をまったく聞いていなかったんですね？　ちゃんと説明したでしょう。政府に不手際があって、在野の転移スキル持ちの子が善意で駆け付けてくれたんですよ」

明け透けな鈴城の物言いに、枢は咎めるようにそう言った。すると鈴城はバツが悪そうに眉をひそめ、小さな声で言った。

「……ヘリはちょっと苦手だったから、酔っちゃいそうであんまり話は聞いてなかったかも」

「そうなんですか？　でもそういう時はちゃんと事前に申告してくれないと困ります。貴女も人の上に立つ立場なんですから、もっと言動には気を付けないと――」

「もう、分かったってば。次からはちゃんと気を付けるって」

そう言って枢の言葉を途中で遮り、鈴城は煩わしそうに眉をひそめると不機嫌そうにそっぽを向いた。どうやら機嫌を損ねてしまったらしい。

枢はそれを見て呆れたように溜め息を吐くと、そのまま職員の方へと向き直った。

……休みの日に急に呼びだされて何事かと思ったけれど、戦う前からこんなに疲れるなんて思ってもいなかった。

枢はそう思いながら、小さく肩を落とした。

六華の人員は癖が強い人間ばかりだが、特に鈴城は性格的に子供っぽいところがあって対応に困る。

これでも鈴城は魔獣との戦いに関しては真摯で優秀なのだが、それ以外の常識がまだきちんと備わっていない節があるのだ。

年上の責任として気が付いた時には注意をしているが、六華の序列自体は鈴城の方が上なので、あまり強くは言えないジレンマがあった。

——政府の人も、もう少しちゃんと鈴城さんに注意してくれればいいのに。こんな調子なら雪野さんか遠野さんが一緒の方がまだ良かった。

そう思い少し憂鬱な気持ちになったが、枢を緊急招集した際の箱根の状況は一分一秒を争う事態だったようなので、文句ばかりも言っていられない。

「着きました。写し鏡はこちらになります」

そう考えているうちに、写し鏡のある場所に着いたらしい。

小さな祠のような建物の中に、二つの大きな鏡が向かい合うようにして置かれている。

日本の各地に配置してあるこの大鏡は、一番近くで繰り広げられている魔獣の戦いを自動的に映し出す機能を持っているのだ。

普段は一般にも開放されているが、今回のように上級の魔獣に対応しなくてはならないケースでは、こうして政府の人間が優先して使用できるようになっている。

枢達はその内の一つ——魔獣がメインに映っている鏡を覗き込んだ。

「案内ありがとうございました。……これは、ひどいですね」

「うわ、キモい。こいつめっちゃエグくない？」

柩と鈴城は、ほぼ同時に声をあげた。言葉こそ違うものの、それが指す意味はほとんど一緒である。

真っ先に目をひくのは、その魔獣の悍ましさだ。

湖の半分を覆うように伸びるそのうねうねとしたモノ――幾重にも絡まった蛇で作られた触手のようなものが、まるで鞭のようにしなり山や街を破壊している。

その蛇達は口から光線のようなものを出して、被害を拡大させていた。

そして数本の触手の中央部にある塊――九つの頭を持つ蛇達は余裕そうに首をもたげている。

「この個体の詳細をまとめてあります。ご確認ください」

職員から個体名や戦闘詳細などがまとめられた書類を受け取り、急いで目を通す。

その中で、弱点は恐らく毒であるという表記を見つけ、柩は思わず鈴城を見つめた。彼女の適性は【毒】だ。まさに今回の敵にあつらえたような人選である。

鈴城もその表記に気が付いたのか、分かりやすくホッとしたような表情をみせた。

「なんだ。これなら次はうちが戦った方が早いね。あ、それとも藍ちゃんが戦いたかった？」

「いいえ、確実に勝てる人が戦う方が的確かと」

――無駄に命を張らなくていいのなら、それに越したことはない。

柩は六華という魔法少女の最高峰に選ばれているが、実力自体はそこまで高い方ではない。スキルが上手く嵌らなければ、B級相手でも苦戦することがあるくらいだ。

……正直なところ、柩自身も自分がなぜ六華に選ばれたのかよく分かっていない。運が良かったのか、それとも悪かったのか。そもそもいくらA級以上の魔法少女からの選抜とはいえ、実力ではなく国民投票でそれを選ぶというのはどうなのだろうか。

　枢は来年の一月にある投票のことを考えると、今から気が滅入る。

　誰が選ばれても、結局面倒なことになるのは確実だ。

　——『六華』という看板は、並みの魔法少女には重すぎるのだから。

　そんなことを考えていると、枢は鈴城に背中を軽く叩かれた。

「藍ちゃん。ちょっとこれ見てよ」

「何ですか?」

　珍しく硬い声をした鈴城に、枢は首を捻った。鈴城がこんな真面目な声を出すのは、本当に珍しい。

　そして枢は、鈴城が指さした物——魔法少女が映っている鏡を見つめた。

　その鏡に映っていたのは、満身創痍の一人の魔法少女である。服はすでにズタボロで沢山の泥が付いており、手足には浅くない傷がいくつも刻まれている。

　……実力差はどう見ても歴然だ。それなのに彼女——葉隠桜がまだ生き残っているのは、彼女のもつ『転移』のスキルがあまりにも優秀だからだ。

　葉隠桜の所持する、距離を無視した単独移動スキル。そのクールタイムはおよそ五秒以内。様々な魔法少女の中でも群を抜いた当たりのスキルだ。

　だからこそ、惜しい。きっとこんな事さえなければ、優秀な魔法少女としてこれからも活躍していたことだろう。

彼女は果敢にラドンの本体に挑むが、たどり着いても決定打を与えられるほどの攻撃手段がないようで、大したダメージにはなっていない。時には尾に体を弾き飛ばされ、宙に舞うときもある。けれど、その口元だけはいつだって楽しげに弧を描いていた。まるで、全力で戦うことを楽しんでいるかのように。

――なんでこの子は笑っているの？

こんなのは、どう見たってこれから死ぬ人間がする表情じゃない。枢は震えそうになる声を必死で抑え、静かに言った。

「彼女は、まだ勝つつもりでいるんですね」

その声には確信が宿っていた。

――この魔法少女は、きっと何一つ諦めてなんかいないのだ。心の底から、自分の勝利を信じている。

果たしてそれは無知からくる蛮勇なのか、それとも何か他に策があるのか。枢には判断が付かなかった。

そんな光景を見て、鈴城はひどく残念そうに口を開いた。

「残念だなぁ。こんな子だって前から知ってたら友達になりたかったのに」

鈴城は見るからに肩を落としていて、あからさまに気落ちした様子だった。枢が不思議そうに鈴城を見つめていると、鈴城は少し照れたように笑った。

「えへへ。うちさぁ、こういう何があっても諦めない人って大好きなんだよね。だってさ、かっこよくない？」

鈴城は無邪気にそう告げた。その駆け引きも何もない真っすぐな言葉は、枢には少しだけ眩しく感じた。

「……そうですね。私も嫌いではないですよ」

けれど、枢は知っていた。魔法少女とは、そういう勇気のある人間から先に死んでいくのだ。

この過酷な環境で何年も生き残っている魔法少女の多くは、臆病で強《したた》かな連中ばかりだ。枢だって、その内の一人である。

――だからこそ、彼女達のような『本物』は見ていて辛くなる。自分の矮小さを責められている気分になるから。

「葉隠桜が行動を停止しました。現在スキルを用いて姿を隠し、湖付近の鳥居の上で契約神と何かを話しているようです」

鏡を観測していた職員が、二人にそう告げた。

顔を上げて鏡を見ると、透明化によってかすかにぼやけた葉隠桜が、湖の方をジッと見つめながら、隣に浮いている猫のようなモノに話しかけている。どうやらその契約神は一時的に認識阻害の術を解いているようだ。

「なんか楽しそうだね。まるで明日の予定でも話してるみたい」

鈴城がぽつりと呟くように言う。

確かにそれは、まるで世間話をするかのような穏やかな様子だった。ころころと変わる表情が、その場が戦場だということを感じさせない。

そして葉隠桜は心底嬉しそうな笑みを浮かべると、そっと左手を前に突き出した。

——その直後、この場にいる全員が目を疑う光景を見ることになった。


時間はほんの少しだけ遡る。

鵺は透明化のスキルを使い、神社の鳥居の上から暴れまわるラドンを見つめていた。今まで何十本もの首を落としたが、多少動きが鈍ったくらいで特に効いている様子もない。このまま特攻を続けても、鵺が力尽きる方が早いだろう。

鵺が大蛇の首を落としては離脱——ヒット&アウェイを繰り返し、はや数十分。

おそらく後詰めの魔法少女はもう箱根に到着している頃合いだろう。つまり、これで最低限の仕事は果たしたともいえる。そう考え、鵺は小さく息を吐いた。

「まだ気力は十分だけど、実際のところ手詰まりに近いな。——あいつ、本当にどうやったら死ぬんだろう」

今の鵺では、ラドンには勝てない。認めたくはないが、これが現実である。戦いを諦めるつもりはさらさらないが、このままではジリ貧だ。

――けれど、まったく手が無いわけではない。

鶫は考え込むように空を見上げ、ぽつりと呟くように言った。

「ねえ、ベル様。――もし一つだけ切り札があるって言ったら、どうする?」

「そんなものがあるのか? なら、何故さっさと使わない」

鶫がそう問いかけると、ベルがどこからともなく隣に現れてそう答えた。

……確かにその通りなのだが、今まで使えなかった理由はちゃんと存在する。

「詳細は言えないけど、上手くいく確証がなかったんだ。場合によっては、ただの無駄死にになる。

……いや、たぶんそっちの可能性の方が高いかもしれない」

いくら真剣に考えても、鶫が思いついた方法はまともな手段ではない。理論も何もあった物じゃないし、希望的観測に頼りすぎている。

ここで説明をしている暇はないので詳細は言えないが、それはほとんど博打のようなものだ。はっきり言って、自滅する確率の方が高い。

「失敗したらきっと葉隠桜は笑い者になるよ。『おいおい、あの馬鹿は何をやったんだ?』ってね。契約神であるベル様だって、他の奴らに変に言われるかもしれない。――それでも、どうかこの暴挙を許してほしい。俺《わたし》は、絶対にあいつに勝ちたいんだ」

そう言って鶫は、苦笑するように微笑んだ。

穏やかに話しているが、鶫の体はもう限界を超えてボロボロだ。いつ倒れたっておかしくはない。

この絶望的な現状を打破するには、もう賭けに出るしかないのだ。

……けれど、これ以上ベルに迷惑をかけるわけにはいかない。もし駄目だと言われたら、潔く諦めて他の方法を探そう。

静かに頭を下げた鵺を見て、ベルは肩をすくめてみせた。

「前にも言っただろう。もう忘れたのか？」

「何のこと？」

「我は貴様に戦いを一任している。――だから、そんな些末事はわざわざ聞くな」

ベルのその言葉に、鵺は思わず口をぽかんと大きく開けた。

そして耐えきれないといった風に、お腹を抱えてケラケラと笑いだしてしまった。

そんな鵺を見て、ベルが不満げに声をあげる。

「おい。何がおかしい」

「い、いや、だって。ベル様があまりにも格好いいから。っく、ああ本当に――ベル様が俺の神様で良かった！」

浮かんできた涙をぬぐい、真っすぐに敵《ラドン》を見つめる。

――ああ、良かった。これで憂いはなくなった。あとは覚悟を決めるだけだ。

そう思い、鵺は穏やかな気持ちで息を吐いた。

今の『葉隠桜』ではラドンに勝てない。

ならば――勝てる『葉隠桜』になればいい。

戦いを重ねることで、魔法少女の力――スキルは自然と強化されていく。

今では糸のスキルだって様々な応用ができるし、透明化のスキルだって最初の頃よりはできることが増えた。その気になれば姿だけではなく、温度や存在まで消すことだってできる。

けれど、たった一つだけ何も変わらなかったスキルがある。

鶇は今までそれを不思議に思っていなかったが、そろそろ変わるべきなのだろう。

――【暴食】のスキルを成長させる。他ならぬ鶇の意志の力によって。

鶇はベルのことを信じている。だからこそ――彼の逸話が由来となった力《スキル》があれだけで終わるはずがない。そう強く思う。思い込む。

「――葉隠の教えとは、死地にて活路を見出すものである」

今となっては、この名前もあつらえたように鶇の現状になじむ。まるでこの未来を予想していたかのようだ。けれど自分は、桜の花のように惨めに消えたりはしない。

人は桜の花を儚いと表現するけれど、花が無くとも夏には若々しい緑の葉が茂り、秋には赤く色づき、冬にはまた美しい花を咲かせる為の準備に入る。――花が散ったところで、桜の木は何も終わったりなんかしないのだ。

鶇は微笑みながら、左手を前に突き出した。

――必要なのは、ほんの少しの勇気と覚悟。あとは神様の気紛れな奇跡だけ。

「前払いだ。死なない程度に全部持っていけ。――さあ、喰らえ【暴食】!!」

その鶇の言葉を聞いて、ベルが叫び声のような声をあげた。

「おい、貴様まさか――!!」
けれど、もう遅い。

――宣言と共に現れた黒い獣の口は、鶫の左手と右足を喰いちぎったのだ。

『魔法少女』とは一体何なのだろうか。鶫はずっとそのことを考えていた。

政府の公的な定義としては、神と契約した巫女という見解が強いらしい。けれど鶫は、実際に魔法少女として日々を過ごすことでその本質を悟った。

【暴食】という魔獣を喰らうスキルを持つ鶫だからこそ分かる。魔法少女の持つ力と、魔獣が持つ力は、はとんど同じものなのだと。

考えてみれば、何もおかしなことはない。そもそもこの信仰が薄れた現代に神が顕現できるのは、魔獣が現れる原因である次元の割れ目から漏れ出るエネルギーを利用しているからだ。

そのエネルギーを神力に変換し、器となる少女に力を注ぎ込むことによって、魔法少女という兵器が形作られるのだ。

そして鶫は数多くいる魔法少女の中でも、例外中の例外である。鶫の全身は、既に大部分が神の力によって作り替えられている。

一度目は命を救われた時。二度目は女性の体へ自在に変身できるようになった時。三度目以降は、暴食によって魔獣の体を喰らった時だ。

――本当はずっと前から気が付いていたんだ。戦いが終わる度に、段々と自分の体が元の存在からズレていくことに。

けれどずっと見ないふりをしていた。恐怖はあったけれど、違和感を指摘した時ベルが気にすることはないと言ったから、大丈夫だと思い込むことにした。

実際にそれで困ったことはなかったし、何よりも強くなれたことが嬉しかった。今は、きっとそれで良かったんだと思っている。

――この体は、魔獣と同じ力によって形作られている。ならば、この体を暴食の贄にすることだって可能なはずだ。

鶫は一縷の望みに賭けた。

魔獣を倒す為の力が足りないなら、別の何かで補うしかない。たとえそれが、自らの体であったとしても。

だから鶫は――自らの手足を喰らう獣の口を見て、自分の推測が当たっていたことを悟り、心から安堵したのだ。

ベルは大きな獣の口に食い荒らされる鶫のことを、ただ見ていることしか出来なかった。神が直接戦いに干渉することは許されていない。倒れそうになった体を支えることすら、ベルには出来ないのだ。

視線の先で、ごぼっ、と鶫が血を吐き出す。手足だけではなく、どうやら内臓もいくつか食われたらしい。

【暴食】のスキルを用いて、自らの肉を食わせる。

――それはつまり、最も効率的な贄の捧げ方である。

そして鶫の覚悟と献身――その純化された思いは、【暴食】の効果を倍増させている。現にベルの体には、変換されて増幅された力が大量に流れ込んできているのだから。

あとはこの『神力』を鶫の器に注ぎ込めば、他のスキルも何らかの強化が起こるはずだ。一時的なものだろうが、一瞬ならばA級に匹敵する力を出すことも可能だろう。

――けれど、その代償は大きい。

おそらく鶫の器は、その膨大な神力には耐えきれない。今を凌いだとしても、遠からず死に至るだろう。

この力をどうするかは、ベルの判断に委ねられている。その責任の、なんと重いことか。

だが、今さら迷うことなんて何もない。

「勝ちたいと言っていたからな。――それに応えずして、何が神か」

ベルはかつて、多くの人を統べる神であった。

だが時代の流れで悪神と貶《おとし》められ、悍ましき悪魔だと蔑まれたのだ。到底許すことなんて出来なかった。

人間は身勝手で、傲慢で、愚かしい生き物である。こんなゴミどもに救ってやる価値なんて何一つありはしない――ずっとそう思っていた。

――けれど目の前にいる鵺のように、美しいと思える人間も確かに存在するのだ。

貶められたベルのことを、真っ当な神と信じて慕う唯一の信奉者。その期待だけは絶対に裏切れない。

ベルは静かに目を伏せると、鵺との間に繋がっている経路《パス》を通し、神力を送り込んだ。器が壊れないことを願い、慎重に注ぐ量を見極める。

人の為に祈るなんて、何千年ぶりだろうか。けれどこの矮小な分霊の体では、碌な奇跡は起こせない。唯一できるのは、ただこうして祈ることだけ。

――ああそれでも、とベルは口角を上げた。

この場に偉大なる古き神と、純粋なる巫子が揃っているのだから、奇跡の一つくらい起こせない筈がないだろう?

ふわり、と暖かい風が鵺の周りを取り囲んだ。

鵺の手足から流れ出る血が、一本の糸のようになり、周りを漂うようにくるくると動き出す。

その赤い糸は、まるで編み物をするかのように失った手足の形となり、何事もなかったかのように鵺の体に収まっていった。

そしてゆっくりと、鵺が目を開く。その左眼の色彩は血のように赤く、人ならざる気配を醸し出していた。

そんな鵺の様子を見て、ベルは息を呑んだ。

纏わりつく赤い糸や、左眼から漂う濃厚な死の気配。それはベルのよく知る神の権能に似ていて、ベルは思わず全身の毛を逆立てた。

——奴と似ている？　だが、同じではない。

鵺の気配は神の力というよりも、もっと原始的なモノに近い。

かつて死が最も身近にあった、神が覇権をとるよりもっと前の時代——その残滓。動物が他者の死を予知するような、その類の異能だ。

もしかしたら、死にかけたことで何かのチャンネルに繋がったのかもしれない。だが、その力に飲まれた様子はない。恐らく今のところは心配はいらないだろう。

鵺は糸で作られた腕をぐっと握り、その動きを確かめると、ベルに向かって言った。

「——じゃあ、行ってきます」

まるで散歩にでも出かけるかのような気楽さで、鵺は言った。それに対し、ベルも同じように返す。

「ああ、行ってこい」

その素っ気ない返事を聞いて、鵺は笑った。それで十分だと言いたげに。

そして鵺は滑るような速さで一本の尾に向かって駆けだしていく。その背中に悲愴感はなかった。

——だがいくら魔法少女は痛覚が鈍いとはいえ、あれだけの傷を負って痛みを感じていない筈がない。

けれど鵺は、まるでプリマドンナのような軽やかな足取りで、ラドンの尾を端から淡々と切り刻んでいる。

高速で振るわれる尾の下をくぐり、通り抜けざまに首から胴体を切り落とす。さっきの苦戦が嘘のように、硬い尾をバターのように寸断していく。

そして驚くべきことに、あの赤い糸で切った部分は再生ができなくなっているようだった。あの時ベルが感じた死の気配は、きっとラドンの不死性を封じる働きをしているのだろう。

ラドンは急に動きが良くなった鵺に焦ったのか、続けざまに尾を使って攻撃を繰り返してくる。眩しいほどの光線を同時に放ってくるが、鵺は最小限の動きでそれを躱していく。まるで未来が見えているかのように。

そうして鵺は水上に見えていた尾を粗方片付けると、湖を見つめながらぽつりと呟いた。

「……これ、邪魔だな」

そしておもむろに両手を湖の中に浸けると、そのまま転移で姿を消した——それも、湖の水ごとだ。

——驚くべきはその質量だ。この湖の広さはおよそ東京ドーム百五十個分はある。その大量の水ごと転移をするだなんて、普通に考えたら馬鹿げている。

だが鵜はそんな膨大な量の水を、手を触れるという一工程《ワンアクション》で消してみせた。いくら鵜の持つ転移のスキルが優秀とはいえ、ここまでくると少し化物じみている。

だがよくよく考えてみれば、他のA級の魔法少女も形は違うが多かれ少なかれ似たような規模のことはできる。

鵜の能力が一時的にA級レベルまで底上げされていることを考えれば、そこまでおかしいことではないのかもしれない。

……けれど、結局その力はドーピングによる紛い物だ。いま使える力が大きければ大きいほど、後に背負う反動は大きくなる。

「それでも、出し惜しみしている余裕はないのだな」

一瞬で燃え尽きる綺羅星のように、刹那の時間を駆ける。そんな契約者《つぐみ》が誇らしく、そして腹立たしい。

――生き延びると約束した癖に。

そう思い、ベルは首を振った。

……今さら何を言っても仕方がない。そんなベルの後ろ向きな気持ちと共に、空まで少し暗くなったような気さえする。

視界を遮るものが無くなった湖は、もはやすり鉢状の屠殺場に過ぎない。

転移でラドンのもとに戻ってきた鵜は、あやとりでもするかのように自由自在に糸を操った。

その姿は、まるで踊りながら音楽の指揮をしているようだった。……紡がれるのが血しぶきと破壊音なのは皮肉な話だが。

切って、刻んで、転ばせて。時には首を操って同士討ちをさせ、鵺は的確にラドンの体を刻んでいく。そして数分もしないうちに、ラドンの体をほとんど寸断してしまった。ある意味、ラドンの動きの遅い巨大な体が裏目に出たともいえる。

だが、その一方で鵺の体も限界が近いようだった。倒れこそしないものの、その顔色はひどく青白く生気を感じさせない。

鵺は肩で息をしながら、ふらふらとラドンの本体——その内の一本の首へと近づいていった。

けほっ、と少なくない量の血を吐きながら鵺は首に向かって言った。

「再生は封じたけど、これだけじゃまだ死なないか。ほんと、しぶといね」

鵺は首だけになって尚も睨み付けてくるラドンを前に、ひどく冷静な表情をしていた。

ラドンは無防備に近づいた鵺に光線を放とうとするが、鵺がくいっと指を動かすだけで簡単に的を逸らされてしまう。動けないラドンからしたら、まさに悪夢と言ってもいいだろう。

「————……解除」

そう鵺がぼそっと何かを呟くと、湖中に散らばるラドンの体に絡みついた糸が、仄暗い光を放ち始めた。

悍ましいほどの死の気配が芦ノ湖全体に満ちていく。もしここが地獄だと言われたら、普通の人間は信じてしまいそうだ。

「良かったよ。仕込みが無駄にならなくて」

そう言って鶫は、暗くなり始めた空を見上げた。

そこで初めて、ベルは辺りの異常に気付いた。昼間にしてはあまりにも暗すぎる空と、だんだんと近づいてくる異音。

ベルはふと思った。湖の水は転移によって何処かへと飛ばされた。——だが鶫は、あの膨大な湖の水を一体何処にやったのだろうか？

ベルはハッとして空を見上げた。目を凝らすと、微かに緑色に濁った大小の塊が、空から降ってくるのが分かる。

「まさか、水を転移で空へと持っていったのか……!?」

ベルは驚愕したように声を上げた。

鶫にしてみれば、普段の転移で使っている横軸の移動も、今回のような縦軸の移動もそう変わらないのだろう。恐ろしいのは、その発想だ。

ベルが鶫を見ると、鶫は満足そうに笑っていた。まるで上手に絵が描けた子供のような、純粋な笑顔だった。

鶫は歌うような声音で告げた。

「上空の中間圏の気温は、氷点下よりも遥かに冷たい。大量の水だって、ある程度ばらけさせれば簡単に凍ったよ。転移を使って時間を調節すれば、落とすタイミングだってこの通り！」

そう叫びながら、鶫は大量の血を吐き出した。けれど、そんなことは気にも留めずに話し続ける。

「死の運命《あかいいと》は既にお前たちを蝕んでいる。たとえ不死だったとしても、生きている限り死の因果から逃れることは決してできない!!」

――大木よりも大きな氷の刃が、星のように大量に降ってくる。移動手段を封じられたラドンは、それを避ける術がない。


「――俺《わたし》の、勝ちだ」


弾丸の如く降り注ぐ氷塊が、地面ごと貫くように魔獣の体を串刺しにしていく。

そして全ての氷が落ちた後、そこに動くモノは何もなかった。

この有様では、いくら強靱な魔獣だとしても生き残ることは出来ないだろう。現に、結界内にあの魔獣の気配はもう感じられない。

――間違いなく、ラドンは死んだ。

不死性を模写《トレース》した怪物を倒す。それがどれだけ難しいことか、鶫は分かっているのだろうか？

すでに外界との映像中継は切れている。きっと今頃外は大騒ぎになっていることだろう。

そんなことを考えながら、ベルはキラキラとした氷の破片が舞う湖の跡地を眺めた。

その中で一ヵ所だけ、サークル状に氷が落ちていない場所がある――鶫が立っている場所だ。

鶫はぼんやりとした目で、氷の山を眺めている。足に力が入っていないのかふらふらと左右に揺れて、今にも倒れてしまいそうだ。

ベルは鶫の側まで行き、その背中に向かって声をかけた。

「ラドンは完全に沈黙した。鶫――お前の勝ちだ」

鶫はゆっくりと振り返ってベルの顔を見て、先ほどのベルの言葉を噛みしめるように頷くと、ふっと微笑んでその場に倒れこんだ。きっと緊張の糸が切れたのだろう。

すると鶫が倒れると同時に、地面から黒い獣の口が湧き出て魔獣の残骸へと向かって行った。

……その光景だけを見ると、どちらが魔獣なのか分からなくなってくるが、そんなのはいつものことだ。

ラドンの肉を食《は》みながら、暴食の獣は吸収した物をエネルギーへと変換していく。

A級の魔獣が持つエネルギーは膨大だ。余すことなく吸収出来れば、先程の戦闘レベルとは行かずとも、鶫自身の力もそれなりに強化される筈だ。

そのリソースを使って捥《も》がれた手足の修復も同時に行っているのだが、この調子なら体は問題なく元に戻るだろう。

――けれど、魂に負った傷は別物だ。

肉体は元に戻ったとしても、鶫が自身の体を贄に捧げたという事実は変わらない。食われた手足と内臓の分だけ、鶫の魂は欠けてしまっている。

……もし鶫が今回と同じようなことをした場合、次は精神も含めて残った魂ごと食い荒らされることだろう。

現段階でどういった影響が出るかは分からないが、鶫が起きない限りはそれも確認できない。

「……こいつ、我の気も知らないで」

ふとベルが鶫の方を見ると、鶫は地面に寝ころんで幸せそうに無防備な寝顔をさらしていた。

釈然としない感情を抱きつつも、起こさないように気を遣いながらそっと顔にかかった黒髪を払う。

相も変わらず血に塗れた汚い身なりだったが――それでも今が一番美しい姿に思える。

そんなことを考えた自分に、ベルは笑い出したい気持ちになった。鶫の戦う様子を見て、ベルも少しあてられたのかもしれない。

「だが、悪くはないな」

きっと今もどこかで見ているであろう他の神々に、大声で自慢してやりたい気分になった。自分の契約者はこんなにも素晴らしいのだと。

するり、と鶫の頬を撫でながらベルは優しい声で言った。

「今は眠るといい。――どうか、良い夢を」


「あ、魔獣《アークエネミー》の消滅を確認。危険域アラートの反応が徐々に小さくなっています。この様子なら、一時間以内には交通規制も解除できる、かと……」

現地でモニターを確認していた職員は、最後は尻すぼみになりながら困惑気味にそう告げた。

他の職員達も、この予想外の結果に呆然と写し鏡を見つめている。

しばしの静寂の後、誰かが興奮冷めやらぬように大きな拍手を始めると、一人また一人と続く者が増え、やがて喝采を含む万雷の拍手に変わった。

――C級の魔法少女がA級の魔獣に勝利する、大番狂わせ《ジャイアントキリング》。今までに例がなかったわけではないが、それでも簡単に起こりうることではない。

だというのに、葉隠桜はその認識のすべてをひっくり返すほどの大逆転劇を引き起こしてみせたのだ。驚かない方がおかしい。

最近だとあっという間に六華に駆け上がった雪野雫も似たようなことをしているが、彼女は等級が上がる前からすでに確かな実力があったタイプだ。さっきまで等級相応の実力しかなかった葉隠桜とは前提が違う。

そしてずっと食い入るように写し鏡を見ていた柩は、大蛇を前にして満身創痍で――それでもなお堂々と二本の足でしっかりと立っていた葉隠の姿を思い出し、らしくもなく目頭が熱くなった。服は所どころ破け、どこもかしこも血まみれで、とてもじゃないが綺麗だとは言えない。けれど全ての力を使い戦いきった彼女の姿は、何よりも尊いものだと感じたのだ。

沸き上がる情動に柩がじっと泣くのを堪えていると、やや落ち着いてきた職員達が止まっていた仕事の手を動かし始めた。

「対策室に連絡は入れたか？　それとついでにバッシングに怯えて震えてた上の連中にもよく言っておけ、幸いにも誰一人死人は出なかったってな！」

「了解です！　それと、結界が解けた後はどうしますか？　あの手のタイプの技って、反動で動けなくなってしまうことが多いんですよ。これが政府の子だったらこちらから現地に迎えに行くんですが、彼女は在野の子ですよね。政府の人間が近づいても大丈夫でしょうか?」

「どうだろうな、対策室に言って彼女の契約神にどうするか聞いてもらうか。可能であれば俺たちも直接礼を言いたいんだが……」

そんな話をしている職員を尻目に、映像が消えた写し鏡をそっと労わるように撫でながら、鈴城が呟くように言った。

「――本物のヒーローって、ああいう子のことを言うのかな」

鈴城の突拍子もないその言葉に「え?」と枢が聞き返すと、鈴城は小さく笑いながら口を開いた。

「うちはどうせ負ける戦いだって思ってたから、なんであの子が全然辛そうな顔をしないのか不思議だったんだよね。ほら、普通はもっと怖がったりするじゃん。でもあの子はずっと笑顔で、最後まで折れずに戦い抜いて、きっと怖かった筈なのにそれを一切顔には出さなかった。――それって、本当に凄いことだと思う」

その鈴城の称賛の言葉に、枢は小さく同意するように頷いた。

最初枢は、葉隠桜がA級の魔獣と戦うことを決めたのは、六華が到着するまでの時間を稼ぐ為だとばかり思っていた。きっと他の人だってそうだろう。

多くの命を救う為に、自己犠牲の精神で勝ち目のない戦いに挑んだのだと誰もが思っていたはずだ。

普通は等級が二つも上の魔獣に勝てるわけがない。きっと本人だって、心の奥ではそう思っていたはずだ。

――けれど葉隠桜は勝利した。

絶対的な実力差を覆し、勝てるはずがないという周囲の声をねじ伏せて、勝利を掴み取ってみせたのだ。そんなもの、誰だって格好いいと思うに決まってる。

そして最後に見せた手足を犠牲にした能力の底上げは、まともな神経をしていたら絶対に出来ない荒業だ。普通の魔法少女とは、圧倒的に覚悟の質が違う。

……とてもじゃないが、真似は出来ない。けれど目の前の敵の為に全てを擲《なげう》つその覚悟は、魔法少女としての生活に疲れていた柩の心に深く響いた。

日々魔獣から人々を守る為に戦っている魔法少女だって、所詮はただの人間だ。聖人君子なんかじゃない。

数が集まれば不平不満や足の引っ張り合い、後ろ暗い事情などが目に付くようになる。世間の皆が思っているほど、魔法少女は素晴らしい存在じゃないのだ。

けれどそんな環境でも、柩は胸を張って自身の行いを誇れるような魔法少女になろうとした。

――魔法少女になって直ぐの頃に、大切な友人に「立派な魔法少女になる」と約束をしたから。

それだけを胸に、柩は今まで必死に魔法少女として仕事をこなしてきたのだ。

魔法少女としての長い年月は柩の心を擦り切れさせ、疲弊させていった。それでも、葉隠桜のような高潔な人間だってちゃんと存在している。

折れもせず、曲がりもせずに、真っすぐに自分の意思を貫き通す。あの英雄朔良紅音のように、真っ当で正しい魔法少女。そんな葉隠の姿に、柩は遠い日に胸に抱いた理想が重なった気がした。

そして柩は、ふと思いついたかのように鈴城に問いかけた。

「鈴城さんは、もし彼女のようにほとんど勝ち目のない敵と戦うことになったらどうしますか？」

すると鈴城は少し考え込むような仕草を見せ、へらりと笑って言った。

「たぶん、ちょっとだけ泣いちゃうかも。やっぱり死ぬのは怖いもん。でも、絶対に最後まで諦めないよ。——だってうちは、これでも立派な六華の魔法少女だから！」

そう堂々と言って胸を張る鈴城を見て、柩は少しだけ彼女のことが好きになった。

初めは彼女の自由さに嫉妬していたけれど、この竹を割ったように率直な性格は存外好感が持てる。

……自分自身の見方を変えるだけでこんなにも人の印象が変わるんだな、と柩は自分の単純さに苦笑した。

「ふふ、鈴城さんらしいですね。——もし私が同じようなことになったら、私も六華の名に恥じぬよう頑張らないと」

そう言いながら、柩は決意を込めるように胸の前で拳を握った。

——魔法少女になったばかりの頃のような情熱はもう無いけれど、もう一度だけ真面目に頑張ってみよう。何よりも、自分自身に誇れる自分であるために。

そうして柩はゆっくりと空を見上げた。太陽はもうだいぶ傾いてきており、もう少しすれば綺麗な茜色の夕日が見られることだろう。

結果的には無駄足になってしまったけれど、得たものは大きかった。
——いつか彼女にお礼を言えればいいと思う。きっと彼女は何のことか分からずに困惑してしまうだろうけど。そんなことを考えながら、柩は穏やかに笑った。

一方その頃。葉隠桜の壮絶な戦いは至る所に波紋を呼んでいた。

――【魔法少女雑談総合6675】――

ここは現在活動中の魔法少女に関する話題を総合的に扱うスレです
・荒し禁止／スレチ禁止………

316：**名無しの国民**
交通規制の解除まだー？　高速道路も閉鎖されてるからこのままだと実家に帰れないんだけど

317：**名無しの国民**
年末の帰省ラッシュにＡ級の魔獣が出るとか……厄年か何かなの？

318：**名無しの国民**
まだ戦ってるやつがいるんだから少しは我慢しろよ。その子死亡確定って言われてるんだぞ

319：**名無しの国民**
いっそさっさと六華に交代すればいいのに。そうすりゃすぐに終わるだろ

320：**名無しの国民**
>>319 さすがにそれはないわ。お前人の心がないの？

321：**名無しの国民**
ていうか葉隠桜の専スレが阿鼻叫喚でお通夜状態だった。静岡在住の奴が動画付きで実況してるけど、嗚咽交じりで見てるこっちがつらい

322：**名無しの国民**
俺も動画ちょっと見たけど怪獣映画みたいでヤバかった。あんなのと戦うとかやっぱ魔法少女はすごいな

323：**名無しの国民**
>>321 最近はアイドルみたいだとか批判する奴が多いけど、こういうのを見ると頭が下がるよ。彼女達は職業軍人みたいなものだけど、魔獣と戦うことを正しく評価しないのはちょっと違うよな

324：**名無しの国民**
このスレにいる大半は戦う土台にも立てない産廃だしな。世の魔法少女に対して、もっと地べたに頭を擦り付けながら感謝すべきだろ

325：**名無しの国民**
>>323 でも箱根で戦ってるのは在野の子だから、軍人っていうより傭兵では？

326：**名無しの国民**
在野ってマジで？
じゃあ今戦ってるのは自分の意思ってことだろ？
はぁー、Ｃ級がＡ級に挑んでも勝てるわけないのにさぁ

327：**名無しの国民**
>>326 馬鹿言うなよ、葉隠桜はガチの英雄だぞ
政府の管理ミスと予知システムの不具合で、政府の魔法少女じゃ間に合わなかったんだよ。もし葉隠桜が戦ってなかったら数千人の住民が死んでたんだぞ

328：**名無しの国民**
は？　政府はもっと反省すべきでは??

329：**名無しの国民**
明日からまたマスコミが荒れるな……八咫鏡の不具合のこともそうだけど、何かの前触れじゃないといいんだが

330：**名無しの国民**
【速報】葉隠桜がA級の魔獣を撃破。あと数分で交通規制も解除されるもよう

331：**名無しの国民**
は？　何言ってんだこいつ

332：**名無しの国民**
冗談にしては笑えないな

333：**名無しの国民**
おい、マジだぞ実況に行って動画見て来いよ。本当に倒しやがったぞアイツ

334：**名無しの国民**
専スレがお通夜状態からの大喝采で笑える

335：**名無しの国民**
ここにも動画のリンク貼っとく。ヤバいからマジで見るべき
http:※※※～～

336：**名無しの国民**
ちょっと見てくる

～～しばらく半信半疑の雑談が続く。

393：**名無しの国民**
何あれ！　なんなの!?

394：**名無しの国民**
いつの間に魔法少女は覚醒スキルまで手に入れたんです？（困惑）

395：**名無しの国民**
マジかよすげぇ!!　雪野雫以来の快挙じゃないか!?

396：**名無しの国民**
血まみれでふらふらなのに何であそこまで動けるんだよ……迂闊にもちょっと感動してしまった

397：**名無しの国民**
氷が落ちてきた瞬間思わず歓声をあげた。あそこまで計算してるとかすごくない？

398：**名無しの国民**
今日から日向《ひゅうが》ちゃんのファン止めて葉隠さんの信者になります

399：**名無しの国民**
こんな中二心を擽られる戦闘映像は久しぶりだな

400：**名無しの国民**
途中の契約神との会話シーンみたいなところが遺言に見えてもうね……話してることとは分からないけど泣きそうになった

401：**名無しの国民**
なんで手足が一回無くなったの？　それが一番わかんない

402：**名無しの国民**
後半急展開過ぎてついていけない……あれだけ強いなら最初から舐めプしないで戦えばよかったのでは？

403：**名無しの国民**
なんでグロ注意って書いてないんですか!!　血みどろの占有率多すぎでしょ!!

404：**名無しの国民**
>>403 ピュアかな？　魔法少女の戦いなんてそんなもんだろ

405：**名無しの国民**
>>335 A級撃破には違いないけど、かなり無理をした感じがあるなこれ。魔法少女の子大丈夫なの？　相打ちで死んだりしてない？

406：**名無しの国民**
>>401 >>402 >>405 霊子力学の研究をしている俺がマジレスすると、葉隠桜は一時的に強くなっただけだと思う。途中で手足が無くなっただろ？　あれって魔法少女にとっては一番簡単なドーピングの方法なんだよ。生贄のシステムが関係してるんだけど、それを語ると長くなりそうだから止めとく。でもまあ、あれは見ての通り身を削る行為だから、何かしらの反動はあるだろうね

407：**名無しの国民**
えっ、じゃあこれで引退になるのかな。格好良かったから来年の六華に投票しようと思ったのに

408：**名無しの国民**
そういえば一応六華のエントリー条件は満たしたね。話題性だけは去年の雪野雫に匹敵するかも

409：**名無しの国民**
常にあの実力を保てるなら六華でもやっていけそうだな。それにしても、序列二位の剣キチに続く死狂い枠か……胸が熱くなるな！

410：**名無しの国民**
壬生さんの剣キチ扱いはさすがに草

411：**名無しの国民**

でも実際にエントリーするなら絶対に投票するわ。箱根は俺の故郷なんだよ。今は家族は誰も住んでないけど、街に被害がなくて本当に良かった

412：**名無しの国民**
>>407 あんなに覚悟のある魔法少女は少ないから出来れば続けてほしいよな。でも引退しないとしても暫くはリハビリになるかもね

413：**名無しの国民**
>>405 遅レスだけど相手の子は生きてるって。政府発表だから確実かな

414：**名無しの国民**
それにしてもこの葉隠桜って子はすごいよ。完全に自己犠牲の賜物だもんな。時代が違えば英雄扱いされてもおかしくない気がする

415：**名無しの国民**
契約神とも仲がよさそうで羨ましい。政府所属の子達はなんかビジネスライクな感じがするし

416：**名無しの国民**
政府をディスる流れはよくない。政府は政府なりに試行錯誤をしながら頑張ってるよ

417：**名無しの国民**
>>416 政府の回し者さんお疲れ様です。
その辺は俺らも分かってるけど、戦う義務のない在野の子が目立てばこういう流れになるのは妥当

418：**名無しの国民**
実際に今回政府は失敗したしな。今後の為に魔法少女の増員かけ

たほうがいいんじゃない？

419：**名無しの国民**
>>418 契約してくれる神様の絶対数が足りてないんだよなぁ

420：**名無しの国民**
>>418 適性のある人材が少ないのもある。魔法少女になりたいって子はいっぱいいるんだけどね……

421：**名無しの国民**
今回のケースみたいなことがあるから、在野の拾い上げはもっと増えるべき

422：**名無しの国民**
葉隠桜みたいな逸材も出てきたしな
まあ今後に期待ってところか

──とあるスレッドを見ていたその人物は、豪華な革張りの椅子に深く座りながら大きな溜め息を吐いた。

「──『英雄』か。それはあまり良くない傾向だねぇ」

しゃがれた老人のような声の主は、ぐしゃぐしゃと書きかけの手紙を丸めながら、呟くように言った。

「英雄なんて可哀想なイキモノは朔良《さくら》紅音《あかね》だけで十分だよ。あの子も面倒なことをしてくれたものだね。──あのまま死んでいた方が、いくらか楽だったろうに」

口ではそう軽く言うものの、その表情はひどく硬い。まるで何かを悔悟しているかのような、そんな感情が見て取れた。

吐き出すように、声の主は言う。

「英雄の末路なんて、いつの時代も決まっている。──二十二年前、彼女は死ぬ以外の道を選べなかった。我々は、もう民衆の期待に押しつぶされる被害者を作るべきではない。──それがあのお方の意向である限り、ね」

16．白き部屋の少女

――真っ白な部屋の中で、少女が小さな人形を抱きしめて泣いている。

そんな光景を、鵜はまどろみの中で見つめていた。

その少女の顔は影がかかっていてよく見えない。その腕の中の人形は、手足が一本ずつ取れて無くなっていた。

少女は一生懸命人形を直そうとしているが、欠けている手足のパーツはどこにも見当たらない。

それにしても、何故あの人形はそんなひどい状態になってしまったのだろうか。その理由を知っているような気もするけれど、頭がぼんやりしているせいで何も思い出せない。

鵜が考え込むように少女を見つめていると、やがて少女は何かを決意したかのように目を閉じた。


――暗転。

――真っ白な部屋の中で、少女が人形を持って笑っている。人形の手足は綺麗に繕われ、まるで新品のようになっていた。

だが、気になる点が一つある。

少女の体が一回り小さくなっているのだ。元は十歳ほどだったその体は、今や七歳ほどの矮躯《わいく》になってしまっている。

鵺はそれを見て、何故か叫び出したい衝動に駆られた。

「やめろ。頼むからやめてくれ！　――なんでアンタが自分を削るんだよ!!」

鵺自身、どうしてそんなことを叫んだのか分からない。

けれど、鵺は直感で理解した。あの少女は、人形を直す度に擦り切れていく。あんな人形にそこまでする価値なんてないのに。

そんな鵺の声が聞こえたのか、少女はゆっくりと立ち上がって鵺のいる方へと歩いてきた。近づくにつれて、影がかかっていた少女の顔が露わになる。

――少女は、『葉隠桜』と同じ顔をしていた。

いや、縮んで幼くなっている分、葉隠桜よりも印象が柔らかい。けれど葉隠桜と決定的に違うのは、その目だ。

鵺の色素の薄い鳶色の目とは違い、美しいルビーのように赤いその瞳は、優しげに鵺のことを見つめている。まるで心の底から愛しい人でも見るかのように。

そして少女は、大事そうに抱えていた人形を鵺にそっと差し出した。……これを、受け取れというのだろうか。

――だが鵺はそっと人形を押し返し、首を振った。

この人形を受け取ってしまえば、きっと少女はこれからも人形が破損するたびに直し、自身をすり減らしていくだろう。そして最後には消えてしまう。そう思うと寒気がした。

胸の奥から湧き出るかのような、焦燥と喪失への恐怖。鵺はただ、目の前の少女がいなくなってしまうのが恐ろしかった。

そんな恐怖に怯える鵺を見て、少女は悲しそうな顔をすると人形を無理やり鵺に握らせて、緩やかに赤い唇を開いた。

——頭の中で警鐘が鳴る。その言葉を、聞いてはいけない。


「[redacted]ちゃんは、いつも[redacted]緒に[redacted]ね」


——その台詞を脳が認識する前に、鵺は飛び起きた。

「あああああぁぁ!!　ゲホッ、ゴホッ！」

意味のない叫び声が自分の喉から出てきた。そして急な大声で喉が切れたのか、咳に血が混じる。

鵺はゆっくりと呼吸を落ち着かせながら、痛む胸を擦った。

「はぁ、はぁ、……ゆめ、か？」

ぼんやりとした目で、辺りを見渡す。

見覚えのあるその場所は、鵺の部屋だった。いつの間に自分は部屋に戻ってきたのだろうか。首を捻るが、何も思い出せない。

「おい、起きたのか。体調はどうだ？　何か不具合はないのか」

鶇が起きたことに気が付いたのか、ベルが転移で鶇の部屋に現れてそう聞いてきた。ベルの声には、隠しきれない心配が見て取れる。

――そして鶇は、自分が仕出かしたことをようやく自覚したのだ。

「ベル様、……俺、生きてるのか？」

鶇はにわかに痛み出した腕を押さえながらそう聞いた。

……あの時、ラドンに氷を落としたことは覚えているのだが、それ以降の記憶がない。今だって、本当に自分が生きているかどうかも半信半疑だ。

――魂を轟々と燃やし続けるかのような、あの命を削る戦い。

目を閉じれば今でも鮮明に思い出せるが、本当にあれは自分がやったことなのかと身震いする。

はっきり言って、今こうして息をしていることすら不思議で仕方がない。

鶇はそっと自分の震える体を抱きしめた。今になって震えが出てくるなんて、本当に笑えない話だ。

そんな鶇の姿を見て、ベルはふっと微笑んで言った。

「ああ、貴様が勝った。だからこうして生きている。――本当によくやったな」

ベルのその言葉を、しっかりと咀嚼する。

ラドンを打倒し、鶇がこうして生きている事こそが勝利の証なのだとベルは言った。

すると、心の中に温かい何かが満ちていくのが分かった。じわじわと高揚するような気持ちが沸き上がってくる。

——ああ、そうだ。自分はやり遂げたのだ。

「そう、か。……よかったぁ」

そう言って、鵜はようやく安堵の息を吐いた。

——自分は賭けに勝ったんだ。

そう思うと、どっと疲れが出てくるような気がした。それにやけに体が重い気がするし、胸にも刺すような痛みを感じる。

「全身が痛いし、胸も痛い。……筋肉痛みたいな感じなのかな」

「……それくらいで済めばいいのだがな。五感が上手く働かなかったり、記憶の混濁があったりはしていないか？」

「うーん、特にはなさそうだけど」

最悪現実でも手足が欠けるくらいの覚悟はしていたのだが、特にこれといった問題はない。少し拍子抜けだった。

……もしかして先ほど見た夢が関係しているのだろうか？

そう考えるも、釈然としない気持ちだけが残る。

——あの少女は、一体何だったのだろうか？

鵜が戦いの時に失った手足と、同じ場所が取れた人形を持っていた少女。

悪いモノは感じなかった。むしろ奇妙な懐かしさすら覚えたくらいだ。けれど鵜は、あの少女のことを何も知らない。

葉隠桜によく似た――つまり鵺にも似ているその少女は、あの時鵺に何かを訴えようとしていたが、少女は一体何を言いたかったのだろうか。そう考えるも、答えは出ない。

「ふむ、色々他にも聞きたいことはあるが、暫くは様子をみるしかないか。……後で知り合いから検査のできる道具を借りてくるとしよう。奴に頭を下げるのは癪だが、致し方あるまい」

「……ごめんなさい、迷惑をかけて」

鵺は申し訳なさそうな顔をして、深々とベルに頭を下げた。

そもそもあの戦いは鵺の我儘から始まったものだ。ベルを無謀な戦いに付き合わせてしまったことは、本当に申し訳ないと思っている。

だがベルは特に気にした様子もなく、軽く肩をすくめてみせた。

「なに、別に構わん。――今回の件は、我にも利があるからな」

「どういうこと？」

「いつの時代も、神々は『英雄の戦い』というものを好む。今回の貴様の戦いはそれなりに評判が良かったからな。契約神である我の鼻も高いぞ」

ベルはそう誇らしげに語ったが、まるで剣闘士のように扱われるのは少し複雑である。

けれどベルの評判が神々の中で上がったのなら、それは鵺としても嬉しい限りだ。

「そうだ――千鳥はどうしてるんだ？」

ハッとして鵺は言った。結界は問題なく張れたので周りに被害は出ていないと思うが、避難の際に事故に巻き込まれていないとは限らない。

今の時刻は夜の九時半。鶫が戦い始めたのが正午過ぎだから、九時間近く眠っていたらしい。

急いで携帯を確認すると、何件もの連絡履歴が表示された。

一番上の通知は五十分前。そこには旅行が中止になったので、一時間後には家に帰るとの旨が書かれていた。

「……よかった。千鳥たちは無事みたいだ」

鶫はほっとして胸を撫で下ろした。これで千鳥が大怪我をしていたら、何のために頑張ったのか分からなくなるところだった。

――あと十分で家に帰ってくるというなら、そろそろ出迎えた方がいいだろう。ただでさえ連絡を無視したような形になってしまっているのだ。これ以上千鳥に余計な心配をかけるのはよくない。

「ちょっと下まで降りていくよ。千鳥と話さないと」

「明日にしたらどうだ？　今日はまだ休んでいた方がいいと思うが」

ベルが心配そうに言うが、鶫としてはそこまで自分の体に異常があるという感じはしなかった。

だから下まで降りて少し千鳥と話すくらいなら問題はないだろう、と軽く思ったのだ。

それでも部屋に留めようとするベルをやんわりと振り切り、鶫は玄関へと向かった。すると、階段を下りているところで、ちょうど玄関の開く音が聞こえてきた。

「ただいまー。……なんでこんなに真っ暗なの？」

真っ暗な家の中に、千鳥の不満そうな声が聞こえてきた。

確かに起きた後は電気をつけている暇もなかったので、一階は暗くて何も見えない状態だ。

鵯は急いで階段を駆け下りると、廊下の電気をつけて玄関へと向かった。

「わっ、びっくりした。いたなら声を掛けてくれればいいのに。電話にも出ないし心配したんだからね？」

大きなスーツケースを引きずって家の中に入ってきた千鳥が、咎めるようにそう言った。

けれど鵯は、千鳥に何も言葉を返さないまま黙って廊下に立ち尽くしていた。

――生き残ってもう一度千鳥に会うことが出来たなら、言いたいと思っていたことが沢山あった。

だが鵯は、こうして千鳥の顔を見た瞬間、全ての思考が吹き飛んだのだ。言いたかったことも、思っていたことも全てが安堵に塗りつぶされていく。

鵯は熱に浮かされるように、ふらふらと千鳥に向かって近づいていった。

「……千鳥」

「どうしたの、鵯。顔色が悪いわよ？　え、あ、なぁに？」

ぎゅっ、と困惑している千鳥の背に手を回すようにして抱きしめる。その仄かな温かさに、鵯は泣きそうになった。

温かい――千鳥は、ちゃんと生きている。

そのことが、無性に嬉しかった。これだけで全てが報われたような気さえしたのだ。

「怪我がなくて、本当によかった」

鵯がなんとか絞り出したその声は、無様に震えていた。

ラドンと戦う前に、本当は覚悟していたのだ――もう二度と彼女と会えなくなることを。だからこそ、こうしてもう一度会えたことが嬉しくて仕方がない。

そんな鶫の不安定な様子を悟ったのか、千鳥はそっと気遣うように鶫の頭をやさしく撫でた。

「うん、心配かけてごめんね。私はちゃんとここにいるから」

その言葉に、鶫は抱きしめる力を少し強くした。

――千鳥。鶫のたった一人の家族。彼女を失うなんて、やはり自分には耐えられない。

だって自分に残っているのは、もう彼女だけなんだから。

「千鳥が無事なら、それでいいんだ」

鶫が呟くようにそう言った次の瞬間、ゴホッ、と大きな咳が出た。痰が絡んだのかと思い口に手をやると、手の平がいやに赤かった。

思わず千鳥から手を放し、そのままずるずると廊下に座り込む。足に力が入らなかったのだ。

そして、ゲホゲホと続く断続的な咳――喀血《かっけつ》は一向に止まらない。

「……鶫？　いやっ、嘘でしょう？　ねえ、鶫!!」

事態を察した千鳥が焦ったように悲鳴を上げて鶫の肩を摑んだが、喉に張り付く血のせいで上手く言葉が出てこない。

くらくらと視界が歪む。誰かに呼ばれるような声が聞こえるが、それを判断する気力もない。

――そうして鶫は、自らの意識を手放したのだ。

「——あーあ、失敗しちゃった。つまんないの」

その少年は、パソコンの画面を見ながらそんなことを呟いた。ぶらぶらと足を揺らしながら、拗ねたように顔を顰めている。

「ふぅん、人的被害はゼロか。僕の想定だと、数万人単位の人間とついでに邪魔な奴も消しちゃう予定だったんだけど。あーあ、魔獣の奴もちゃんと働いてくれないと困っちゃうぜ。僕にも都合があるんだからさぁ」

そうおどけるように言いながら、少年は小さく舌を出した。

そして机に置いてある一枚の写真に目を向けながら、ひどく残念そうな声音で話し始めた。

「鶫ちゃんが戦いに行っても行かなくても、僕の都合のいいように進むと思ってたんだけどなぁ。残念、色々下準備したのに」

そう言って少年——天吏《あまり》行貴《ゆきたか》はとん、と写真立てを突いた。そこには千鳥が持っていたのと同じような写真——幼い鶫と、それによく似た少女が写っていた。

行貴はその少女の方を見て不愉快そうに目を細めながら、吐き出すように言った。

「あーやだやだ、僕の大事な鶫ちゃんがあの女《クズ》そっくりの姿形で行動するなんてさ。どう考えても中身は雲泥の差だっていうのに。反吐が出るよ」

そうして行貴は机に出していた手帳にガリガリと何かを書き込んでいく。その文字はひどく歪《いびつ》で、到底日本語には見えないような不思議な言語だった。

「今回は僕に譲ってもらったから、次はアイツの手伝いもしないと。あーあ、めんどくさいな」

行貴はひどく面倒そうに溜め息を吐きながら、来年のカレンダーに小さな赤い丸を付けた。その赤い丸は、二月のとある日付を囲っている。

「でも大丈夫だよ鶫ちゃん。君のことだけは、僕がちゃんと救ってあげるから。――たとえ、その命を奪うことになったとしても」

行貴は写真立てを手に取りながらそう優し気に告げると、無邪気な子供のように――または妖艶な悪魔のように笑った。

あとがき

貴方がこのあとがきを読んでいるということは、きっと【葉隠桜は嘆かない】の第一巻を購入して本編を全部読んでくれたということなのでしょう。おそらく、多分。

いいえ、中にはあとがきから読み始める方もいらっしゃるとは思いますが、もしネタバレの情報が見たくないという方は本編にお戻りください。


本作【葉隠桜は嘆かない】という小説は、「小説家になろう」上で五年ほど前に投稿が開始された作品です。

まあ数話投稿して「評価が全然上がらないなぁ」と不貞腐れた私は、二年ほど執筆から離れて自堕落に過ごしていたのですが、三年前に部屋の掃除をした際に本作の初期プロットが書かれたノートを見つけました。

最初そのノートを見た時、「そういえばこんなのも書いてたな」と軽い気持ちでノートを捲ったのですが、ページを進める度に私は愕然としました。

——面白かったんですよ、そのプロット。

詳細に書かれているのはこの一巻分の内容だけだったんですが、魔法少女になった経緯や、ラドン戦前のベルとのやりとり、手足を犠牲にした覚醒シーン、その全てが鮮明な映像となって私の頭に浮かんできました。

今にして思えば、自分が好きな展開や、言葉のやり取りをふんだんに盛り込んでいたので、それが自分に刺さるのは当たり前の話なんですけどね。

プロットを読んで、設定を見返して、私は悩みました。

もう一度【葉隠桜】を書くか、書かないかをです。

当時「小説家になろう」では異世界ものや悪役令嬢ものが主流で、どう考えても現代ファンタジー、しかもニッチなTS魔法少女ものなんて流行る訳がないと思ったのです。

その上目立たない短文タイトルで、初期はあらすじも格好良さを気にして斜に構えたものにしていましたから、改稿して掲載したところであんまり受けはしないんだろうなー、と心の中では思っていました。

それでも、もう一度筆をとる気になったのは、やはり結局は自分の為です。

世間に受ける受けないは別として、自分が良いと思った物を、なぜ自分自身が認めてやれないのか。そんなのはあまりにも自分の気持ちに不誠実だし、このままノートを捨ててしまえば一生後悔するだろう、と当時の私は考えたのです。

そして熱に浮かされるように一章――ラドン戦後の内容までハイペースで投稿し、ふと気が付くと、多くの方々が【葉隠桜】応援してくれていました。

あの頃いただいた感想は、今でも定期的に読み返しています。心の底から応援が嬉しかったし——何よりも悩んで荒んでいた自分が、ようやく救われた気がしました。

それから紆余曲折を経てアース・スターノベル様のネット公募に応募し、落ちて、懲りもせずに第二回の公募にまた【葉隠桜】を出し——そこでようやく受賞が決まって本を出すことになりました。

受賞の連絡を受け、編集の方に「実は第一回の公募の時から気になっていた」という言葉をいただいた時は、後でこっそり泣きました。ええ、もう大人なので電話口では泣きませんでしたが。

そんなわけで、ついに令和三年八月一八日書籍版【葉隠桜は嘆かない】が出版されました。やったぜ。

別に、諦めなければ夢は叶うとまでは言いませんが、諦めなければその先の道に通じることはあるかもしれません。それだけは、私が保証します。


ちょっと湿っぽくなりましたが、ここから先はお礼の言葉を。


編集である今井さんの真摯なご対応と、営業と広報に尽力して下さった編集部の方々、そして最高に格好いいイラストを仕上げてくださったつくぐさんのご協力もあり、色々と遠回りしましたが【葉隠桜は嘆かない】という小説を世に送り出すことが出来ました。

本当に、ありがとうございます。

そして何よりも、今まで応援してくださった読者の皆様には、最大の敬意をもってお礼を申し上げます。

次は第二巻でお会いしましょう、と言いたいところなのですが、まだ予定は未定なので引き続きどうか応援をよろしくお願い致します！

玖洞

世界へ!
ヘルモード
～やり込み好きのゲーマーは
廃設定の異世界で無双する～
二度転生した少年は
Sランク冒険者として
平穏に過ごす
～前世が賢者で英雄だったボクは
来世では地味に生きる～
贅沢三昧したいのです!
転生したのに貧乏なんて
許せないので、
魔法で領地改革
領民0人スタートの
辺境領主様
戦国小町苦労譚
毎月15日刊行!!
https://www.es-novel.jp/

ようこそ異
反逆のソウルイーター
～弱者は不要といわれて
剣聖（父）に追放
されました～
転生した大聖女は、
聖女であることをひた隠す
冒険者になりたいと
都に出て行った娘が
Sランクになってた
即死チートが
最強すぎて、
異世界のやつらがまるで
相手にならないんですが。
俺は全てを【パリイ】する
～逆勘違いの世界最強は
冒険者になりたい～
アース・スターノベル
EARTH STAR NOVEL

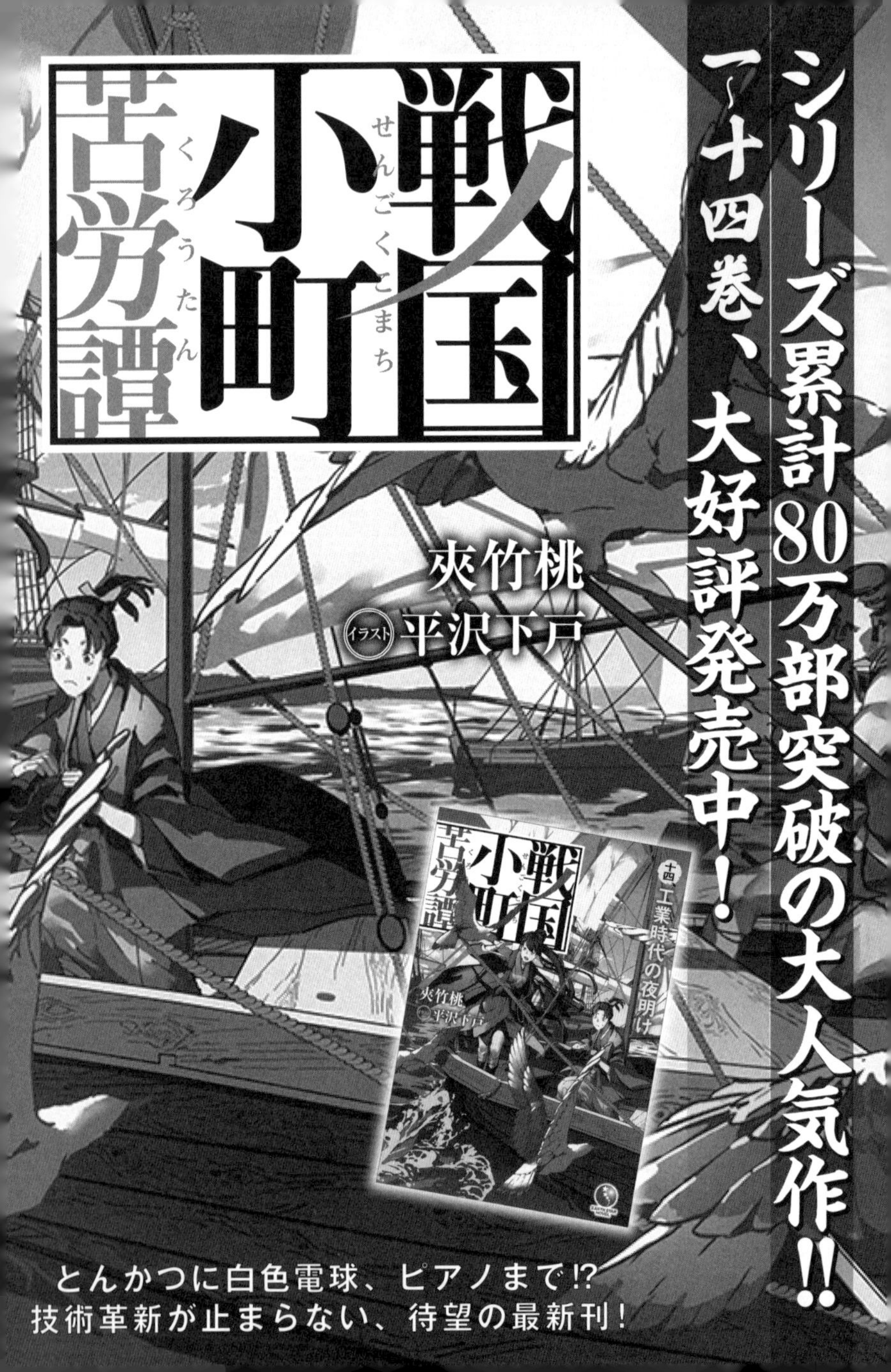
シリーズ累計80万部突破の大人気作‼
一〜十四巻、大好評発売中！
戦国小町《せんごくこまち》苦労譚《くろうたん》
夾竹桃
イラスト 平沢下戸
戦国小町苦労譚
十四、工業時代の夜明け
夾竹桃
平沢下戸
とんかつに白色電球、ピアノまで!?
技術革新が止まらない、待望の最新刊！

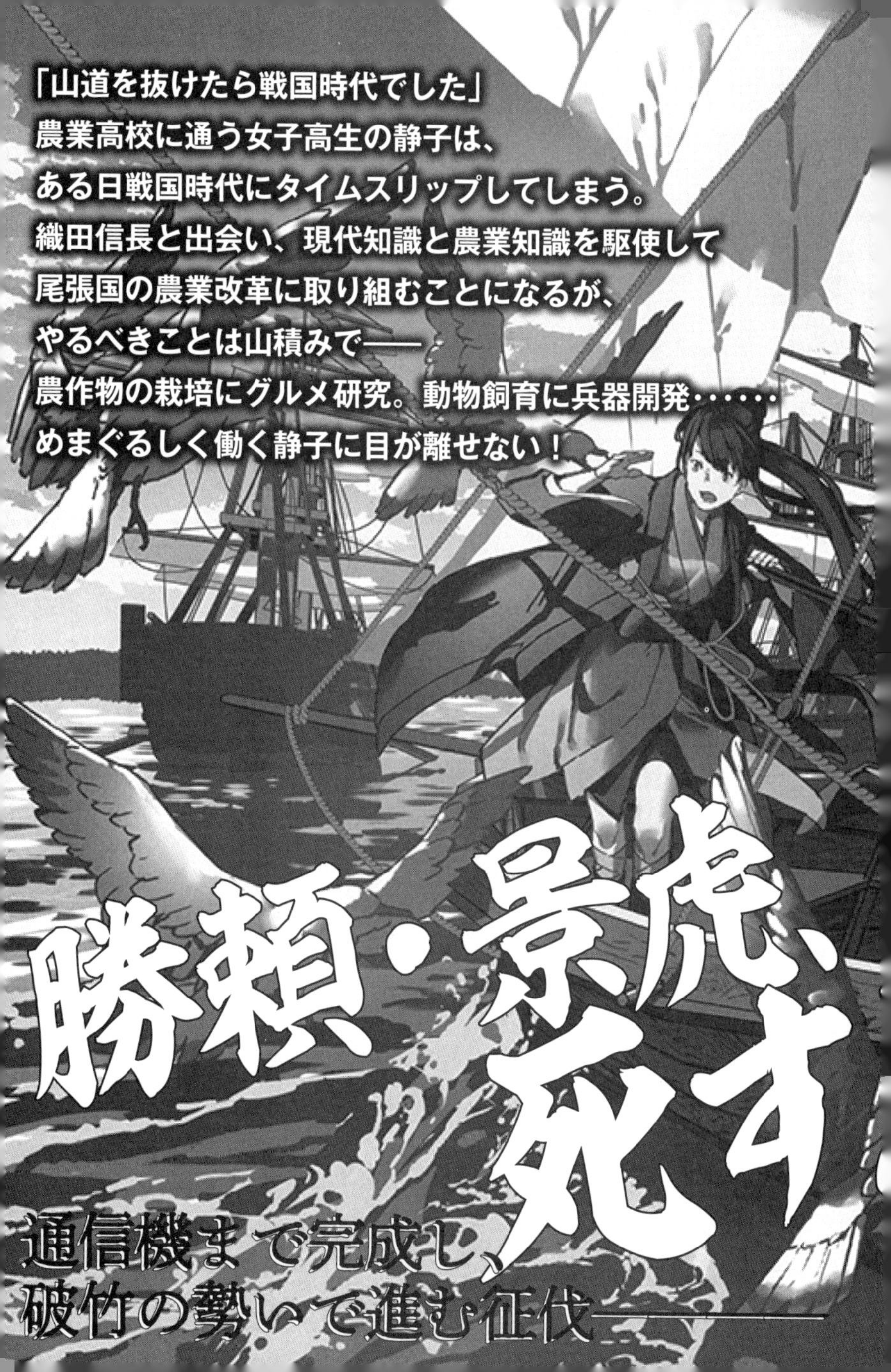
「山道を抜けたら戦国時代でした」
農業高校に通う女子高生の静子は、
ある日戦国時代にタイムスリップしてしまう。
織田信長と出会い、現代知識と農業知識を駆使して
尾張国の農業改革に取り組むことになるが、
やるべきことは山積みで——
農作物の栽培にグルメ研究。動物飼育に兵器開発……
めまぐるしく働く静子に目が離せない！
勝頼・景虎、死す
通信機まで完成し、
破竹の勢いで進む征伐——

霊峰黒嶽へようこそ
は、ひた隠す
転生した大聖女は、
聖女であることをひた隠す
A Tale of The Great Saint
十夜・chibi
青辺マヒト
3
コミカライズ3巻
大好評発売中!!!
漫画:青辺マヒト
コミックアース・スターにて
連載中!!
https://www.comic-earthstar.jp/

俺《おれ》は全《すべ》てを【パリイ】する
～逆勘違いの世界最強は冒険者の夢をみる～
【原作】鍋敷・カワグチ
【漫画】KRSG
Presented by NABESHIKI / KAWAGUCHI
Comic by KRSG
『小説家になろう』
年間総合1位獲得作!!
(2020年3月10日時点)
待望のコミカライズ!!
第1巻好評発売中!
磨き抜いた最低スキルで、
目指せ憧れの冒険者!
※「小説家になろう」は株式会社ヒナプロジェクトの登録商標です。

EARTH STAR NOVEL

葉隠桜は嘆かない ①

発行 ―――― 2021年8月18日 初版第1刷発行

著者 ―――― 玖洞

イラストレーター ―――― つくぐ

装丁デザイン ―――― 石田 隆（ムシカゴグラフィクス）

発行者 ―――― 幕内和博

編集 ―――― 今井辰実

発行所 ―――― 株式会社 アース・スター エンターテイメント
〒141-0021 東京都品川区上大崎3-1-1
目黒セントラルスクエア 7F
TEL：03-5561-7630
FAX：03-5561-7632
https://www.es-novel.jp/

印刷・製本 ―――― 図書印刷株式会社

ISBN 978-4-8030-1552-2